REINHARD KOCZNAR

Brandgeld

IRGENDWER ZAHLT IMMER Die Vermögensberaterin Helga Rofner liegt tot im Garten ihres Wohnblocks. Sie hat sich aus dem Fenster gestürzt. Ihr Nachbar, der Versicherungsmakler Paul Prokop, muss sie identifizieren, erkennt sie jedoch kaum wieder, da sie ihre Erscheinung vor dem Tod völlig verändert hat. Obwohl er sie zu Lebzeiten nicht sehr schätzte, glaubt er nicht an einen Selbstmord. Helga Rofners Arbeit war das Geld anderer. Prokop vermutet, darin den Schlüssel für ihren Tod zu finden. Er folgt ihrer Fährte in die Finanzwelt der folkloristisch verbrämten Alpenstadt Innsbruck. Die Suche führt ihn auf die Spur eines groß angelegten Finanzbetrugs, doch die Akteure scheinen unangreifbar zu sein. Prokop ist entschlossen, die Drahtzieher nicht mit dem üblichen Bauernopfer davonkommen zu lassen.

Reinhard Kocznar, geboren 1951 in Hall in Tirol, hat viele Berufe hinter sich. Ursprünglich war er Postbeamter, dann Bankkassier, später Geschäftsführer eines Nachtlokals, sogar die Führung eines Reifenhandels- und Vulkanisierbetriebs hatte er inne. Ende 1980 erlernte er etliche Programmiersprachen und entwickelte daraufhin ein bis heute weltweit eingesetztes Internet-Verkaufssystem für berührungslose Tickets. Seit 1990 ist er selbstständiger Versicherungsmakler. Der Innsbrucker hat in seinem Berufsleben weniger auf Sicherheit geachtet, sondern Wert auf anregende Beschäftigung gelegt. Das führte auch zu zahlreichen investigativen Jobs sowie einem Einsatz als Troubleshooter. Mit Brandgeld *gibt er sein Debüt im Gmeiner-Verlag.*

REINHARD KOCZNAR

Brandgeld

Kriminalroman

Original

GMEINER

Personen und Handlung sind frei erfunden.
Ähnlichkeiten mit lebenden oder toten Personen
sind rein zufällig und nicht beabsichtigt.

Besuchen Sie uns im Internet:
www.gmeiner-verlag.de

Im Ehnried 5, 88605 Meßkirch
Telefon 07575/2095-0
info@gmeiner-verlag.de

1. Auflage 2014

Lektorat: Sven Lang
Herstellung: Julia Franze
Umschlaggestaltung: U.O.R.G. Lutz Eberle, Stuttgart
unter Verwendung eines Fotos von: © koep – Fotolia.com
Druck: GGP Media GmbH, Pößneck
Printed in Germany
ISBN 978-3-8392-1599-9

Up in Kentucky they make a whiskey
They call a Kentucky straight whiskey
And up in Kentucky I married a woman
That I bet she is a better woman
Than that whiskey is whiskey
I call her my Kentucky straight

Johnny Cash hat damit seiner Frau June Carter ein würdiges Denkmal gesetzt. Ich habe das vor langer Zeit einmal im Radio gehört und seitdem nicht mehr vergessen. Der Kentucky Straight ist ein Bourbon, der auch jenen schmeckt, die Single Malt mögen. Damit ist auch Johnny Cashs Song allgemeingültig.

Für Krista

I

Es klang wie das Knacken eines Funkgerätes, aber es gab hier keines. Ich setzte mich mit dem zweiten Espresso zu meiner Zeitung. Das Croissant war verzehrt, der Vormittag jung, und an einem Sonntag war der Vormittag Ewigkeit. Ich vertiefte mich wieder ins Politik-Ressort meines Leibblatts, für das ich nur an solchen Tagen wirklich die Zeit fand. Zwischendurch hörte ich wieder das Funkgerät knacken, und die blechern klingende Stimme, die dazu passte.

Beim dritten Espresso klingelte es. Wer kam um neun Uhr früh? Leise ging ich zur Tür. Durch den Spion sah ich zwei Uniformierte und einen Zivilisten. Ich zog Hose und Hemd an und öffnete. Die drei waren schon wieder auf dem Weg nach unten, der Zivilist kehrte um.

»Im Hof drunten liegt eine Leiche«, sagte er. »Können Sie sich die ansehen?«

»Natürlich«, antwortete ich automatisch und stellte fest, dass ich der Einzige war, der geöffnet hatte. Ich ahnte, um wen es sich handelte.

Es hatte ihn also doch erwischt, ein ehemaliger Hausbewohner, der vor seinem Verschwinden reichlich Unheil angerichtet hatte. Kürzlich war er im Kampfanzug in einem Tor in der Nähe gestanden. So hatte man ihn auch im Stiegenhaus angetroffen, regungslos wartend. Manche erschraken im Keller, wenn er plötzlich aus dem Dunkeln aufgetaucht war. Jetzt war er tot.

Wir gingen schweigend die Treppe hinunter. Wie war er zu Tode gekommen? Hatte es im Garten einen Kampf gegeben?

»Sie hat hier im Haus ihr Büro, es war nicht verschlossen. Jemand muss sie identifizieren«, sagte einer der Polizisten.

Ich ließ mir meine Verblüffung nicht anmerken. Fast erleichterte es mich, dass der Totgeglaubte noch lebte, andererseits war ich völlig überrascht, dass ausgerechnet sie im Garten lag. Helga Rofner hatte vor einigen Jahren hier ihr Büro gemietet. Wir waren Nachbarn und hatten noch vor einigen Tagen im Flur miteinander geredet.

»Sie ist vom obersten Stock aus dem Gangfenster hinuntergesprungen«, setzte der Zivilbeamte fort, »in den Morgenstunden.«

Ich zögerte, bevor ich durch die Türe trat.

Im Gras lag eine fast nackte Frau, Sie trug Slip und BH, um die Schultern eine Art Umhang, der zur Seite geweht war. Eigentlich hatte sie eine gute Figur. Das war mir nie aufgefallen. Sie lag auf dem Bauch, die blonden Haare verbargen das Gesicht.

»Ist sie es?«, fragte ein Polizist.

»Ja«, hörte ich mich sagen und stellte fest, dass ich Helga Rofner in der Leiche gar nicht erkannte.

Das besagte aber nicht viel, denn wenn wir uns im Treppenhaus trafen, trug sie ihren gewohnten dunklen Hosenanzug.

»Ich muss sie von vorn sehen«, sagte ich.

Die Polizisten nickten. Ich ging um sie herum.

Sie konnte es tatsächlich sein. Der Kopf wirkte grotesk. Er war offenbar beim Aufprall in die Länge gezogen worden. Über einem Auge verlief ein Riss. Es war kein Blut an ihr, die Augen starrten ins Leere.

»Sie ist mit dem Kopf auf die Wäschestange aufgeschlagen«, sagte der Zivilbeamte.

Ich war erleichtert. Der Riss über dem Auge, der tief in den Knochen reichte, stammte also von der Wäschestange. Sie musste sofort tot gewesen sein.

»Sie ist es«, bestätigte ich und ging zurück.

Im Treppenhaus setzte ich mich auf die Stufen.

»Ich hatte keine Ahnung, dass sie so nahe dran ist«, sagte ich mehr zu mir selbst.

»Geht es?«, fragte eine Polizistin mitfühlend.

»Natürlich«, antwortete ich und ging wieder nach oben.

*

Als ich später noch einmal in den Hof, hinunterblickte war niemand mehr da. Nur ein dunkler Blutfleck erinnerte an den Vorfall. Ich wunderte mich zum zweiten Mal. Da identifizierte ich sie prompt, obwohl ich einen genauen weiteren Blick benötigte, um sie tatsächlich wiederzuerkennen. Die Bemerkung, dass sie so knapp dran war? Es gab nicht den geringsten Hinweis, dass sie überhaupt gefährdet war.

Mein Handy spielte *rock you, baby*. Das war Katja.

»Ich wollte dich schon anrufen«, begann ich.

»Das habe ich dir jetzt abgenommen.«

»Ich hatte eben Besuch von der Polizei. Ich durfte eine Leiche identifizieren.«

»Was?«

»Meine Nachbarin, Helga Rofner. Sie ist aus dem obersten Stock in den Garten gesprungen. War ein befremdender Anblick.«

Katja war einen Augenblick still. »Helga Rofner?«

»Ja, ich kann es selbst noch gar nicht glauben.«

Katja blieb noch länger still. »Wie war das für dich?«, fragte sie.

»Befremdend, schwer zu beschreiben. Überrascht ist man doch, wenn so etwas geschieht.«

»Hatte sie private Probleme? Du hast sie doch noch vor Kurzem gesehen?«

»Ich bin völlig überrascht. Es gab nicht den geringsten Hinweis. Sie war so wie immer. Dann geht sie in den vierten Stock und springt aus dem Fenster.«

»Ich komme jetzt zu dir«, sagte Katja.

*

Das Feuer im Kamin war herabgebrannt, ich legte noch ein Scheit auf die hellrote Glut. Katja hatte es sich auf der Couch gemütlich gemacht, mein grauer Kater Inverboindie rollte sich wieder neben ihr ein.

Ich goss uns noch einen Laphroaig Quarter Cask ein. Single Malt aus Inverboindie gab es nicht mehr, diese Brennerei war aufgelassen worden. Ich hatte meinen Kater nach ihr benannt. Katja verkürzte das auf Boindie.

»Hast du nicht gesagt, sie war blond?«, kam Katja auf Helga Rofner zurück.

»Ja, sie war blond.«

»Aber die hatte doch schwarze Haare?«

Ich schüttelte verwundert den Kopf. Natürlich, meine Nachbarin trug eine lange, schwarze Lockenpracht, seit ich sie kannte. Heute Morgen verdeckten blonde Haare ihr Gesicht. Die waren zudem kürzer gewesen.

»Und das Negligé?«, setzte Katja fort.

»Es war nichts Durchsichtiges. Auch kein Tanga oder so etwas.«

»Aber Slip und BH, und ein kurzer Umhang, in welcher Farbe?«

»So eine Art hellblau.«

»Und sie war blond?«

»Ja, genau.«

»Ein Engel. Sie hat einen Engel aus sich gemacht.«

»Ein Engel?«

»Ja, blonde Haare, wehender Umhang.«

Ich wunderte mich, dass mir das erst auffiel, als es Katja ansprach.

»Eine gute Figur?«, setzte Katja hinzu. »Das hast du nie erwähnt.«

Natürlich nicht, es war mir auch nie aufgefallen. Rofner wirkte in ihrer Business-Uniform fast geschlechtslos, wie ich das bei Geschäftsfrauen des Öfteren fand.

Ich nippte an meinem Quarter Cask, Katja schob ihren weg. Mir war er als Abwechslung nach dem milden Glenmorangie LaSanta recht, aber den markanten Phenolgeschmack des Quarter Cask musste man mögen.

Ein Engel? Helga Rofner tauschte ihre schwarze Lockenpracht gegen eine blonde Kurzhaarfrisur. Sie verbarg ihren Körper nicht länger unter dem nüchternen Hosenanzug, nun reichte Slip, BH und ein kurzer Umhang. Ein Engel öffnete das Fenster, um davonzufliegen.

Für den Sprung gab es einen Anlass, auch wenn ich ihn im Moment nicht sah. Zwei Dinge stimmten an dem Bild aber nicht.

Helga Rofner war nicht romantisch. Ohne erkennbaren Nutzen fasste sie gar nichts an, und mit ihr bei einem Glas zu sitzen und zu plaudern war unvorstellbar. ›Nur Bares ist Wahres‹, pflegte sie zu sagen. Viel Bares war nicht zusammengekommen.

Sie war kein Engel, und das Bild im Garten war unvollständig. Es zeigte den makellosen Körper einer jungen Frau in

Slip, BH und kurzem Umhang. Bei diesem Arrangement fehlten Schuhe. Dazu gehörten Pantoletten oder etwas in der Art.

Ich wusste nicht, ob Engel Schuhe trugen, aber dieses Ensemble wirkte auf mich lückenhaft. Ob sie Schuhe im Büro zurückgelassen hatte oder ob es gar keine gab, war mir im Moment nicht so wichtig wie Rofners Verwandlung. Für die fand ich keine Erklärung.

Es war, als ob eine andere aus dem Fenster gesprungen wäre.

*

Ich wusste nichts von Rofner, außer dass sie als Vermögensberaterin gearbeitet hatte. Auf den ersten Blick gab das wenig her, das Privatkundengeschäft ist nicht sehr gefährlich. Von einem Privatleben war mir nichts bekannt. In meinem Beruf als Versicherungsmakler befasste ich mich mit Firmen und Sachversicherung, allerdings hatte ich schon öfters für verschiedene Interessenten untergegangenes Geld gesucht.

Ich überlegte den ganzen Montag, ohne zu einem Ergebnis zu gelangen. Am Dienstag rief Castello an.

Castello trug den wahrhaft bürgerlichen Namen Friedrich Burger. Jemand hatte sich den Spitznamen Castello einfallen lassen, der ihm bis heute geblieben war. Castello gehörte zu der aussterbenden Gattung, die in der arbeitsteiliger werdenden Gesellschaft noch über umfassende Sachkenntnis verfügten. Wenn ich Rat bei speziellen Fragen brauchte, rief ich Castello an.

Er kam gern auf ein Bier bei mir vorbei, wo er auch seine Zigarette rollen konnte. Beides war in seiner klinisch reinen Arbeitsstelle nicht mehr möglich. Dahingehend war er nicht der Einzige, der gern bei mir vorbeischaute.

Beim letzten Besuch hatte er seinen Frust nur mühsam kaschiert. Seine Landesdirektion war in ein neues Bürogebäude übersiedelt. An alles hatten sie gedacht, und die Presse hatte ausführlich über alles berichtet. In dem neuen Haus fehlte es an nichts, bis auf Castellos Schreibtisch. Es war der einzige Arbeitsplatz, den man vergessen hatte. Jeder andere hätte sich ernsthaft Gedanken gemacht, wenn man seinen Schreibtisch bei einer Übersiedlung vergaß. Castello überging die Fragen, von denen er spürte, dass er sie stellen sollte, mit einem Kopfschütteln.

»Ich habe einen speziellen Fall für dich«, begann er. »Bist du interessiert?«

»Worum geht es? Lass hören.«

»Eine Bekannte von mir hat Geld angebaut, eigentlich ihr Freund. Ich weiß ja, dass du schon einige solcher Fälle hattest. Es geht übrigens um eine Person, die du kennst.«

»Wen kenne ich?«

»Die Rofner. Bei der ist das Geld verschwunden. Die soll Selbstmord begangen haben, stimmt das?«

»Es stimmt. Ich durfte ihre Leiche identifizieren.«

»Was?«

»Diese Reaktion kenne ich schon. Es stimmt, sie hat hier im Haus den Batman gemacht. Leider konnte sie nicht fliegen.«

»Nicht zu fassen.«

»Ja. Aber der Fall interessiert mich. Schickst du deine Bekannte zu mir? Willst du mitkommen?«

»Nein, ich gebe ihr deine Telefonnummer. Wir sehen uns wieder einmal auf ein Bier, oder ich nehme eine Flasche Wein mit.«

Wir verabschiedeten uns. Das Treffen mit Castello würde so schnell nicht stattfinden. Castello war immer gut in

Absichtserklärungen und sagte dann oft ab. Meist kam er spontan, wenn ihm etwas über die Leber gelaufen war.

Ich überlegte, ob ich Katja davon erzählen sollte und kam dann zum Schluss, es vorläufig nicht zu tun. Alle Auftraggeber haben Sorge, dass ihr Anliegen zu kurz kommt, wenn von einem anderen Auftrag die Rede ist. Katja hatte vor Kurzem ihre Anwaltskanzlei eröffnet und einen Konkurs abzuwickeln. Ich bemühte mich, dabei ausständige Zahlungen von Versicherungen hereinzubringen. Dafür musste ich nachmittags noch einmal nach Zirl, um mir das Firmengelände anzusehen. In den Polizzen herrschte die bei Konkursen gewohnte Unordnung, die waren ohne Lokalaugenschein nicht zu verstehen.

Was ich sofort tun konnte, war, über das Geschäftsmodell Rofners Erkundigungen einzuholen. Wir waren lange Nachbarn gewesen und wussten dennoch nichts voneinander. Mit Anlageberatung befasste ich mich nicht, ich bekam nur im Rahmen meiner Erhebungen regelmäßig deren gestrandete Ergebnisse zu sehen.

Castellos Bekannte konnte ihr Geld vermutlich abschreiben. Das war ein Routinefall, den man darauf abklopfte, ob sich eine unerwartete Chance ergab. Einige Telefonate, und man wusste schon manches. Wenn die Chance dabei war, konnte es sogar drei oder vier Wochen dauern, bis sich der Erfolg einstellte. Die aufgewendete Arbeitszeit summierte sich komprimiert auf einige Stunden. Fünf Prozent Erfolgshonorar ergaben einen guten Stundensatz. So könnte es auch hier laufen, aber in dem Fall ging es um meine ehemalige Nachbarin. Für mich lag sie noch immer als toter Engel im Garten, und wenn es jemanden gab, der dafür verantwortlich war, dann sollte er es nicht umsonst getan haben.

Der Ball, den mir Castello mit seiner Empfehlung aufgelegt hatte, wartete auf den Anstoß. Ich hatte nun einen konkreten Anlass, mich damit zu beschäftigen.

Um vor dem Gespräch mit dem besorgten Investor etwas über das berufliche Umfeld Rofners zu erfahren, zog ich am besten Ulrich hinzu.

Ulrich war ein Freund als alten Tagen, den ich schon längere Zeit nicht mehr gesehen hatte. Unsere Interessen hatten sich im Lauf der Zeit auseinanderentwickelt, unsere Ansichten vom Geschäft konnten nicht unterschiedlicher sein. Eine seiner Eigenarten, die ich nicht schätzte, kam mir hier jedoch gerade recht.

Die fragliche Investition war vermutlich untergegangen, und niemand verstand sich besser auf Untergänge als Ulrich. Nachdem er den Untergang selbst kennengelernt hatte, spezialisierte er sich auf diesen. Seine Zielgruppe waren Mitbewerber, die gescheitert waren oder bei denen das kurz bevor stand. Deren Kunden oder Geschäftsverbindungen rettete er allerdings nur für sich. Was er fand, betrachtete er als Strandgut, das seiner Natur nach herrenlos war. Katja bezeichnete ihn als Aasgeier.

Allerdings war Ulrich immer schon ein zweischneidiges Schwert gewesen. Chuzpe war sein zweiter Vorname. Chuzpe ist bekanntlich eine besondere Form der Unverschämtheit, wie der Fall des Elternmörders, der vor Gericht auf mildernde Umstände plädierte, weil er ja nun Vollwaise war. Ulrich hatte auch einige Male versucht, mich über den Tisch zu ziehen. Ich brauchte aber Information über Rofner, und da boten sich Ulrichs Methoden an. Wirkung ging vor Deckung, das Risiko ging ich ein.

Ulrich hatte in der Stadt zu tun und Zeit auf einen Kaffee. Wir verabredeten uns im Central. Ich sagte Agnes, meiner Sekretärin, dass ich am Vormittag nicht mehr kommen würde. Mittags traf ich Katja bei unserem Italiener, da ließen wir uns immer gern Zeit.

Ich ging zu Fuß ins Central, es dauerte nur 20 Minuten. Mein Büro lag in der Nähe des Rapoldiparks. Das Park-Cafe war schon geschlossen. Der Betreiber sperrte als Letzter auf und als Erster zu, und wann es offen war, wusste man nie so genau. Das Terrassencafé beim Hallenbad war wie immer gut besucht, und die erste Baustelle an der Kreuzung beim Sillpark wurde abgebaut. In diesem Jahr war praktisch die ganze Stadt mit Baustellen überzogen. Am Bozner Platz dealten die Marokkaner.

Ich überquerte den grauen Platz vor der Bank. Deren neues Gebäude hatte in einem Feuilleton himmlische Huldigung erfahren. Warum, das verstanden nur der Rezensent und der Architekt.

Ulrich saß bereits am ersten Tisch neben dem Eingang. Ich erkannte ihn problemlos auf den dritten Blick. Er hatte zugenommen, aber es hielt sich in Grenzen. Seine Stirnglatze hatte an Fläche gewonnen, und die Qualität des grauen Anzugs, zu dem er wie immer keine Krawatte trug, lag wie gewohnt weit unter seinen finanziellen Möglichkeiten. Sicher fuhr er noch immer einen alten Wagen der unteren Mittelklasse, und das Handy, mit dem er eben telefonierte, wurde von seinen Kollegen sicher als reaktionär beschrieben. Was er mit dem Geld anstellte, das er verdiente, hatte ich nie herausbekommen. Wann immer ich eine Bemerkung aufgeschnappt hatte, deutete sie in die Richtung verschiedener Bargeldreserven, die er irgendwo für den Notfall bunkerte. Das erschien mir ziemlich nutzlos, ich hatte nie gehört, dass er eine angezapft hätte. Seinen Lebensstil konnte er mit den geringsten Mitteln finanzieren.

Er legte das Handy weg und musterte mich. Dann grinste er. Ich setzte mich.

»Schönes Sakko«, stellte er fest, »was kostet das?«

»750«, sagte ich, er nickte anerkennend.

Ich nahm die Ironie vergnügt auf. ›Für das Geld, das diese Karten im Jahr kosten, kannst du dir bequem einen guten Anzug kaufen‹, hatte einmal ein Freund gesagt, als ich meine Brieftasche aufgeklappt und er den Inhalt gesehen hatte. Das viele Plastik hatte ich bald darauf verbannt, es war mir längst überflüssig erschienen. Für Klamotten hatte ich immer schon etwas übrig. Am Körper war mir das Geld lieber als in einem Bunker. Ich führte aber auch nicht Ulrichs Leben.

Er fragte, was ich so triebe, und ich sagte, immer dasselbe. Ich wollte höflich sein und stellte die Gegenfrage. Es war auch bei ihm nicht anders. Eine Eigenschaft, die ich an ihm schätzte, war, dass er kein Jägerlatein auftischte. Die Geschäfte, die jemand eben abgeschlossen hatte, die er plante, seine Kontakte, all der Nebel, der mir den Zugang zu beruflichen Treffen so vermieste, das ersparte er einem.

»Was liegt an?«, begann er unvermittelt.

»Ich brauche dein spezielles Geschick.«

Ulrich grinste. »Klar, woran denkst du im Besonderen?«

»Sagt dir der Name Helga Rofner etwas?«, fragte ich.

»Tote Hose, bei der ist nichts los, oder besser, war nichts los. Die ist ja beim großen Oberzocker, wie ich höre.«

»Das trifft zu«, bestätigte ich und ersparte mir die Erklärung der Umstände, »aber Geschäft hat sie auch gemacht. Ich höre von sechsstelligen Summen.«

»Versicherungssumme in der Risikoversicherung?«, grinste er hämisch.

»Nein, bar eingezahlt.«

Ulrich schüttelte verwundert den Kopf. »Gerüchte.«

»Fakten«, erwiderte ich, »ich weiß es, noch nicht lange, aber ich weiß es.«

»Die hat tatsächlich Geschäft gemacht? Was hat die getan?«

»Das ist die Frage. Deshalb komme ich zu dir und deinem Spürsinn.«

»Warum interessiert dich das plötzlich?«

»Ich habe einen Auftrag. Es geht um Geld, dessen Verbleib fraglich ist.«

»Du sollst es wiederfinden?«

»Genau. Im Weltall kann nichts verloren gehen.«

»Ja«, grinste er, »wie man so schön sagt: Das Geld ist nicht weg, es hat nur wer anderer.«

»Den würde ich gern kennenlernen. Außerdem ist meistens nicht alles weg, etwas findet man immer. Jedenfalls dürfte sie sich nicht mehr mit herkömmlicher Anlageberatung und Vermittlung beschäftigt haben. Sie ist wohl irgendwann vom Pfad der Tugend abgekommen.«

»Du weißt aber nur von einem Fall.«

»Es hat sich nach Routine angehört.« Das hatte es sich tatsächlich, obwohl ich keinen Beweis dafür besaß. Für mich spielte das keine Rolle, denn ich wollte Ulrich bei der Suche mit an Bord haben.

Ulrich zündete eine Zigarette an und sog tief ein. Ich sagte nichts und wartete. Umsätze hatte er ihr nicht zugetraut, aber wenn es doch welche gab, würde er sich das näher ansehen. Dabei kam auf jeden Fall mehr heraus, als wenn ich das tat, denn in Rofners Umfeld kannte ich niemanden.

Ich bestellte noch einen Espresso, während mein Handy sich meldete. Agnes war nicht untätig gewesen. Ihre Fürsorglichkeit hatte sie veranlasst, mit der Vermieterin des leer gewordenen Büros zu sprechen. Die freute sich, wenn wir die vor der Tür liegende Werbung entfernten und gelegentlich im Büro nach dem Rechten sahen. Den Schlüssel brachte sie noch vor Mittag. Was Agnes noch sagte verblüffte mich. Helga Rofner hatte den Mietvertrag gekündigt. Sie wäre nur noch wenige Wochen meine Nachbarin gewesen.

Ulrich sah mich neugierig an, ich sagte nichts. Sie war auf dem Sprung, dachte ich, und mir fiel der Doppelsinn erst ein, als ich gezahlt hatte.

Wir brachen auf, ich ging über den Sparkassenplatz zur Maria-Theresien-Straße. Der Selbstmord kam mir immer seltsamer vor.

Katjas Kanzlei war am Adolf-Pichler-Platz, ich holte sie ab.

*

»Buon giorno«, strahlte der Wirt. »Tutto bene?«

»Alles in Ordnung«, sagte ich, denn ich sprach kein Wort Italienisch.

Wir setzten uns, mein Chianti und Katjas Pinot Grigio kamen unaufgefordert. Ich bestellte meine üblichen Carbonara und Katja das Menü. Dann erzählte ich ihr von meinem Vormittag. Am Nachmittag wollte ich das Firmengelände ansehen, dessen Konkurs sie verwaltete, das sagte ich gleich vorweg. Das war ihr recht, denn sie hatte die Firma schon weiterverkauft und wollte das Gebäude bald übergeben. Da mussten die Schäden abgerechnet sein.

Nach ihrer Kürbissuppe kamen wir beide auf Rofner zurück.

»Beschäftigt dich das noch?«, fragte sie. »Die Leiche im Garten?«

Ich schüttelte den Kopf und sah hinüber auf die andere Seite der Straße. ›Villa St. Georg‹ stand in großen Lettern auf dem Haus. Es stammte aus der Zeit, in der die Bauherren nicht nur Geld, sondern auch noch Geschmack hatten. Es wirkte inzwischen morbid, von den Bäumen davor war Laub auf die Straße gefallen. Noch nie hatte ich dort jemand ein oder aus gehen gesehen.

»Die Umstände finde ich mehr und mehr eigenartig. Ich habe heute erfahren, dass sie ihren Mietvertrag gekündigt hat. Dann verwandelt sie sich in eine andere und springt aus dem Fenster. Das alles in ihrem Büro.«

»Vielleicht wohnte sie zu Hause ebenerdig«, sagte Katja.

»Das Büro war auch ebenerdig.«

»Ja. Ist noch etwas geschehen?«

»Castello hat mir einen interessanten Auftrag verschafft, er betrifft die Rofner. Da ist Geld verschwunden, an die 200.000.«

»Das klingt logisch. Dann hätten wir ja den Grund für den Selbstmord.«

»Ein Mitglied der Finanzbranche stirbt an gebrochenem Herzen? Das ist doch denen scheißegal, wenn die Kohle ihrer Klienten verloren geht.«

»Es muss ja kein schlechtes Gewissen gewesen sein. Vielleicht war sie in die Enge getrieben?«

»Sie hat das Büro gekündigt.«

»Das beschäftigt dich aber sehr.«

»Für mich passt da nichts zusammen. Sie kündigt ihr Büro und hätte noch Wochen Zeit. Sie verändert sich optisch völlig. Das klingt für mich eher nach Abreise, oder gar Flucht. Sie wirkte zuletzt nicht im Mindesten bedrückt. Da stimmt etwas nicht.«

»In Ordnung, aber mein Konkurs kommt zuerst.«

»Ich fahre am Nachmittag hinaus. Das Gutachten habe ich bekommen, ich denke, dass wir in dieser Woche abrechnen können.«

Katja dachte an ihren Auftrag. Wir verabschiedeten uns nach dem Essen, ich ging zu Fuß zurück.

Die Herbstmesse war schon im Gang, und wie üblich alle Straßen zu Parkplätzen umfunktioniert. Man bekam tagsüber trotz zugeparkter Straßen problemlos Platz in den Restaurants, das Geld der Besucher wurde innerhalb des Messegeländes abgeschöpft. Dem Saggen blieb nichts außer verstellter Straßen, die Messe nahm ihn regelmäßig in Geiselhaft.

Ein Gerücht besagte, dass die Sillschlucht noch gar nicht so lange existierte. Sie wäre das Ergebnis von Grabungen, die das archäologische Institut der Universität angestellt hatte. Man wollte bei den Ausgrabungen wenigstens einen einzigen Einzahlungsbeleg finden, der bewies, dass Messepräsident Plattenseer auch nur einen Cent für all die Beteiligungen eingezahlt hatte, die er besaß. Die Grabungen waren ergebnislos eingestellt worden.

Ich ging an der prächtigen Bundesbahndirektion vorbei, unter dem Viaduktbogen durch zur Sillbrücke, und dann rechts ab der Sill entlang zum Rapoldipark. Das Wasser der Sill war grün und klar, es sah kalt aus, einzig die Bäume sorgten für Farbe.

Im Rapoldipark traf ich Lechner. Er spazierte eben mit seinem Pudel über die Holzbrücke. Ich wusste seinen Vornamen bis heute nicht. Ich kannte ihn aus der Bank, wo ich mit ihm einige Geschäfte gemacht hatte. Das war erst vor Kurzem gewesen, wie mir schien. Es konnte allerdings doch etwas länger her sein, denn die wallende Mähne war ihm nicht über Nacht gewachsen. In der Bank war er korrekt gekleidet mit akkuratem Haarschnitt der personifizierte

Bankbeamte alter Schule gewesen, nun sah er aus wie ein alternder Künstler. Auch die Kleidung hatte nach salopp gewechselt, das Hemd offen, nicht zu weit, nur Sandalen trug er nicht. Am Boden stand er noch mit Stil. Wieder einer, der sich völlig verändert hatte.

Ich erinnerte mich, dass er mich vor einigen Tagen im Vorübergehen gegrüßt und ich ihn nicht erkannt hatte. Das war die Gelegenheit, das Versäumnis gutzumachen und gleich etwas zu erfahren.

Lechner hatte in einer großen Bank gearbeitet, die mit nur einer Niederlassung in der Stadt vertreten war. Wer im Bankgewerbe Geschäft vermittelte, musste ihm begegnet sein. Er kam wie gerufen.

»Kannten Sie eigentlich eine gewissen Helga Rofner?«, erkundigte ich mich, nachdem wir einige Worte gewechselt hatten.

Er überlegte kurz. »Vor einiger Zeit. Warum sagen Sie *kannten*?«

»Ihr Büro ist oder war neben meinem, wir waren Nachbarn. Sie hat Selbstmord begangen. Hat uns alle überrascht.«

»Das bin ich jetzt auch. Warum fragen Sie?«

»Ich habe den Auftrag eines ihrer ehemaligen Klienten, sein Engagement zu prüfen.«

»Verstehe. Ja, wenn sie tot ist … Wir hatten nie viel mit ihr zu tun, gelegentlich eine Kreditvermittlung.«

»Damit habe ich nichts zu tun. Ich versuche nur, ihr Geschäftsmodell zu verstehen.«

»Das kenne ich auch nicht. Nach der Island-Sache dachte ich, dass sie aufgehört hat.«

»Ja, da haben viele Geld verloren.«

»Eigentlich alle. Mit ihrem Tod kann das aber nichts zu tun haben, wenn Sie das meinen.«

»Nein, wegen schlechter Geschäfte bringt sich niemand um.«

Wir verabschiedeten uns. Er war in Pension, das Geschäft interessierte ihn nicht mehr. Das sah man ihm auch an, er wirkte sehr zufrieden. Ich wusste jedenfalls jetzt, dass Rofner ihre Geschäfte außerhalb der Bahnen gemacht hatte, die ihre Web-Präsenz vorgab.

Im Büro fand ich auf meinem Schreibtisch den Schlüssel zum Büro Helga Rofners. Damit ergab sich eine Chance, von der ich Katja besser erst hinterher erzählte. Ich nahm die Akte mit dem Gutachten an mich und setze mich ins Auto. Auf dem Weg nach Zirl besorgte ich noch eine externe Festplatte.

Auf Kurzstrecken nahm ich lieber die szenische Route. Der Weg führte mich über Kranebitten auf die alte Zirler Straße. An deren Ende liegt die Martinswand, und jedes Mal ärgerte ich mich über die gewaltige Flanke, die ein Steinbruch aus diesem markanten Wahrzeichen geschlagen hatte. Ich sah die Wunde im Berg sogar vom Firmengelände, als ich mit dem Gutachten in der Hand die Gebäude inspizierte. Auch der Berg hatte sich verändert, nicht von selbst, und nicht zu seinem Besten. Maschinen hatten Stück für Stück aus ihm herausgebrochen, andere die Teile zermahlen, Lastwagen hatten sie fortgeschafft. Übrig blieb die Wunde.

Während ich hier versuchte, Ordnung in die Polizzen zu bekommen, dachte ich an Rofner. Wenn es um fremdes Geld ging, überlegten die meisten, wie dessen Besitzer dazugekommen war. Rofner hatte zu denen gehört, die überlegten, was man damit machen konnte. War sie dabei zu weit gegangen oder hatte sie nur das Glück verlassen? Obwohl, das hatte sie wohl schon vor Island verlassen, da hätte man nie hineingehen dürfen. Was war danach schiefgegangen? An den Selbstmord glaubte ich immer weniger, obwohl ich nicht den geringsten Hinweis hatte, dass es anders gewesen war.

Zurück im Büro rief ich Katja an. Was noch zu tun war, verzögerte unser Treffen beim Griechen. Als Grund gab ich die Auswertung des Lokalaugenscheins an. So eine Gelegenheit kam vermutlich nie wieder und die sollte genützt sein.

Bei den Briefkästen stand Rita, meine Nachbarin.

»Hallo, Paul«, begrüßte sie mich, »wie sind die Bilder geworden? Gib mir gute Nachrichten.«

»Es ist schon etwas dabei, vor allem der Hamlet dürfte gelingen.« Ich hatte sie wieder einmal im Atelier fotografiert und sie dabei auf einem Polstersessel in Szene gesetzt. Die Schuhe ausgezogen, einen hielt sie in der Hand, und sah ihn dabei nachdenklich an. Sein oder Nichtsein. Es war meine lustvollere Version der Frage.

»Da bin ich aber gespannt«, sagte sie, »habe ich dir schon meinen neuen Schuhschrank gezeigt?«

»Natürlich nicht, lass sehen.«

Wir gingen hinauf, Rita wohnte einen Stock über meinem Büro. Der Schrank, eigentlich eine Vitrine, war hinter der Türe, vor dem Schlafzimmer. Eine Auswahl ihrer Lieblingsschuhe prangte darin.

»Kein guter Platz«, bemerkte sie.

»Ja, die sollten gleich ganz vor sein.«

Sie führte mich ins Wohnzimmer. Auf einem Beistelltisch stand eine große Kerze, ringsherum waren vier Paar Stöckelschuhe drapiert.

»Cool.«

»Schuhe sind wichtig«, stellte Rita fest.

»Ja«, bestätigte ich.

»Du verstehst mich.«

»Ich verstehe dich.«

Ich verabschiedete mich wieder. »Höher müssen die Absätze aber nicht mehr werden«, empfahl ich, »jedenfalls nicht für die Bilder, die ich von dir mache.«

»Dafür erst recht«, beharrte sie.

»Der Unterschenkel kommt nicht so gut wie mit den niedrigeren Absätzen.«

»Er soll doch schlank sein.«

»Unsinn, ist so tadellos in Ordnung.«

Wir würden sehen, wer recht behielt. Ich ging nach unten, um den Schlüssel zu Rofners Büro zu holen, und meinen digitalen Werkzeugkasten an mich zu nehmen.

*

Ich stand in Rofners Büro. Nach fünf Uhr musste ich nicht mehr mit einem verirrten Besucher rechnen, und das Tageslicht sollte ausreichen. Was nun zu tun war, das geschah besser unauffällig. Katja durfte nicht dabei sein, das erlaubte ihr Beruf nicht, aber hinterher würde sie es billigen.

Im Büro fand sich wie erwartet nur ein PC. Ich startete ihn von der mitgebrachten CD und meldete mich damit sozusagen von außen am System an. Damit würde ich keine Spuren in den Systemprotokollen verursachen und ließ vor allem das Dateisystem unversehrt. Dann steckte ich die externe Festplatte an und begann, den gesamten Inhalt herunterzukopieren. Das würde einige Zeit dauern. Inzwischen fotografierte ich die Einrichtung, vor allem aber den Bildschirm, an dem wie üblich zahlreiche Zettel klebten. Auf einem davon war sicher das Passwort, das ich aber vorerst nicht brauchte. Mit meiner CD konnte ich jedes Passwort an ihrem System zurücksetzen, ohne es zu starten.

Nachdem eine Weile nichts zu tun war, suchte ich die Nummer von Defcon zero und rief ihn an. Es war die Zeit, in der er schon wach sein musste. Er meldete sich sofort. Wir hatten länger nichts miteinander zu tun gehabt, er war aber gleich Feuer und Flamme. Defcon zero war Gernot, mit dem ich schon lange zusammen arbeitete. Ihn mit Gernot anzusprechen wagte ich jedoch nicht. Die letzte große Aktion lag schon Jahre zurück.

Hacker bekommen selten Aufträge, meistens arbeiten sie für sich allein. Ich bat ihn um einen Rootkit, den ich auf Rofners PC installieren wollte. Von all den schlimmen Dingen ist der Virus das Harmloseste und der Rootkit das Übelste. Ein Virenprogramm findet ihn nicht, auch wenn es das verspricht.

Defcon zero fragte nicht lange, ich erzählte ihm doch alles. Ich wollte einfach wissen, was der spätere Besitzer von Rofners PC mit ihren Aufzeichnungen tun würde. Wenn der PC eine andere Verwendung fand, sollte es mich nicht weiter interessieren.

Ich hatte nicht den geringsten Zweifel, dass er etwas Brauchbares lieferte. In seinem Fach war er wirklich gut, das wusste er, und Bescheidenheit stand ihm nicht. Das zeigte sich auch in seinem Pseudonym. Defcon heißt *defense condition*, es sind die Alarmzustände der US-Army. Defcon 5 ist Frieden, Defcon 3 Alarmzustand, Defcon 1 bedeutet Krieg. Er hatte sich für Defcon zero entschieden.

Defcon zero versprach, in einer halben Stunde alles bereit zu haben.

Ich kopierte inzwischen Rofners Festplatte. Als Nächstes suchte ich die gelöschten Word-Dokumente und Excel-Sheets, stellte sie wieder her, kopierte sie auf meine Platte und löschte sie dann endgültig. Moderne Platten sind so groß, dass fast alles erhalten bleibt, was der Normalbenutzer für gelöscht hält. Zuletzt saugte ich mir die Auslagerungsdatei herunter. Das gab einen schönen Schnappschuss von der letzten Sitzung. Ich installierte den Rootkit und rief Defcon zero an.

»Er ist drauf«, sagte ich.

»Ich sehe ihn nicht. Stelle den Rechner an und lasse ihn laufen, wen kümmert es?«

»Warum nicht«, stimmte ich zu, entfernte meine CD und startete ihn neu.

»Die Kiste sendet jede Stunde ein Ping. Dann wissen wir, wie lange sie dort bleibt und wo sie wieder in Betrieb genommen wird. Wenn zwischendurch wer kommt, erfahren wir das auch.«

Wer sollte kommen? Es schadete aber nicht. Ich zog die Kabel von Bildschirm und Tastatur ab. So bemerkte man gar nichts mehr.

»Wohin gehen die Daten?«, fragte ich.

»Wozu soll ich dir das erklären? Was kümmert dich, wo das Ziel steht. Es geht über drei Zwischenstationen, der Zielcomputer kann in Hongkong stehen oder in Bludenz. Du erfährst schon, wenn sich etwas tut. Zu dir oder mir findet jedenfalls keiner.«

Defcon zero war weg. Der rechtmäßige Besitzer des Zielcomputers wusste auch nichts von der Aktion. Hunderttausende von Computern sind mit Schadsoftware versetzt und erledigen Jobs, von denen ihre Besitzer keine Ahnung haben.

Ich sah auf die Uhr, es war fast sieben geworden, draußen wurde es dunkel. Es ging sich perfekt aus, Katja abzuholen und zum Griechen zu fahren.

II

Pünktlich um 16 Uhr stand Mag. Simone Morawetz vor der Türe. Agnes hatte ihr ungern den späten Termin gegeben, und ich hatte ihn nur akzeptiert, weil sie von Castello empfohlen war. Ich schätzte sie auf ungefähr 30. Sie war etwas kleiner als Rita, größer als Katja, und wenn auf der Welt die Anziehungskraft nur zwischen den dreien verteilt worden wäre, dann hätten Katja und Rita alles und sie nichts davon erhalten. Ihre Figur war zierlich, die dunklen Haare kurz, die Augen lebendig, der Hosenanzug grau, die Schuhe nicht ganz flach. Sie wirkte damit nicht ganz so geschlechtslos, wie es Rofner geschafft hatte. Ihr Selbstbewusstsein machte alles wieder wett.

Ich bat sie ins Besprechungszimmer, wir tauschten Visitenkarten aus. Dann wurde es schwierig.

Auf ihrer Karte stand Creative B2B Consulting. Ich löste die Abkürzung als *to bleed or not to bleed* auf, worauf es sich für ihre Klienten letztlich reduzierte.

Genau so begann das Gespräch. Es kostete mich ein wenig Mühe, ihr klar zu machen, dass ich die Fragen stellen musste, wenn ich für sie etwas erreichen wollte. Sie war schon eine Weile im Geschäft und hatte es sich damit angewöhnt, ihre Klienten auszufragen. Das war Prägung. Das dauerte genau so lange, bis die Stellen am Gesprächspartner lokalisiert waren, in denen er Unsicherheit zeigte. Dort hakte das Beratungsangebot ein. Dann folgten Protokolle, Meetings, Strategiepapiere, Vorhabensberichte und dergleichen mehr. Zwischendurch kamen Honorarnoten, zuletzt der Abschlussbericht. In dem stand großteils, was man ihnen erzählt hat. Damit kamen wir heute aber nicht voran.

»Welche Unterlagen haben Sie für mich?«, fragte ich nun, ohne meinen Unmut länger zu verbergen.

»Ich habe … Sie werden doch verstehen, dass wir uns erst ein Bild von Ihnen machen müssen.«

»Wir? Ist es Ihr Geld?«

»Ich berate Signore Girotti in dieser Angelegenheit.«

»Sie sagten, er sei verhindert und Sie kämen, weil er keine Zeit verlieren will.«

»Das ist korrekt.«

»Dann verlieren wir keine Zeit. Was haben Sie für mich?«

Frau Magister schluckte. Ich fragte mich, was Signor Girotti mit ihr anfing. Sie war überfordert. Rofner hatte sie überfahren.

Ich sagte ihr, dass ich fünf Prozent Erfolgshonorar von der wiederbeschafften Summe nahm, jedenfalls aber 110 Euro pro Stunde. Ich sagte ihr auch, dass diese Zeit soeben zu laufen begonnen hatte.

»Dann«, setzte ich fort, »stellt sich für mich die Frage nach Ihrer Legitimation.«

Sie zog nun doch einige Papiere aus ihrer Mappe und schob mir das oberste Blatt zu.

»Herr Girotti hat vor drei Monaten 220.000 Euro angelegt«, stellte ich fest, »warum ist er nach der kurzen Zeit schon in Sorge? Wo ist das Problem?«

»Ja, sehen Sie das nicht?«

»Ich sehe gar nichts, abgesehen davon, dass ich so etwas nicht gemacht hätte.«

Vor mir lag ein Ding, wie es auch in den Vorlagen von Microsoft Publisher enthalten war. Ich hatte damit einmal ein Zertifikat für meine Friseurin entworfen. ›Heldin der Arbeit‹ war darauf gestanden, weil sie mir am Nachmittag des Faschingsdienstags einen Termin gegeben hatte. Der

Faschingsdienstag ist in Innsbruck ein halboffizieller Feiertag. Nachdem sie den altehrwürdigen Titel aus der ehemaligen Sowjetunion nicht kannte, hatte ich von der Verleihung Abstand genommen. An den Faschingsdienstag fühlte ich mich mit dem Zertifikat erinnert.

Das Zertifikat vergoldete die Kommanditeinlage bei einer Investmentfirma, als deren CEO ein gewisser Hartmut Freysinger unterfertigt hatte. Den Namen Freysinger kannte ich beiläufig, er war ein ortsansässiger Steuerberater. Diese Firma hatte in einen Hersteller von Metallwaren investiert. Alles daran hatte eher dekorativen Charakter. Die Investmentfirma lautete auf den trendigen Namen Alpine Securities.

»Das ist eine dünne Suppe«, setzte ich fort, nachdem sie erwartungsvoll geschwiegen hatte. »Mehr haben Sie nicht für mich?«

Sie blätterte in ihren Unterlagen. Ihr Bekannter oder Freund war einer Betrügerin auf den Leim gegangen, meiner ehemaligen Nachbarin. Ich freute mich schon auf die Untersuchung ihrer Festplatte.

Das alles war jetzt nicht wichtig. Wichtig war die Frage, was den Investor unerwartet in Sorge versetzte.

Niemand kannte Freysinger, die Kunden seiner Steuerberatungsfirma ausgenommen. Dass er Beteiligungen vermittelte, wusste sicher keiner. Die plötzliche Sorge Girottis hatte einen Grund. Dieser Grund war ihm offensichtlich erst später bekannt geworden, sonst wäre er in das Geschäft nicht eingestiegen. Warum verschwieg er die Information und die Quelle, aus der sie stammte?

Ich beschloss, nicht darauf einzugehen, bevor ich von Ulrich etwas dazu hörte.

Morawetz hatte nun doch etwas gefunden und gab mir vier weitere Blätter. Es waren der Vermittlungsauftrag und die Geschäftsbedingungen Rofners. Ein Einzahlungsbeleg oder ein Kontoauszug fehlten, und von Alpine Securities fand sich nichts. Das alles roch nach Schwarzgeld, womit dem gescheiterten Investor nicht viele Möglichkeiten offen standen.

»Wir müssen das doch offiziell machen«, sagte ich, »ich schicke Herrn Girotti den Auftrag, den er bitte unterfertigt. Eine a conto Zahlung, ich denke an 2.000, das sollte fürs Erste reichen. Kann ich seine Adresse haben?«

Sie sah auf die Uhr. Das ist immer eine gute Möglichkeit nachzudenken. Ich wartete.

»Wir rufen Sie an«, erklärte sie, »das geht selbstverständlich in Ordnung. Geben Sie uns bitte einige Tage, Signor Girotti ist sehr beschäftigt. Inzwischen verlieren Sie bitte keine Zeit, daran ist Signor Girotti sehr gelegen.« Sie verstaute den restlichen Stapel wieder in ihrer Mappe. Ich stand auf und begleitete sie zur Türe. Nach dem kurzen Zugeständnis war sie schon wieder die Alte. Wir verabschiedeten uns.

Die letzten warmen Tage eigneten sich für eine Runde mit dem Motorrad. Ich nahm den Helm und die offene Lederweste und trat vor das Haus. Den Helm hängte ich wie üblich an den Lenker, um beim Aufsperren die Hände frei zu haben. Da sah ich Morawetz, wie sie am Ende der Straße in einen blauen SUV stieg. Der Wagen parkte aus, er trug ein italienisches Kennzeichen. Ich schmunzelte.

Der Fahrer, es konnte nur Signor Girotti sein, musste mich gesehen haben. Er legte den Rückwärtsgang ein, rollte zurück und hielt bei mir an. Die Scheibe glitt herunter. Ich überquerte die Fahrbahn und ging hin. Im Wagen hingen einige Anzüge an Kleiderbügeln.

Der Mann war um die 40, trug einen eleganten dunklen Anzug mit weißem Hemd und roter Krawatte. Er war schlank, seine kurzen Haare waren schwarz mit ersten grauen Streifen, sein Blick war über die Brille gerichtet.

»Signor Prokop?«, fragte er in holprigem Deutsch. »Sind Sie es?«

»Paul Prokop«, antwortete ich, »Herr Girotti?«

»Ja, sehr erfreut. Sprechen Sie Italienisch?«

»Leider kein Wort, Englisch?«

»Nicht gut. Ich hatte zufällig Zeit und dachte, dass ich meine Vertraute noch abholen kann. Das ging sich gerade aus, ich wäre gern selbst gekommen. Sie übernehmen die Nachforschung, das ist sehr gut.«

»Aber gerne. Wir müssen nur noch das Kleingedruckte regeln.«

»Das Klein…«

Morawetz übersetzte ihm etwas, dann lachte er strahlend. »Ein Vertrag? Natürlich, bitte wickeln Sie alles über Frau Magister Morawetz ab, sie ist von mir vollkommen autorisiert. Ich könnte ohne ihre Hilfe nicht auskommen.«

Morawetz sagte noch etwas auf Italienisch.

Er griff zu seiner Brusttasche. »Ein Vorschuss? 2.000? Das geht in Ordnung.«

»Nicht bar, ich schicke Ihnen eine Honorarnote.«

»Bitte an Magister Morawetz senden, oder wir machen es jetzt gleich, kein Problem.«

Ich deutete zu meinem Chopper. »Jetzt fahre ich auf ein Bier, es ist Feierabend.«

»Bene«, strahlte er, »arrivederci.«

Die Scheibe glitt hinauf, er lächelte und fuhr los. Ich ging zu meinem Chopper, setzte den Helm auf und startete. Der kraftvolle Zweizylinder erwachte mit tiefem Blubbern zum Leben. Das Motorrad, ein ehrliches Stück Schwermetall ohne jede Elektronik war zehn Jahre alt, aber viele hielten es für neu. Im Frühjahr, nach dem Winterlager, ließ ich in meiner Leibwerkstatt in den Viaduktbögen eine komplette Revision machen. Nichts ist umsonst, und das Geld ließ ich lieber hier im Land, als es nach Japan zu schicken.

Girotti war rechts abgebogen, also fuhr ich links. Ich musste nachdenken. Das ging am besten auf einer ruhigen Straße. Einer der Vorzüge Innsbrucks war, dass man in wenigen Minuten die Stadt verlassen hatte. Ich steuerte Kematen an und tauchte in die Schlucht der Melach ein. Sowie man drin ist, wird es kühl. Das bemerkt man aber nur, wenn man nicht im Raumanzug auf dem Motorrad sitzt, was beim Chopper selbstverständlich ist.

Signor Girotti war ein aufmerksamer, gepflegt wirkender Herr mit guten Manieren. Er hatte nicht den Fehler begangen, einfach wegzufahren, nachdem ich ihn gesehen hatte. Sein Deutsch war viel besser, als er vorgab, es zu sprechen. Zweifellos erzielte in einem Gespräch in wenigen Minuten mehr als seine Begleiterin in Stunden, auf deren Hilfe er angeblich nicht verzichten konnte. Einen Vorschuss herauszurücken, fiel ihm nicht schwerer, als den Wagen zu starten. Er war perfekt.

Der Motor blubberte zufrieden, ich glitt durch die Kurven der Schlucht. Nachdem ich die letzte Lawinengalerie verlassen hatte, wurde es wieder warm. Der September war kurzärmlig auf dem Bike grenzwertig. Auch bei 35 Grad im Freien war es in der Schlucht kühl.

Girotti erinnerte mich fatal an die Italiener, die auf der Straße gestohlenes Gut verkauften. Ich war schon verschiedene Male angesprochen worden. Es waren immer gepflegt wirkende Herren, die in sauber geputzten teuren Autos anhielten, einen herbeibaten, um dann nach einer Auskunft zu verlangen. Nach der vertrauenerweckenden

Einleitung kamen sie zur Sache. Einer hatte mir erzählt, er sei im Kasino sein ganzes Geld losgeworden und seine Kreditkarte sei gesperrt. Ob ich ihm mit einigen Euro für das Telefon aushelfen könne? Die Münzen hatte ich spendiert, da wies er auf die Anzüge im Auto hin und sagte, er sei Vertreter. Ich könne die besten Anzüge billig haben, um den halben Ladenpreis. Er zeigte mir die nobelsten Firmenetiketten, er brauche Geld zum Tanken. Ein anderer ließ sich von mir die Landkarte erklären und hatte eine Lesebrille parat. Als er zu den Anzügen deutete hatte ich mich freundlich verabschiedet.

Sicher tat ich Signor Girotti mit diesem hässlichen Verdacht Unrecht, aber genau so wirkte er auf mich.

Ich fuhr weiter in Richtung Kühtai und war gespannt, wie weit ich es schaffen würde. Nach Gries ging es steil hinauf und es wurde deutlich kühler. Vor der Ebene von St. Sigmund weideten wieder die Büffel am Straßenrand. Natürlich handelte es sich um Kühe, aber mit dem zotteligen Fell sahen sie aus wie ihre amerikanischen Artverwandten. Hinter St. Sigmund wurde es endgültig kalt. Über dem Plateau oberhalb von Haggen ließ ich die Maschine laufen und schwebte durch die beiden Galerien hinauf auf den Pass. Als das Ortsschild Kühtai, mit der Zahl 2.020 Meter, vorbeiglitt, erinnerte ich mich an die Geschichte *Der treibende Stein* von Albert Camus. Ich hatte es geschafft. Der Triumph wog die zehrende Kälte auf.

Drunten beim Stausee hielt ich an. Das Wasser war grau und sah noch kälter aus als sonst. Wenn man in der kalten Bergluft am Pass anhält, der kräftige Zweizylinder ruhig unter einem klopft und warmer Benzinduft in die Nase steigt, weiß man, was einem Kabrio-Fahrer entgeht: alles.

Ich rollte wieder an. Bald ließ die beißende Kälte nach,

und eine Viertelstunde später war ich über den Haiminger Berg wieder hinunter im Tal. Gleich nach dem kleinen Ort Höpperg war es wieder spürbar warm.

Oilers 69 war eine aufgelassene Tankstelle, die man in ein Restaurant umfunktioniert hatte. Hier gab es nur Schwermetall, Motoren, Öl und Benzin, zumindest, was die Einrichtung betraf. Der skelettierte Fahrer in dem Wrack des Abschleppwagens an der Einfahrt zum Motorradparkplatz lächelte freundlich wie immer, zahlreiche Motorräder standen vor der Terrasse.

Ich setzte mich auf die Terrasse, stopfte eine Pfeife und wartete, bis Kathrin herankam. Das dauerte ein wenig, aber ich hatte nichts zu sagen.

»Ein Bier, deinen Burger, der Speck cross gebraten?«, fragte sie und ging, ohne die Antwort abzuwarten.

*

Es war fast ein Uhr Nacht, ich legte noch ein Scheit auf die Glut. Katja schlief auf dem Sofa, Inverboindie sprang herunter und setzte sich vor das Feuer. Seit einer Stunde ging ich die Kopie von Rofners Festplatte durch und sammelte Dateien, die sich auf Rofner bezogen.

»Neue Bilder von Rita?«, murmelte Katja schlaftrunken und rollte sich ein.

»Spannender«, sagte ich, »nicht so schön, aber spannend. Das ist der Inhalt von Rofners Computer.«

Katja richtete sich auf. »Ist nicht dein Ernst?«

»Absolut. Ich bin aber noch nicht weit, es kann schon ein paar Tage dauern, bis ich halbwegs durchblicke.«

Katja kam zu mir und blickte mir über die Schulter.

»Material habe ich in Fülle. Offensichtlich hat sie krumme

oder zumindest sehr riskante Geschäfte gemacht. Ob sie dabei Glück hatte, weiß ich noch nicht.«

»Hast du ihren Computer geplündert?«

»Das ist ein hartes Wort.«

»Ja, ich bin müde. Komm ins Bett.«

*

Agnes hatte mir den Konkursfall Katjas aufbereitet, ich konnte endlich mit dem Schadenreferenten verhandeln. Nach dem Gespräch war ich zufrieden. Sie stand an meinem Schreibtisch und hatte zugehört. Agnes konnte Katja nun einen ansehnlichen Betrag melden und gleich die Honorarnote versenden.

In der Wohnung über meinem Büro machte es klack-klack. Rita wohnte genau über mir. Ich griff zum Handy und rief sie an. Agnes lächelte.

»Hallo, Paul«, meldete sich Ritas frische Stimme, »sprich zu mir.«

»Wie heißt der Schuh?«

Rita kicherte.

»Carina, es ist derselbe wie auf der Hamlet-Aufnahme.«

»Carina«, sagte ich zu Agnes.

Agnes schüttelte den Kopf und verschwand in ihr Büro.

Es war an der Zeit, Ulrich zu treffen. Wir vereinbarten ein Treffen im Café Sailer um 11 Uhr. Ich holte mir den Datenbestand der Rofner noch einmal auf den Bildschirm und konzentrierte mich auf Juli, wo das Geschäft mit Girotti über die Bühne gegangen war.

Die Daten enthielten auch Beträge, die an Freysinger geflossen waren. Diese Datensätze enthielten allerdings nur Verweise auf andere Daten. Ich fertigte eine Liste der Investoren an. Es konnte nicht schaden, wenigstens einige von ihnen kennenzulernen.

Tatsächlich fand sich auch der Name Morawetz einige Male. Die Notizen besagten, dass Frau Mag. Simone Morawetz für Beratung die stolze Summe von 4.900 Euro bezahlt hatte, zuzüglich Steuer. Das Zertifikat, das mir vorlag, tauchte mit keiner Erwähnung auf.

Der Fall Girotti schien bei Rofner zwar begonnen, aber nie geendet zu haben. Eine Stichprobe bei zwei anderen Klienten zeigte dasselbe Muster.

Agnes kam herein und ließ mich den Brief an Morawetz unterschreiben.

»Ein Koffergeschäft«, sagte ich, »220.000 ohne Beleg, zumindest ohne einen, den ich finden kann.«

Im Treppenhaus machte es klack-klack. Rita ging fort. Agnes schmunzelte und nahm den Brief an sich. Ich verschlüsselte den Datenbestand wieder und brach auf.

Während ich an der Kreuzung beim Sillpark stand, rief Katja an. Sie bedankte sich für das Ergebnis. Zu Mittag musste sie absagen, und abends traf sie sich mit einer Freundin.

Nach der Kreuzung, wo der neue Turm emporwuchs, stockte die Kolonne erneut. Ich fuhr kurz entschlossen in die Garage des Europahauses, behielt das Ticket in der Hand, durchquerte die Garage und verließ sie in der Meinhardstraße. Dann steuerte ich den Südring an. Es ging wie immer schleppend voran. Das bot Zeit zum Nachdenken.

Rofner hatte viel Geld argloser Kunden in Island versenkt. Das hatten auch andere getan, es hatte vielen geschadet und es war noch nicht vergessen. Ihren Kundenkreis hatte sie danach zweifellos neu aufbauen müssen. Verbrannte Erde hinter sich, ein Loch in der Kasse, da mochte sie schon zu gewagten Manövern Zuflucht gesucht haben. Welche Wege hatte das Geld ihrer neu gewonnenen Kunden genommen, wo war es hingelangt?

Ich konnte nicht erwarten, auf den ersten Blick die Lösung zu finden. Die Abschlüsse mussten in einem zweiten Teil zu finden sein, denn das Anbahnen allein brachte nichts. Rofner war vorsichtig gewesen, und das hatte einen Grund. Riskante Geschäfte allein erklärten das nicht. Irgendetwas war dann schiefgegangen, und zwar früher als erwartet.

Bereits drei Monate nachdem Girotti eingezahlt hatte, begann er mit Nachforschungen. Was war passiert? Nur eine Kleinigkeit, der Tropfen, der das Fass zum Überlaufen brachte? Ungefähr zur gleichen Zeit hatte Rofner ihr Büro gekündigt und ihr Aussehen verändert.

Ich ergatterte einen der seltenen freien Parkplätze direkt vor dem Café. Ulrich war schon da. Die warme Septembersonne lud ein im Garten zu bleiben, und der Geräuschpegel der Straße war für eine ungestörte Unterhaltung hilfreich. Ich setzte mich zu ihm, unter den Baum, neben dem Mühlstein, bestellte meinen Espresso und stopfte meine Pfeife.

Er schob mir eine Visitenkarte zu. Sie wirkte gediegen, nicht ohne Eleganz, fühlte sich stabil an, ohne in der Hand schwer zu wiegen. Auf feinem Mattweiß, dessen Hintergrund auch in der hellen Sonne nicht blendete, prangte goldgeprägt ›Alpine Securities‹, kleiner stand dabei GmbH. Mit nur leichtem Druck zwischen Daumen und Zeigefinger betrachtete ich sie, als ob ich das originale Titelblatt von Beethovens dritter Sinfonie zwischen den Fingern hielt. Dieses Titelblatt hatte Beethoven gleichwohl selbst verwüstet. Als Napoleon sich zum Kaiser krönte, radierte er dessen Namen wieder aus. Hinter dem von der Hand des Meisters besudelten Titelblatt befand sich allerdings in vollendeter

Schönheit die Partitur. Vergleichbares konnte die Visitenkarte nicht bieten.

»Securities«, sagte Ulrich und grinste hämisch.

Ich grinste auch. Papiere, die diesen Begriff enthielten, hatten in den letzten Jahren zu Verlusten geführt, die man sich bis dahin nicht hätte träumen lassen. Sicherheit war eine gefährliche Sache geworden.

»Wer beginnt?«, fragte Ulrich.

»Du.«

»Was sagt dir das?«, fragte er und deutete auf die Visitenkarte.

»Ich habe ein Zertifikat gesehen, auf dem der Name dieser Firma stand.«

»Bei deinem Auftrag?«

»Genau. Mein Auftraggeber besitzt ein solches Zertifikat.«

»Dein Auftraggeber? Erzähle mir etwas von ihm. Es würde mich interessieren, ob er zu den anderen passt.«

»Der ist ein ausgeschlafener Typ. Freundlich, aufmerksam. Ein Italiener, der vorgibt, nicht gut Deutsch zu sprechen, aber alles bestens versteht. Erst versucht er, einen ins Italienische zu ziehen.«

»Das funktioniert bei allen, die ein paar Brocken können. Dafür verstehen sie dann nicht, worum es wirklich geht«, stimmte Ulrich zu.

»Nichts anderes will er damit erreichen. Er hat eine Wichtigtuerin dabei, die er vorschiebt. Angeblich ist er ohne ihre Unterstützung praktisch hilflos.«

»Lass mich raten: Den Auftrag hast du eigentlich von ihr bekommen? Weil er schlecht Deutsch spricht, selten da ist und so weiter?«

»Exakt.«

»Hat die Dame einen Beruf?«, wollte Ulrich wissen.

»Sie ist Consulterin.«

»Der ist wirklich ausgeschlafen. Von der erfährst du nichts. Die hat nämlich keine Ahnung.«

»Wieder richtig. Die fragen einen ständig, du kannst lediglich antworten. Zuletzt berichten sie dir, was du ihnen erzählt hast. Und jetzt lass mich raten: Er passt nicht zu den anderen.«

»Nicht im Geringsten«, sagte Ulrich und grinste. »Nicht im Entferntesten.«

»Wie konnte der auf so etwas hereinfallen? Diese Firma kennt kein Mensch, und so einen Zettel kann jeder anfertigen.«

Wir überlegten und gelangten zu keiner Antwort. Magister Morawetz war auf Helga Rofner hereingefallen, aber das erklärte zu wenig. Es erklärte höchstens, warum Girotti mich kennenlernen wollte.

»Kennst du den Laden?«, fragte ich jetzt. »Ich habe nie von denen gehört.«

»Damit geht es dir wie allen anderen. Alpine Securities steht nicht im Telefonbuch, obwohl die Nummer auf der Karte funktioniert. Aber sie hat kein Schild am Hauseingang, residiert im Büro der Firma Augustina, die in der Erlerstraße irgendwo im vierten Stock ein Zimmer hat. Die Augustina gehört einem ehemaligen Bankdirektor, der dort Anlagegeschäfte macht. Im Büro stehen ein Computer und ein Telefon. Am Firmenschild der Augustina klebt ein Zettel mit dem Namen Alpine Securities.«

Ich winkte der Kellnerin, deutete auf die Espressotasse und zündete die Pfeife neu an. Reden nützte im Moment nichts, weil ein Jet tief über unsere Köpfe schwebte. Er verschwand hinter dem Supermarkt.

»Wie ist dieser Girotti auf dich gekommen?«, fragte Ulrich.

»Durch eine Empfehlung. Die Morawetz kannte den umtriebigen Referenten einer Versicherung, der macht dort das Großgeschäft. Er rief mich in ihrer Gegenwart an.«

»Du hast selbst wenig Ahnung von diesem Job, stimmt es?«

»Ja. Ein Zertifikat, eine Summe, der Name der Vermittlerin, eine Honorarvereinbarung.«

»Beeindruckend.«

»Ja, ja. Er hat etwas zu verbergen, das ist offensichtlich. Ein anderer Grund für die Geheimnistuerei fällt mir nicht ein.«

»Er ist bislang der Einzige der Investoren, der sich das nicht bieten lässt. Sonst herrscht Grabesstille.«

»Du meinst, keine Geschäftstätigkeit mehr, Kapitalzuflüsse versandet?«

»Seit mindestens vier Wochen ist da nichts mehr los. Würde mich nicht wundern, wenn dein Girotti nur mehr in ein Loch eingezahlt hat. Das soll nicht heißen, dass es vorher besser war. Es ist nur besonders ärgerlich, der letzte Einzahler gewesen zu sein.«

Das war es wirklich. Einige Wochen früher hätte sich Girotti noch einreden können, dass es schlechte Geschäfte seien, die ihn um sein Geld gebracht hatten, aber so?

»Wir haben da ein schwarzes Loch«, stellte ich fest. »Da ist eine Menge Geld drin verschwunden …«

»Mehr als 20 Millionen«, streute Ulrich ein, »wie man hört.«

»Gut, mehr als 20. Wenn wir von Girotti absehen, scheint es keinen aufzuregen.«

»Wir werden ein wenig Unruhe hineinbringen. Was hast du erfahren?«

Ich erzählte von Rofners Computer, und dass ich ihm sobald wie möglich eine Liste der Kunden zukommen lassen wollte. Die erfolglose Suche auf ihrer Platte wunderte ihn nicht. Sie konnte schwerlich so dumm gewesen sein, meinte er, das alles auch noch aufzuzeichnen.

»Sie ist tot«, erinnerte ich ihn, »an freiwillig glaube ich längst nicht mehr.«

»Ja, sie ist tot«, bestätigte Ulrich, »und ich mache mir nicht die Illusion, dass das ein Spaziergang wird.«

*

Der Garten beim Italiener war gut besucht. Die Luft fühlte sich hinreichend warm an, die tiefer stehende Sonne reichte aber nicht mehr zu den Tischen. Auf den wenigen freien Tischen befanden sich Schilder: Reserviert.

»Riservato a lei, signor Prokop«, hörte ich die Stimme des Wirts hinter mir. Er wies freundlich auf den freien Platz, ich setzte mich. Der Chianti kam, ohne dass ich nachfragte, ich bestellte meine üblichen Carbonara. Dann stopfte ich meine Pfeife und dachte nach.

Alpine Securities hatte fleißig Geld eingesammelt und dafür bunte Zertifikate ausgestellt. In der Vergangenheit hatte man mich oft beauftragt, derart angelegtes Geld zu suchen. Meistens blieb es dauerhaft weg. Firmen, die 40-jährige Programme anboten, selbst aber nur vier Jahre überlebten, waren mir nicht neu. Neu war jedoch der Anblick der Toten im Gras unseres Gartens und das Gefühl der Empörung, das ich dabei verspürt hatte und das noch immer anhielt.

Helga Rofner hatte ihre Zelte abgebrochen, und dafür gab es einen Anlass. Ich kannte ihn nicht. Ihr Sturz aus dem

Fenster hatte einen weiteren, der musste erst vor Kurzem hinzugekommen und schwerwiegend gewesen sein.

Während ich meine Carbonara wickelte, ohne Löffel gelang mir das noch immer nicht, und ihrer Bestimmung zuführte, wurde mir klar, dass ich mit den gelöschten Dateien nur einen Teil der wichtigen Information gesichert hatte. Das konnte eventuell nicht ausreichen, ich musste auch die temporären Dateien wiederherstellen. Das hatte ich übersehen. Nun hielt mich nichts mehr. Ich zahlte und brach auf.

Kurz nach zwei Uhr saß ich wieder am Computer Rofners und wiederholte die Prozedur. Die gelöschten Dateien, allerdings nur Office-Dokumente, hatte ich bereits auf meine Platte gesichert, diesmal waren die temporären dran. Word konnte in einer Sitzung Dutzende davon anlegen, beim Schließen wurden sie dann gelöscht. In denen war alles enthalten, was sich in der Sitzung abgespielt hatte. Davon gab es nun wirklich viele, und ich stellte sie allesamt auf meiner externen Festplatte wieder her. Wenige Minuten nach drei Uhr spielte mein Handy *Pipeline*, die Kennung von Defcon zero.

»Die Backdoor sendet nicht mehr«, sagte seine schlaftrunkene Stimme. Er war wohl gerade aufgewacht. Ich beruhigte ihn, dass das nur ich sei. Für meine Arbeit hatte ich den Computer wieder von der CD gestartet, um keine Spuren darauf zu hinterlassen.

Später saß ich in meinem Büro und durchsuchte die Beute. Diesmal war sie ergiebiger. Der Datenmüll reichte zwei Jahre zurück, er war Rofners wachsamem Blick entgangen. Wie die meisten Benutzer hatte sie geglaubt, dass gelöschte Daten gelöscht sind. Was ich fand, verblüffte mich.

Es handelte sich um eine einzelne Gesprächsnotiz, in der endlich der lange gesuchte Name Girotti auftauchte. Natürlich befand sich der Name in der temporären Datei, er war vor dem Abspeichern durch das Kurzzeichen smg ersetzt worden. Dass Girotti mit Vornamen Massimo hieß, erfuhr ich so obendrein. Rofner hatte offenbar Signore Massimo Girotti abgekürzt. Ich startete sogleich einen weiteren Suchlauf über den ganzen Bestand. Das würde eine Weile dauern, aber die Notiz am Bildschirm entzückte mich, als ich sie schließlich verstand.

Nachdem ich sie mehrmals gelesen und mir noch einmal die Augen gerieben hatte, holte ich die Flasche Cragganmore, Jahrgang 1983, hervor. An sich war mir der Cragganmore zu mild, aber der Jahrgang 1983 war wunderbar komplex im Geschmack. Ich goss ein wenig in mein Tulpenglas und kostete ihn. Was der wahre Connaisseur da alles herauslas, entzog sich meiner Wahrnehmung, aber er schmeckte fabelhaft.

Nun konnte ich Ulrich anrufen, denn ich ahnte jetzt, was der Auslöser von Girottis Aktivität sein musste. Er meldete sich in dem Moment.

»Bei mir stimmt etwas nicht«, begann er, »anonyme Anrufe den ganzen Nachmittag über. Da terrorisiert jemand meine Frau. Gehe ich ran, ist die Leitung tot. Bei dir alles ruhig?«

Ich brauchte einen Moment, um den Umstieg zu schaffen. »Terror am Telefon? Sagten die etwas?«

»Und ob. Ich solle aufhören, Unwahrheiten über Magister Freysinger zu verbreiten, das könne ins Auge gehen.«

»Hast du dich denn nach Freysinger erkundigt?«

»Keine Rede davon, ich habe den Namen nie erwähnt.«

»Ich habe eine bessere Nachricht«, sagte ich, »ich denke, ich habe das Motiv gefunden.«

Ulrichs Sorge war wie weggewischt. »Leg los.«

»Girotti ist unser Mann, der wird uns hineinführen.«

»Girotti? Also doch. Warum?«

»Ich habe den ganzen Nachmittag die Daten durchforstet. In den gelöschten Dateien steht es drin. Girotti hat die Rofner im Winter in einer Bar in der Altstadt angebaggert.«

»Rede schon weiter.«

»Sie kamen fast ins Geschäft. Da war von 300.000 die Rede.«

»Du sprichst von einem Gesprächsprotokoll? Um 300.000?«

»Richtig. Was sagt dir das?«

Ulrich zog die Luft zwischen den Zähnen ein. »Angelegt wurde dann aber weniger, sagtest du?«

»Genau. Einige Monate später legte die Morawetz in seinem Auftrag 220.000 an.«

Ulrich dachte dasselbe wie ich. Er wollte es aber noch nicht glauben. »Es kann sein, dass er doch nicht so viel flüssig hatte«, wandte er ein, »oder er hat es sich einfach anders überlegt.«

»Diese Möglichkeit muss man in Betracht ziehen«, bestätigte ich.

Er zog sie genau so wenig in Betracht wie ich.

»Wenn es so war, wie wir vermuten, dann fehlen nun 80.000«, stellte er fest.

»Genau das. Falls er nur ein Strohmann ist, dann hat er die Differenz eingesackt. In dem Fall hat er jetzt ein Problem.«

Keiner sagte etwas. Wenn Girotti fremdes Geld anlegen sollte, und er hatte nicht alles angelegt, sondern sich einen Teil davon behalten, dann war er jetzt in einer schlimmen Lage. Es war nicht anzunehmen gewesen, dass das Geschäft so schnell aufflog. Mit ein wenig Glück hätte man lange nichts entdeckt.

»Was ist nun aber …«, grübelte Ulrich, »was wäre, wenn Girotti gar nicht betrogen wurde, vorerst zumindest. Er ist doch ein ausgeschlafener Typ, sagtest du?«

»Klar«, stimmte ich zu, »es kann Absicht gewesen sein. Er rechnete damit, dass Alpine Securities untergehen würde, und hat gerade deshalb dort investiert – allerdings nur einen Teil des ihm anvertrauten Geldes. Die hätten nur einige Jahre durchhalten müssen, dann wäre die Rechnung aufgegangen. Er hätte alles problemlos als gescheitertes Investment darstellen können. Hinterher findet in dem Chaos keiner mehr etwas Brauchbares.«

»Dann hätte er die 80.000 locker behalten können.«

»Alpine Securities ist nicht Amis«, kommentierte ich.

Ulrich lachte hässlich. Amis hatte 140 Millionen eingesammelt und nie die Absicht gehabt, Geschäft zu machen. Das Geld von 16.000 Anlegern war auf ein einziges Konto in Luxemburg eingezahlt worden. Aus dem Topf hatte die Geschäftsführung Geschenke an alle und jeden verteilt. Das war unter den Augen aller – und das über lange Zeit – abgelaufen.

»Du erinnerst dich auch daran?«, sagte er und ich sah ihn dabei förmlich grinsen. »Es gab keine Buchhaltung, dann kamen die Retter.«

»Ja«, stimmte ich zu, »die retteten über fünf Jahre hinweg das restliche Geld. Anwälte, Anlegerschützer, Kreditschutzverbände, alle haben bestens an der Rettung verdient. Ein Wunder, dass überhaupt noch ein paar Kröten ausbezahlt wurden.«

Die Rettung, das Sichten der Unterlagen, Neuerstellen der Buchhaltung, Hin-und-Her-Schieben der Verantwortung und Zuständigkeit über halb Europa hatte tatsächlich länger gedauert als der Geschäftsbetrieb der dubiosen Firma.

Inzwischen hatten viele einen Bruchteil ihrer Investition zurückerhalten. Jeder war froh über irgendeinen kümmerlichen Rest, der nicht verloren ging. Für den Gläubiger ist der Konkurs ein Lehrmeister in Bescheidenheit.

»Darauf hat Girotti spekuliert«, stellte Ulrich bündig fest, »ich wette darauf.«

»Girotti und Morawetz sind das Dream-Team des Jahres, die betrogenen Betrüger.«

»Also dann, bis morgen«, meldete sich Ulrich ab.

»Bis morgen, es ist viel zu tun.«

»Du sagst es. Er hat nämlich noch 80.000.«

Ich verschlüsselte den Datenbestand wieder und verstaute die Platte im Safe. Den Single Malt stellte ich zurück ins Regal. Es war jetzt fast sechs Uhr, nach vier Stunden Durchsuchen von Daten hatte ich Lust auf einen Abschluss im Gastgarten. Die Webseite des ZAMG kündigte einen Wettersturz an. Der letzte warme Abend sollte nicht verschwendet werden. Ich brach auf, um zu Fuß hinzugehen.

Als ich an der Sill entlang spazierte, meldete sich Katja. Ihre Freundin Iris hatte absagen müssen, sie war frei. Ich sagte, dass ich auf dem Weg nach Agios Nikolaos sei und sie dort erwarte.

Ich ging über den Saggen zum Innsteg und war nach 20 Minuten beim Griechen. Dort fand sich gerade noch ein Platz für uns. Der Garten war voll. Er war so voll, dass die Gäste nach innen ausweichen mussten, und vor allem so voll, dass dem Wirt das Bier ausging. Aus dem Magazin wurden Kisten mit Mythos-Bier zur Schank geschleppt. Wir entschieden uns für Retsina.

»Du bist Rassist«, warf die Wirtin mir vor, als sie den Retsina auf den Tisch stellte, »verweigerst schon wieder das griechische Bier.«

Ich verstand ja, dass sie den Vorrat abbauen wollte, lange würde sie nicht mehr hier sein. Katja und ich beobachteten belustigt den vollen Garten, in dem das Personal hin und her rannte. Vermutlich hatte halb Innsbruck noch schnell den Wetterbericht angesehen.

Um zehn Uhr war der Garten nach wie vor voll. Weil ich dem Thema Girotti beharrlich auswich, kam Katja darauf zu sprechen. Für den Aufwand lohne die Sache nicht, meinte sie. Ich erzählte ihr, wie sie sich inzwischen entwickelt hatte.

Unsere Theorie, dass Girotti bewusst auf den Untergang der Alpine Securities gesetzt hatte, leuchtete ihr ein. So etwas kam ja nicht zum ersten Mal vor. Sogar die griechische Postbank hatte heuer mit dem Geld, das von europäischen Steuerzahlern stammte, auf den Untergang des eigenen Landes gewettet. Eine amerikanische Großbank, eben vom Steuerzahler gerettet, hatte mit diesem Geld gegen die Produkte gewettet, die sie den eigenen Kunden empfahl und verkaufte. Uns beiden waren diese Leute zutiefst unsympathisch, und die ganze Branche, der jeder Anstand abhandengekommen war, erst recht.

Dass meine Sorge nicht dem dubiosen Signor Girotti galt, wusste Katja.

»Du siehst noch immer die Rofner vor dir im Garten liegen?«, fragte sie.

»Eigentlich schon. Mit dem, was sie getan hat, hat sie gewiss kein Mitleid verdient. Mich stört, dass es immer die Unteren trifft und die anderen heil davonkommen.« Ich winkte dem Wirt – wollte zahlen. Es war kühl geworden.

»Steig bei mir ein«, sagte sie, »fahren wir zusammen.«

III

Castello kam am späten Vormittag. Er zwängte seine hagere Gestalt durch die Türe, die er nie weiter öffnete, als es notwendig war. Vermutlich hatte man ihn in der früheren Landesdirektion dabei beobachtet und war zum Schluss gekommen, dass er schon deshalb gar keinen eigenen Schreibtisch brauchte. Ich winkte ihm zu und beendete mein Telefongespräch. Die Türe öffnete sich jetzt ganz, denn Agnes brachte einen Stuhl aus dem Besprechungsraum. Ich schob Castello meine Tabaksdose zu.

»Mahlzeit«, sagte er und betrachtete aufmerksam das Tablett mit der Flasche und den beiden Gläsern. Er nahm die Tabaksdose um eine Zigarette zu rollen und fragte: »Das ist also der geheimnisvolle Amontillado? Wie kommt man darauf?«

Ich nahm die Flasche, holte den Brieföffner hervor und begann, die harte Versiegelung des Korkens mit dem Griff des Öffners herunterzuschlagen. Splitter von rotem Siegelwachs bedeckten den Tisch, dann konnte ich den Korken ziehen.

»Im Regal findest du keinen Amontillado«, sagte ich, und Castello nickte bestätigend.

»Das ist Sherry?«

»Das ist *der* Sherry, schön trocken und geschmacksintensiv.«

»Einen süßen hätte ich dir nicht zugetraut.«

Ich schüttelte mich. Vor Jahren, als ich noch Direktor war, hatte ich bei einem Betriebsausflug ein traumatisches Erlebnis gehabt. Ich setzte mich zu zwei meiner Mitarbeiterinnen an den Tisch, als eben eine von ihnen drei oder mehr Zuckerwürfel in ihr Glas warf, in dem bestenfalls ein Achtel Weißwein den Boden bedeckte. Ich musste konsterniert dreingesehen haben, denn sie sagte strahlend, süß müsse er sein. *Natürlich*, hatte ich geantwortet und ein wenig Small Talk versucht. Man kann eben in keinen Menschen hineinsehen.

»Ich bin in meiner Jugend durch Zufall darauf gekommen«, erklärte ich Castello, »durch Edgar Allan Poe. Eine seiner Kurzgeschichten heißt ›Das Fass Amontillado‹. Da lockt ein verarmter venezianischer Edelmann seinen Widersacher in einen tiefen Keller, um ihn dort lebendig einzumauern. Das Lockmittel war ein ganzes Fass Amontillado. Es wirkte also schon damals.«

Castello grinste. »Du willst mich doch nicht einmauern?«

»Wenn du mir freiwillig sagst, was ich wissen will, dann soll dir das erspart bleiben.«

Castello war nicht beunruhigt. Dafür kannten wir uns schon zu lange. Ich füllte in die beiden Catavino-Gläser ordentlich Amontillado. Er sah darin mit seiner kräftigen Bernsteinfarbe sehr ansprechend aus.

»Salute.«

»Salute.«

Wir nahmen beide einen kräftigen Schluck. Der Amontillado schmeckte vorzüglich und intensiv. Ich stellte das Glas vor mich, Castello sah seines nachdenklich an.

»Sehr gut«, bestätigte er.

»La Cigarrera«, sagte ich so Spanisch, wie es mit meinem angefangenen Sprachkurs möglich war, und füllte beide Gläser nach.

Castello rollte seine Zigarette und zündete sie an. Dann genehmigte er sich einen zweiten Schluck.

»Helga Rofner ist tot«, kam ich auf mein Anliegen zurück und schob Castello das Zertifikat über den Tisch, »und für mich haben sie nicht mehr als diesen Zettel.«

Castello sah ihn amüsiert an und schüttelte den Kopf. »Alpine Securities? Muss man die kennen?«

»Die sind Untermieter in einem kleinen Büro ohne Türschild, und inzwischen ohne Geschäftstätigkeit.«

»Denen gibt der 280.000? Der spinnt. Das Geld ist doch weg. Was willst du da noch ausrichten?«

»Du hast die beiden ja an mich verwiesen, um etwas auszurichten.«

Castello schüttelte wieder den Kopf. »Das ist jetzt mir fast peinlich, dass ich dir so jemand geschickt habe.«

»Ich habe schon eine Vorstellung, wie ich das angehe.«

»Wie sieht diese Vorstellung aus?«

»Geduld. Mich wundert, dass die beiden schon nach so kurzer Zeit nervös wurden. Wie wir jetzt wissen, war die Sorge berechtigt, aber der Tod der Vermittlerin reicht als Grund nicht aus. Nach dem Abschluss hatte die mit der Sache nichts mehr zu tun.«

Castello überlegte. »Keine Ahnung«, sagte er endlich, »Frau Morawetz hat mich angerufen. Die beiden haben mich zum Essen eingeladen. Jetzt, wo du das sagst, fällt es mir auf. Er ging schon davon aus, dass das Geld in Gefahr ist. Dann fragte er, ob ich ihm jemand empfehlen könne, der sich mit solchen Fällen auskennt. Es solle aber kein Großer sein, weil in großen Häusern nichts geheim bleibt.«

Ich grinste. Da hatte Girotti recht. In großen Häusern blieb nichts geheim. Dass es aber für Girottis frühe Sorge einen Grund gab, den er weder Castello noch mir gegenüber erwähnt hatte, fiel ihm nun auch auf. Das passte zu den dürftigen Unterlagen.

»Wer ist auf dich gekommen?«, fragte ich weiter, »sie oder er?«

»Sie. Was interessiert dich daran?«

»Nichts Spezielles, nur alles. Bei welcher Gelegenheit hast du sie kennengelernt?«

»Bei welcher Gelegenheit? Verhörst du mich?«

»So komfortabel wie bei mir wirst du nirgends verhört.« Ich schenkte Amontillado nach. »Ich muss es wissen. Wo und wann?«

Ich konnte Castello nicht sagen, dass er nicht der Frauentyp war. Beziehungsgestört, hatte Katja einmal diagnostiziert. Wenn er etwas erzählte, dann von einem einsamen Marsch auf einen Berg. Das hätte ihn mit Rita verbinden können. Beide verbrachten die Freizeit allein.

»Also gut. Das muss im Frühjahr gewesen sein, April glaube ich. Da habe ich bei einem Großkunden die Maschinenversicherung neu gefasst.«

»Wie lernt man da eine Consulterin kennen?«

»Der Finanzchef hat uns bekannt gemacht.«

»Der Finanzchef?«

»Ja, die haben über eine Finanzierung gesprochen.«

»Interessant, wollte sie Geld vermitteln oder anlegen?«

Castello wurde zusehends misstrauisch. Dass mit den beiden, also Morawetz und Girotti, etwas nicht stimmte, wurde auch ihm allmählich klar. Die Ansprechadresse für einen Consulter in einer Firma war nicht die Buchhaltung.

»Vergiss es«, sagte Castello und stand auf, »da habe ich dir ein faules Ei gelegt. Da gewinnst du nichts. Nichts für ungut?«

»Ich bleibe noch dran, und denke in Zukunft weiterhin an mich. Noch ein Amontillado?«

Er wollte keinen mehr. Castello schlüpfte wieder durch die Türe. Ich zündete die Pfeife an und überlegte. Helga Rofner war nicht die Einzige, die vom Pfad der Tugend abgewichen war. Girotti und Morawetz schienen sich mit Finanzgeschäften zu befassen. Als Castello sie kennengelernt hatte, waren Girotti und Morawetz schon zusammen gewesen. Sie hatten sich, das wusste ich aus Rofners Computer, im Jänner zum ersten Mal getroffen.

Girotti verstand von diesen Dingen sicher nichts, und Morawetz war Helga Rofner auf den Leim gegangen. Die Finanzierung eines Mittelbetriebes wird nicht bei Kreditvermittlern besprochen, und genau an so einer Stelle war Morawetz gescheitert.

Innsbruck war nicht die Stadt der kompetenten Gangster, worüber man ja nicht traurig sein musste. Im Gegenteil würden manche Versuche fast Mitleid erwecken, wenn dabei niemand zu Schaden käme.

Da war der Tankstellenräuber gewesen, der das Wechselgeld erbeutete. Weil es an dem Tag schneite und er zu Fuß unterwegs war, brauchte die Polizei nur den frischen Spuren zu folgen. Sie fanden ihn nach kurzer Zeit kauernd in einem Verschlag.

Der Goldraub war ein ähnliches Beispiel. Eine Bankbeamtin, der man schon einige Lebenserfahrung zubilligen sollte, verstaute mehrere Goldbarren in zwei Taschen und fuhr damit in den nahen, aber finsteren Wald, wo sie bei dem vermeintlichen Geschäft umkam. Der Täter wurde wenige Tage später gefasst. Er war Sprengstoffexperte, der es nicht schaffte, das Auto automatisch abzufackeln, womit die Beweise vernichtet gewesen wären. Die Verabredung machte er per SMS über das Handy aus, was die Beamten rasch herausfanden. Die Waffe, die er bei der Flucht erbeutete, ging nicht los. Und die Beute? Er hätte einen Hehler gebraucht, der ihm vielleicht ein Drittel gezahlt hätte. Damit wären um den Preis eines unangenehmen Mitwissers bestenfalls zwei Jahresgehälter hereingekommen, was für jemanden, der einen sicheren Job hatte, kein tolles Ergebnis war.

Da war es schon besser, ein neues Logo für die Stadt zu entwerfen und dafür 350.000 zu kassieren. Der gesamte Goldschatz war nicht so viel wert gewesen.

*

Ich wandte mich dem Computer zu und stopfte die Pfeife neu. Agnes brachte einen Espresso für mich und einen für sich. Dann legte sie die Post Girottis auf den Tisch.

»Solange Castello da war, konnte ich ihn dir nicht zeigen«, bemerkte sie süffisant.

Ich begann zu lesen und fand ein schönes Stück an Dreistigkeit.

Absender war, wie von Girotti angekündigt, Frau Magister Simone Morawetz. Im Brief stand, dass ich aufgrund einer Empfehlung der Landesdirektion eines bedeutenden Industrieversicherers und nach eingehender Information durch die Auftraggeberin als Spezialist mit der Sicherung von Ansprüchen der Auftraggeberin beauftragt sei. Der Grund des Auftrags war vorsorglicher Natur, es bestünde kein konkreter Anlass.

Der Brief war nur eine Seite lang. Es folgte ein Absatz, dass der Auftrag die Beobachtung von Investments bei Alpine Securities oder anderen Instituten betreffe. Weiter enthielt der Brief die Anerkennung des Honorars und die Schweigepflicht. Ein Scheck lag auch dabei. Der Brief war von mir zu bestätigen.

Ich schüttelte den Kopf. In solchen Momenten fragte ich mich, was an mir nicht stimmte. Wie kam ich zu so einem Auftrag? Durch das Einlösen des aus der Mode gekommenen Schecks würde ich eine aktive Handlung setzen und den Auftrag annehmen.

Girotti drückte sich damit auch elegant um die Nennung der angelegten Summe. Die Fakultativklausel – oder bei anderen Firmen – hielt den Auftrag zusätzlich vage.

»Ein schleimiger Typ«, kommentierte Agnes.

»Ich beginne, ihn zu verstehen.«

»Den Auftrag übernimmst du doch nicht?«

»Doch«, antwortete ich, »aber nicht so, wie Signor Girotti sich das vorstellt.« Ich nahm meine Füllfeder, strich den Scheck zwei Mal quer durch und schrieb in Blockbuchstaben: ›Ungültig‹.

»Wofür glaubst du, ist dieser Brief gedacht?«, fragte ich sie.

»Um jemand hinters Licht zu führen natürlich. Was da drin steht, bedeutet ja alles und gar nichts. Erkläre es mir.«

»Ist doch klar. Die Empfehlung einer Landesdirektion, der Spezialist, die vorsorgliche Maßnahme und so weiter. Nichts fehlt. Dieser Brief wurde nur zu dem einen Zweck geschrieben: um Vertrauen zu erwecken und nervöse Geldgeber zu beruhigen.«

»Beruhigen? Was läuft denn da ab?«

»Ich habe eine Theorie.«

»Eine Theorie?«

»Jetzt werden wir testen, was sie wert ist.« Ich startete die Etiketten-Software, wählte eine elegante, mattweiße Vorlage und erstellte eine Visitenkarte. Das war schnell erledigt und ausgedruckt. Agnes holte das Ergebnis aus dem Drucker, brach die Visitenkarten aus dem Bogen und legte sie auf meinen Schreibtisch.

»Magister Ulrich Golser, MSc? Ist das unser Ulrich?«

»Er ist es.«

»Du gibst ihm einen anderen Namen und stattest ihn mit Titeln aus? War in dem Amontillado etwas drin?«

»Trinken wir einen Schluck.«

»Ich werde mich hüten. Castello hat auch so eigenartig gewirkt, als er ging.«

»Das will ich hoffen, aber ich brauche jetzt die Frau Magister. Ruf sie an. Ich will sie um 14:30 Uhr treffen, sie soll ins Café Central kommen, es ist dringend.«

Agnes sah die Visitenkarten missbilligend an, nahm die Post Girottis und ging. Ich rief Ulrich an und vereinbarte ein Treffen im Central um 14 Uhr. Bei diesem Treffen wäre es vorteilhaft, sagte ich, wenn er seinen anthrazitfarbenen Anzug tragen würde, und am besten eine rote oder gelbe Krawatte. Es brauchte einige Beredsamkeit, denn formelle Kleidung mochte er nicht.

*

Ich wartete im Central auf Ulrich und las einstweilen die Neue Zürcher. Im Café gab es ein Exemplar, aber ich hatte zur Sicherheit meine eigenes mitgebracht. Ich schaffte die Politik bis zur Wirtschaft, als Ulrich endlich eintraf. Es waren fast 20 Minuten vergangen.

Er hatte tatsächlich den Anthrazitfarbenen hervorgeholt und trug eine gelbe Krawatte. Damit war ich schon halb zufrieden, er war also interessiert. Bevor ich beginnen konnte, musste ich noch anhören, dass der Telefonterror weiterging, und er zudem das Gefühl hatte, dass man ihn beobachtete. Ich empfand das als gutes Zeichen, er musste irgendwo auf etwas gestoßen sein. Wir waren uns einig, dass die Betreffenden besser still geblieben wären, weil sie so nur unser Interesse wach hielten. Anhaltspunkte hatten wir nämlich noch keine.

Ich erklärte ihm meinen Plan. Auch meine Auftraggeber lieferten mir keine Anhaltspunkte, da war nachzuhelfen. Girotti wollte sein Geld zurück, aber mit Information blieb er sparsam. Es war klar, dass er etwas zu verbergen hatte, aber so ging das nicht. Er und seine Partnerin mussten aus der Wohlfühlzone geholt werden. Ich wollte daher Ulrich mit Morawetz bekannt machen. Die musste in Kürze hier erscheinen. Ich würde Ulrich als Bekannten vorstellen, der zufällig in der Stadt sei. Ulrich sollte unmittelbar nach der Begrüßung gehen.

Weil zuerst Visitenkarten getauscht wurden, rechnete ich mit der Neugier von Morawetz. Ich schob Ulrich die Visitenkarten zu, die ich angefertigt hatte. Ulrich sah sie an und schüttelte den Kopf. Unterhalb des schicken Titels stand Investor Relation Manager, Dienstort München. Der Rest war vage gehalten, er konnte dazu sagen, was er wollte. Was er sagen sollte, war, dass in seiner Abteilung an die hundert Millionen angelegt wurden, und zwar jeden Tag.

Natürlich bekam er nicht nur den Titel als Lohn für das, was ich von ihm wollte. Ich zeigte ihm einen Umschlag, der die Kundenliste Rofners enthielt. Die Liste hatte mich nichts gekostet, ich konnte großzügig sein. Nachdem er zugesagt hatte, schob ich sie über den Tisch.

Ulrich hatte mich verstanden. Vielleicht plauderte Morawetz aus dem Nähkästchen, sozusagen Investoren unter sich. Ziemlich sicher wurde Girotti ärgerlich, wenn es klappte. Dass er seine Partnerin Morawetz sorgsam abschirmte, hatte ich Ulrich schon erzählt. Girotti aus der Reserve zu locken, konnte nicht schaden. Mit den spärlichen Informationen, die er freiwillig preisgab, ließ sich das Geld nicht wiederbeschaffen.

»Abgemacht?«, fragte ich. »Denn wenn sie kommt, werde ich sie ein wenig in Unruhe versetzen. Ich wette, sie muss dann mit jemandem reden, und das wird nicht der famose Signor Girotti sein. Den werde ich ihr jetzt madig machen.«

»Geht in Ordnung.«

Das war sich eben noch ausgegangen. Morawetz erschien in der Türe. Sie warf einen Blick in den Raum, entdeckte uns aber nicht. Wie ich feststellte, kam es ihr auch nicht darauf an, sondern auf den Auftritt. Sie richtete die Haare, wandte sich um und bugsierte umständlich einen silberfarbenen Trolley herein. Ihr dunkelblaues Kostüm wirkte vorteilhaft, und ich stellte fest, dass sie hübsche Beine hatte. Nachdem sie sicher war, dass das aufgefallen war, wandte sie sich um und schaute. Ich winkte ihr zu. Sie setzte sich in Bewegung, wir standen auf.

»Sobald ihr die Visitenkarten getauscht habt, verziehst du dich«, sagte ich zu Ulrich und lächelte Morawetz entgegen.

»Wie lege ich es an?«

»Gar nicht«, wehrte ich ab und lächelte die herankommende Morawetz noch stärker an, »die wird von selbst reden. Sie muss mächtig unter Druck stehen mit dem Typen. Als sie mich besuchte, holte er sie ab. Er wartete draußen im Auto auf sie.«

»Nicht zu fassen«, antwortete er ebenso leise und bleckte die Zähne.

Morawetz hatte uns erreicht.

»Grüß Gott, Frau Magister«, sagte ich, gab ihr die Hand

und wies auf Ulrich. »Magister Golser, ein Freund, der zufällig in der Stadt ist. Wenn ich in Byzantinistik besser wäre, könnte ich all die Titel richtig aussprechen.«

»Ulrich Golser«, stellte sich Ulrich vor und machte die wegwerfende Handbewegung der Leute, die sich an ihre Titel gewöhnt haben. Er hatte es in Minuten geschafft.

Wir boten ihr beide zugleich Platz an, sie lächelte und setzte sich. Ich führte ihre ungewohnt entgegenkommende Art darauf zurück, dass ich ihren Brief erst unterschreiben musste. Ulrich zeigte sich in dieser Situation treffsicher wie immer. Er konnte von ihrer Neugier ausgehen, und da ist es besser, das Angebot zu verknappen. Er redete nicht über seinen Traumjob.

»Ich hatte gehofft, dass Sie früher kommen«, raspelte er Süßholz, »ich hätte zu gern Pauls Geschäftspartnerin kennengelernt, aber meine Zeit ist um, und Sie haben wichtige Dinge zu besprechen.«

»Das ist aber schade«, sagte sie und holte eine Visitenkarte hervor, »bleiben Sie doch noch.«

Ulrich gab ihr seine Karte, Morawetz studierte sie. Die Firmenbezeichnung darauf hatte dieselbe Aussagekraft wie ihr eigenes Creative B2B-Consulting. Jeder konnte sich darunter vorstellen, was er wollte. Er stand auf.

»Wie lange bist du noch in der Stadt?«, fragte ich.

»Einige Tage, ich will noch Bekannte treffen. Vielleicht sehen wir uns noch einmal. Auf Wiedersehen.«

Wir verabschiedeten uns von ihm. Ulrich verschwand im Hintergrund, als ob er zur Rezeption hinüberginge.

Als Ulrich weg war, beugte sie sich leicht vor, legte die Hand auf meinen Arm und sagte: »Wir hatten einen schwierigen Anfang. Wir werden aber viel miteinander zu tun haben, darf ich das Du anbieten?«

»Aber gern, ich heiße Paul«, stimmte ich zu.

»Simone«, sagte sie und nahm die Hand wieder weg.

Entweder hatte Girotti sie umprogrammiert, oder sie war von selbst zum Schluss gekommen, dass sie mit Freundlichkeit schneller vorankam.

»Was war nun das Wichtige?«, fragte sie. »Ich habe umdisponiert, um den Termin einhalten zu können.«

Noch war es nicht an der Zeit, den Versuchsballon steigen zu lassen.

»Darauf komme ich gleich. Fassen wir erst zusammen. Herrn Girottis Zertifikat wurde am 20. Mai ausgestellt. Wie wir nun wissen, ist das die Zeit, in der Alpine Securities in Schieflage geriet.«

»Das stimmt, und es ist der Grund, warum wir zu Ihnen, ich meine, zu dir gekommen sind.«

»Gut. Ich möchte ein Gefühl für den Zeitablauf bekommen. Wie lange dauerten die Verhandlungen, oder die Vorgespräche bis zum Abschluss?«

»Wie lange? Die Frage verstehe ich nicht, Was hat das mit unserem Problem zu tun?«

»Auch darauf komme ich gleich. Wie lange dauerte es?«

»Wie du meinst. Die Gespräche haben fast eine Woche gedauert. Willst du auf Unachtsamkeit hinaus? Ich habe die Gespräche geführt.«

»Eine Woche? Hast du alle Gespräche mit Frau Rofner allein geführt oder gab es vorher schon etwas?«

»Ich habe dir doch eben gesagt, dass ich die Gespräche geführt habe. Was willst du?«

»Details, ich versuche, Details zusammenzusetzen. Also eine Woche.«

Simone sah mich irritiert an.

»Am 20. Mai wurde das Zertifikat ausgestellt, und am

Montag derselben Woche habe ich das erste Gespräch mit Helga Rofner geführt. Das ist eine Woche.«

»Gut, lassen wir das vorerst beiseite. Wer ist auf Helga Rofner gekommen? Du oder dein Geschäftspartner?«

»Du stellst Fragen.«

»Es gibt da einige Details, die noch nicht zusammenpassen. Ich muss das verstehen, wenn ich euer Geld wiederbeschaffen soll. Also, wer hat Rofner entdeckt?«

»Ich habe sie entdeckt. Wir haben uns bei einer Veranstaltung kennengelernt.«

»Wann war das?«

»Im April, glaube ich. Worauf willst du hinaus …«

»Habt ihr euch danach wiedergesehen oder hast du dich später an sie erinnert?«

»Mein Geschäftspartner hat sich an sie erinnert.«

»War Massimo Girotti bei dem Treffen dabei?«

»Ja, natürlich.«

»Kam die Idee, dorthin zu gehen, von ihm? Hatte er eine Einladung?«

Sie nickte, sagte aber nichts. Dass ich Girottis Vornamen kannte, musste ihr aufgefallen sein. Weder er noch sie hatten ihn jemals erwähnt. Für mich war der Fall aber damit klar. Girotti hatte das Treffen inszeniert. Als er mit Simone zu der Veranstaltung ging, um dort zufällig Rofner kennenzulernen, stand sein Plan längst fest.

»Ich bin davon ausgegangen, dass du mir etwas berichtest«, sagte sie.

»Nein, ich habe gesagt, dass es wichtig ist.«

Simone schüttelte den Kopf.

»Das hättest du mich am Telefon auch fragen können. War das alles?«

»Vorläufig schon, und es war wichtig. Dafür musste ich

dich persönlich treffen.« Ich winkte dem Kellner. Simone war nun völlig irritiert, und in die Enge treiben wollte ich sie nicht. Ich glaubte ihr. Mir genügte zu wissen, dass sie kein Gaunerpärchen waren. Girotti benutzte sie, sie ahnte nichts davon.

Der Kellner, der Ulrich und mich schon lange kannte, sagte, ohne mit der Wimper zu zucken, dass Magister Golser bereits bezahlt hatte. Wir brachen auf.

»Ich weiß nicht, worauf du hinauswillst«, fragte Simone, als wir auf der Straße standen. »Wann sollten diese Verhandlungen begonnen haben?«

»Im Jänner. Nach meinen Informationen haben die Verhandlungen im Jänner dieses Jahres begonnen, also praktisch ein halbes Jahr früher.«

Simone blieb stehen und sah mich konsterniert an. Ich hatte ihr das ganz ruhig gesagt, ohne es hervorzuheben und ohne beiläufig zu sein, nur deutlich.

»Wann? Im Jänner? Da kannte ich Herrn Girotti noch gar nicht, das ist ausgeschlossen.«

»So sind die Fakten.«

»Die Fakten? Wo hast du denn das her?«

»Das ist mein Job. Ich melde mich wieder, sobald es etwas Neues gibt. Vergiss bitte den Einzahlungsbeleg nicht, den brauche ich auf jeden Fall, okay? Ciao.« Ich gab ihr die Hand und ging. Einige Schritte weiter setzte ich mein Headset auf und sah ihr nach, wie sie den Eingang zur Sparkassengarage öffnete. Ihr Trolley verschwand zuletzt, für mich war nichts drin gewesen.

Heute noch würde ich von Girotti hören. Wenn er erfuhr, dass ich den Beginn der Verhandlungen im Jänner ansetzte, dann läuteten bei ihm zweifellos die Alarmglocken. Ich rief Ulrich an.

»Sie weiß nichts«, sagte ich, »sie hat nicht die blasseste Ahnung.«

»Das wundert mich nicht. Wie hast du es herausbekommen?«

»Ich habe ihr auf den Kopf zugesagt, dass die Verhandlungen im Jänner begonnen haben. Das konnte sie sich nicht vorstellen, sie hat vollkommen arglos geantwortet.«

»Darüber reden wir noch. Etwas anderes. Ich habe keine Lust, mir länger nachstellen zu lassen. Kannst du etwas später, so gegen vier Uhr, bereit sein? Ich will, dass du mich beobachtest, aus dem Hintergrund. Du verstehst, was ich meine?«

»Selbstverständlich, ich hole die Kamera und halte mich bereit.«

»Okay. Ich schicke dir bald ein SMS mit einer Telefonnummer. Du rufst dort an, verlangst nach mir und vereinbarst mit mir einen Treff im La Mirage um 16 Uhr. Ich wehre ab und ziehe es in die Länge, dass mich jeder in der Nähe versteht. Sobald ich Ort und Zeit wiederhole, kannst du abbrechen.«

»In Ordnung. Ich suche einen Platz, wo ich das Lokal beobachten kann. Gib mir eine halbe Stunde dafür.«

»Geht in Ordnung. Aber soeben jemand ruft mich jemand an, vielleicht ist sie es schon.«

Wenn Girotti dahintersteckte, dann wäre es einfach gewesen. Er konnte nicht beide zugleich verfolgen. Girotti ergab aber keinen Sinn. Er hatte keinen Grund, Freysinger zu schützen, und er wusste nichts von Ulrich. In naher Zukunft mochte sich das ändern, aber jetzt kannte er ihn noch nicht.

Für die Verfolger kam nur Freysingers Dunstkreis infrage. Ulrich hatte mir nicht alles erzählt, und sicher wollte er nicht alles erzählen. Er wollte im Garten Freysingers seinen

Schnitt machen. Auf seinen Riecher war jedoch Verlass, die Aktivitäten gegen ihn waren der beste Beweis dafür.

Ich holte die Kamera, setzte mein 500-Millimeter-Spiegelobjektiv auf und nahm das kleine Klemm-Stativ mit. Aufgrund der extremen Brennweite verwackelte man die Bilder leicht. Das Stativ würde selbst auf größere Entfernung aussagefähige Bilder ermöglichen. Das Objektiv war nicht sehr lichtstark, aber am hellen Nachmittag sollte das nicht stören.

Ich fuhr zur Mühlauer Brücke, bog beim Badhaus ab, hinauf zum Judenbichl. Der Weg führte unter der Hungerburgbahn hindurch zur Sophienruhe und faszinierte mich immer aufs Neue wegen des Lichtspiels der hohen Bäume. Ich war oft mit dem Fotoapparat hier gewesen und hatte dann doch nie fotografiert. Genau dann hatte das Licht nicht gepasst. Inzwischen war es zu spät zum Fotografieren. Die mittlerweile angebrachten hohen Leitplanken beleidigten das Auge.

An der Sophienruhe stellte ich mich auf den Parkplatz. Auf dem schmalen Weg dorthin war kein Verkehr, so konnte mir auch niemand unbemerkt folgen.

Ulrich ließ nicht lange auf sich warten. Ich rief die Nummer, die die SMS zeigte. Ein Café meldete sich, dessen Namen ich nicht verstand. Im Hintergrund war es ziemlich laut. Ich verlangte nach Ulrich, natürlich unter seinem richtigen Namen. Er wurde ausgerufen. Das Gespräch dauerte fast drei Minuten. Endlich sagte er: »Also um Punkt 16 Uhr im La Mirage, und keine Minute später, hast du das?«

Als ich eintraf, blieb mir noch fast eine halbe Stunde. Das sollte ausreichen. Das Café lag in der Reimmichlgasse, knapp hinter dem Fürstenweg. Die Gasse endete als Sackgasse, dort kam tagsüber keiner mehr hin. Ich parkte mein Auto, sodass ich den Parkplatz vor dem Café gut einsehen konnte. Die Straße war frei, rechts lag in einiger Entfernung das Haus mit dem Café im Erdgeschoss, links der Eingang zum Parkplatz der Ursulinen. Ulrich hatte den Ort gut gewählt.

Ich klemmte das Stativ an das Lenkrad und richtete das Objektiv aus. Es war 15:37 Uhr, jetzt konnte ich nur noch warten.

Mein Handy meldete sich. Auf dem Display stand ›Unbekannter Anrufer‹. Ich lehnte ab, der Unbekannte versuchte es noch zwei Mal, bevor er aufgab.

In meiner Sammlung fand ich einen Song mit Frank Sinatra, *The Girl From Ipanema*. Noch besser wäre das mit Astrud Gilberto gewesen, aber Frankie konnte eigentlich alles singen.

Die Nummer war fast zu Ende, als ein Jüngling das Lokal verließ, ich fotografierte ihn. Dann kamen zwei Mädchen auf einem Moped. Sie stellten es ab, eine tippte auf ihrem Handy, bevor sie das Lokal betraten. Ich startete Sinatra noch einmal.

Ein Auto bog vom Fürstenweg ein, ich fotografierte es, als ich es scharf bekam. Der Schärfentiefenbereich war bei diesen Objektiven sehr klein.

Es war 15:45 Uhr, als ein Taxi vorfuhr. Eine blonde Frau stieg aus und betrat das Lokal.

In den nächsten zehn Minuten passierten nur zwei Autos, die ich ablichtete. Dann geschah nichts mehr, bis pünktlich um 16 Uhr Ulrich erschien. Er stellte seinen Toyota ab und betrat das Lokal. Ich fotografierte einen Mann, der gleich nach ihm das Café verließ. Er hatte kein Auto am Parkplatz stehen und ging zum Fürstenweg davon.

Die Minuten verstrichen zäh, bis Ulrich wieder herauskam. Er hatte sich etwa zehn Minuten im Café aufgehalten.

Ich nahm ihn erneut auf, wie er langsam zum Auto ging, einstieg und wegfuhr.

Es dauerte weitere zehn Minuten, bis ein dunkler Audi, ein Q5 oder Q7, vorfuhr. Ich bekam ihn gut ins Bild. Die blonde Frau verließ das Lokal, stieg in den Audi und fuhr ab.

Ich hatte genug gesehen und baute die Kamera wieder ab. Dann rief ich Ulrich an.

»Wir haben sie«, sagte ich.

»Sie? Eine Frau?«

»Ich habe sie drauf, und das ist noch nicht alles. Wo treffen wir uns?«

»Cafe Sailer. Lass den Wagen stehen und geh zu Fuß, man weiß nie. Vielleicht haben die auch jemanden, der Vorher-Nachher-Bilder macht, dann fehlt plötzlich ein Auto.«

»Alles klar. Ich gehe hinten herum, bis dann.«

Ich steckte das Kabel an, übertrug die Bilder auf mein Handy und legte den Apparat auf den Boden. Um ihn mitzunehmen, war er mir zu groß. Sicherheitshalber sah ich mich noch einmal um und ging hinten durch die Gassen hinauf zum Cafe Sailer. Im Garten standen zwar Tische, aber durch den Wettersturz war es im Freien trotz Sonne schon zu kühl. Ich setzte mich an den Tisch neben dem Eingang und wartete. Dass Ulrich sich laufend verspätete, begann ich zu verstehen.

Als er eintraf, wirkte er zufrieden. Ich stellte die Bilderserie am Handy ein und gab es ihm.

»Das ist sie?«, fragte er. »Die soll für den Telefonterror verantwortlich sein?«

»Wenn wir das nicht soeben gemeinsam arrangiert hätten, würde ich es auch nicht glauben. Ich schicke dir die ganze Serie am Abend, du kannst es selbst überprüfen. Für mich kommt niemand sonst in Betracht, aber das Beste siehst du gleich.«

Er blätterte weiter, bis er zum Audi kam, in den die Frau einstieg. Ungläubig sah er sich die Fotos an, dann schüttelte er den Kopf. »Nicht zu fassen.«

»Sie kam eine Viertelstunde vor dir an, das reichte auf jeden Fall, um nicht noch vor dem frischen Kaffee zu sitzen, als du eintrafst. Sie verließ das Lokal zehn Minuten nach dir und wurde abgeholt. Es bleibt dabei, niemand sonst passt.«

Mein Handy meldete sich wieder. Unbekannter Anrufer. Ich wollte ablehnen, aber Ulrich sagte, ich solle abnehmen. Ich nahm es an, es war Girotti. Seine Stimme klang sehr freundlich.

»Ich bin in einem Meeting«, sagte ich, »ich rufe zurück. Wenn es geht, noch heute.«

»Signor Prokop, entschuldigen Sie die Störung …«

»Sie stören nicht, nur jetzt geht es nicht. Ich melde mich.«

»Sie haben meine Nummer nicht …«

»Dann reden wir morgen, rufen Sie mich im Büro an? Danke für Ihr Verständnis.« Ich trennte und gab Ulrich wieder das Handy, damit er die restlichen Bilder ansehen konnte.

»Interessiert dich nicht, was er will?«, fragte Ulrich.

»Er erzählt sowieso nichts, er fragt nur. Ich versäume nichts.«

»Der ist angeschlagen, kapierst du nicht?«

»Und wenn schon. Unbekannte Anrufer sind mir zuwider. Ein Auftraggeber, der mir seine Telefonnummer vorenthält? Der kann mich.«

Die Nächstenliebe war Ulrichs Sache nicht. Ich kaufte sie ihm nicht ab, er hatte etwas auf der Pfanne. Da half nur zu warten.

»Woher hast du deine Informationen? Spiel mir jetzt nicht den Ahnungslosen vor, sonst kannst du mich auch. Was ist mit dem Jänner?«

»Ihr habt ja aus dem Nähkästchen geplaudert. Das ging aber schnell.«

»Simone ist völlig verunsichert. Du hast ihr zu verstehen gegeben, dass sie benutzt worden ist.«

»And for a moment we were separated«, sagte ich gedankenverloren.

»Was soll das jetzt?«

»You let the stranger in, who's sorry now?«

Ulrich war im Begriff, wütend zu werden.

»Das ist aus einer Nummer der Bee Gees, gesungen von Barbara Streisand.«

»Erspare mir den Rest.«

»Warum, jetzt, wo es spannend wird? Hast du sie getroffen? Habt ihr euch verabredet? Ist er deshalb angeschlagen?«

»Sie hat gleich angerufen und wir haben uns getroffen. Vermutlich hat er sie seit Mittag nicht mehr gesehen. Wir haben uns übrigens für den Abend verabredet. Sie lädt mich zum Essen ein.«

»Fabelhaft.«

»Ich weiß, sie ist nicht dein Typ. Aber du tust ihr Unrecht.«

»Sonst noch was?«

»Sie hat mich gefragt, ob sie dir trauen kann. Ich habe gesagt, dass wir uns von früher kennen und dass du ein seriöser Kaufmann bist.«

»Das hat also funktioniert.«

»Und wie das funktioniert hat. Anfangs wollte sie deine Bemerkung mit dem Jänner nicht glauben, aber er hat eigenartig reagiert, als sie es ihm am Telefon erzählt hat. Für die bricht eine Welt zusammen.«

»Und da trittst du in ihr Leben, der weiße Ritter.«

»Vollkoffer. Bei dir konnte er sich sicher sein, dass du mit ihr nichts anfängst, das hat er ja auch überprüft.«

»Dahingehend kann er seiner Sache sicher sein.«

Ulrich grinste süffisant. Damit hatte Girotti nicht gerechnet, aber es wirkte. Wenn etwas weitergehen sollte, musste er mir reinen Wein einschenken.

Mein Handy meldete sich wieder. Ich steckte es in die Brusttasche.

»Warum redest du nicht mit ihm? Du hast ja erreicht, was du wolltest? Jetzt hast du ihn, er zappelt. Vor morgen sieht er seine Dame übrigens nicht wieder.«

»Umso besser, der soll jetzt schmoren«, ich deutete auf mein Sakko, »schottischer Tweed isoliert vorzüglich.«

»Was machen wir aus den Adressen?«, fragte Ulrich. »Blicken wir nach vorn.«

Natürlich blickte er nach vorn. Das bedeutete, dass er die Adressen auswerten wollte, um Geschäft zu machen. Mich interessierte aber, was mit dem Geld geschehen war, wie die vornehme Dame darin verwickelt war und was sie dazu brachte, Ulrichs Frau anzurufen.

»Wir müssen in den inneren Kreis hinein. Telefonie wie in alten Zeiten? Gleich morgen früh?«

»Morgen um neun Uhr im Central?«

»Morgen um neun«, bestätigte ich.

*

Zurück im Büro überspielte ich die Bilder vom La Mirage ins Archiv. Dann holte ich das Catavino-Glas vom Vormittag, goss zwei Zentimeter Amontillado hinein und zündete die Pfeife an. So gerüstet ging ich die Fotos noch einmal durch. Es blieb dabei, außer der teuer gekleideten Blondine kam niemand in Betracht. Was die mit dem Telefonterror zu tun hatte verstand ich allerdings nicht. Der junge Mann, der sie mit dem Auto abgeholt hatte, konnte ohne Weiteres ihr Sohn sein. Das Kennzeichen war gut zu erkennen, darum konnte sich Ulrich kümmern. Möglicherweise hatte er das Telefonat Ulrichs mitgehört. In ein Café mit solcher Lautstärke passte sie nicht, aber sie passte auch nicht in ein Lokal wie das La Mirage am Rand der Stadt.

Über mir hörte ich die Schritte Ritas. Die meiste Zeit über bewegte sie sich lautlos. Sobald ich die Absätze hörte, bereitete sie sich auf das Fortgehen vor. Ich konnte dann jeden Schritt in ihrer Wohnung verfolgen und wusste längst, in welcher Reihenfolge sie sich zurechtmachte.

Immerhin wohnte sie noch da. Als Nachbarin hätte ich sie ungern verloren. Die Sorge hatte mich sogar in meine Träume verfolgt. Letzte Nacht war sie ausgezogen, weil gestern kein Paket für sie gekommen war. Bei dem Strom an Paketen, der für sie einlangte und den Agnes in Empfang nahm, müsste sie längst eine eigene Postleitzahl für sich allein haben. Was in den Paketen jeweils drin war, verriet sie nie. Die holte sie dann abends bei mir ab. Sie sagte nur, dass ich den Inhalt bei der nächsten Session im Atelier ohnehin zu sehen bekommen würde.

Ich schaltete meinen Computer aus und verließ das Büro. Die Wohnung fand ich unversperrt. Im Vorzimmer fehlten die Holzschuhe Katjas, die sie immer trug, wenn sie hier war. Die Absätze erreichten nur die halbe Höhe der Diva-Modelle Ritas, womit sie mir besser gefielen. In diesem Moment hörte ich Katjas Stimme, mit einem abgestuften »Hi«. Ich trat einen Schritt vor und sah zur Veranda.

Die Schuhe lagen unter dem Tisch, sie saß konzentriert

vor dem Laptop und richtete ihren Solitair-Blick auf den Schirm. Katjas Hand ließ die Maus kurz los, um ein Zeichen zu geben, dann spielte sie weiter. Inverboindie hockte auf der Tischplatte und fixierte sie. Der Grund war schnell klar, auf der Anrichte lag ein Paket mit dem Aufdruck des Metzgers ums Eck.

»Steaks«, sagte sie, »du kannst schon anfangen, ich habe es gleich.«

Inverboindie beobachtete mich, blieb aber sitzen. Er wusste genau, dass ich erst ins Bad ging, um die Hände zu waschen. Bis dahin blieben die Steaks im Papier. Schmeicheln brachte vorher gar nichts. Er fixierte wieder Katja. Ich ging zu ihr, um mir den Spielstand anzusehen und nahm dabei Inverboindie auf den Arm. Wie viel, oder wie wenig Prozent die Krallen an der Oberfläche dieses Pelztieres ausmachen, hatte ich nie ausgerechnet, es muss aber sehr wenig sein. Wenn das Biest nicht will, spürt man außer den Krallen gar nichts. Inverboindie zappelte weiter, so ließ ich ihn zu Boden fallen. Er wandte sich Katjas Beinen zu und strich um sie herum.

Ich schaltete die Grillplatte ein, wusch die Hände und packte die Steaks aus. Es handelte sich um zwei Prachtexemplare von jeweils einem Viertel Kilo, an denen nichts auszusetzen war. Irgendeine Kleinigkeit fand sich immer, die musste herunter und fiel Inverboindie zu. Jetzt war er zufrieden.

Katja war auch zufrieden, sie klappte das Notebook zu und kam zu mir. »Hi«, sagte sie noch einmal und ließ sich küssen. »Nicht zu viel Pfeffer.«

Ich drückte die Steaks mit den Handballen flach und versah beide Seiten mit Meersalz und grobem Pfeffer, bei ihrem jeweils die Hälfte. Mit dem Pinsel eine Spur Öl oben drauf, dann legte ich sie auf die Platte. Katja hatte die Speckbohnen vorbereitet und stellte sie auf. Nun dauerte es etwa noch wenige Minuten.

»Wein oder Bier?«, fragte sie.

»Chianti.«

Sie füllte die Gläser, gab mir eines und lehnte sich an die Anrichte.

»Wie geht es voran in deinem Fall?«

»Prächtig. Ich ermittle inzwischen gegen meine Auftraggeber. Ich habe Ulrich auf Simone angesetzt.«

»Simone?«

»Sie hat mir das Du angeboten. Das liegt daran, dass ich ihr Auftragsschreiben unterfertigen soll.«

»Ist das so schlimm?«

»Indiskutabel.«

»Dass das Filous sind war dir doch gleich klar.«

»Ich will wissen, das da ablief«, sagte ich und wandte mich den Steaks zu, um sie zu drehen.

In den letzten Minuten lasse ich den Blick nicht mehr von den Steaks. Zu schnell sind sie über die Zeit, und eine Spur Blut muss innen bleiben.

Mit Ulrich war Katja streng und Girotti verachtete sie zutiefst. Ich bezweifelte allerdings, dass sich ihre Klienten aus Engeln zusammensetzten. Inzwischen war es so weit, ich sagte: »Fertig.«

Katja reichte die Teller mit den Speckbohnen, ich legte die Steaks darauf, wir setzten uns an den Tisch. Ich sah ihr zu, wie sie den ersten Bissen an die Lippen führte. Außen war das Fleisch schön knusprig, nach innen verlief es in zartes Rosa.

»Wie war ich?«, fragte ich.

»Fabelhaft, perfekt.«

Das ging. Früher, in unserer ersten Zeit, hatte sie mich oft so bewundern können, dass ich es manchmal fast selbst geglaubt hätte. Ich wusste aber, was nun zu sagen war. »Verdammt gute Speckbohnen.«

Katja nickte zufrieden, nur Inverboindie hatte wieder Aufstellung genommen und zählte die Bissen mit.

*

Es war dunkel, als ich aufwachte. Mein Handy spielte *Pipeline*. Defcon zero rief an, der Radiowecker zeigte 4:09 Uhr.

»Die Backdoor ist offline«, sprudelte er mit munterer Stimme los.

»Was ist los?«

»Die Backdoor. Wie viele hast du denn? Sie sendet nicht mehr, um 4 Uhr war das letzte Signal fällig, ich komme auch nicht mehr drauf. Sie ist offline.«

Ich setzte mich auf, Katja murrte.

»Die Backdoor? Offline?«

Defcon zero blieb geduldig. Dass ich geschlafen hatte, war ihm klar, für ihn war es normale Arbeitszeit. Er hatte einen PC in meiner Serverkammer stehen, und sobald der offline ging, rief er an, innerhalb weniger Minuten. Das geschah gelegentlich an Dienstagen gegen 2 Uhr, wenn mein Provider vertragswidrig Servicearbeiten durchführte.

»Um 4 Uhr kein Ping, sie ist offline. Wollte ich nur sagen.«

»Vielleicht ist die Kiste hängen geblieben, ich sehe morgen nach.«

»Du siehst jetzt nach, wetten?«

Natürlich sah ich *jetzt* nach. Da stimmte etwas nicht, warum sollte der Computer auch hängen bleiben? Niemand war angemeldet.

Ich zog Jeans und T-Shirt an, ging hinunter ins Parterre und steckte den Schlüssel in das Schloss von Rofners Büro. Er klemmte. Ich versuchte, ihn zu drehen, es ging nicht. Überrascht trat ich zurück und starrte fassungslos auf die Türe.

Katja huschte die Treppe herab und blieb im Halbstock stehen.

»Da ist jemand drin«, brachte ich heraus, »von innen versperrt.«

»Warte, ich hole die Polizei«, sagte Katja und verschwand nach oben.

Ich konnte nicht warten. Auf der Straße würde ich einer Auseinandersetzung ausweichen, aber in den eigenen vier Wänden? Niemals. Solange ich den Schlüssel dazu besaß, zählte Rofners Büro zu meinen vier Wänden. Ich ging schnell zur Gartentüre, öffnete leise und trat vor den Balkon. Ein Fenster war kaputt. Ich drückte gegen den Rahmen, das Fenster gab nach und schwang auf.

Am Balkon lehnte ein Fahrrad. Ich kletterte hinauf, setzte mich auf die Brüstung und ließ leise die Füße zu Boden. Hier am Balkon drang noch Licht aus dem Innenhof herein, aber nur wenig. Die Tür nach innen war offen, der Raum dahinter völlig dunkel. Ich lauschte.

Es ist ein eigenartiges Gefühl, einen Raum zu betreten, in den eben eingebrochen wurde. Man weiß nicht, ob noch jemand da ist. Das würde ich bald herausbekommen. Ich blieb im Dunkel stehen und wartete. Nichts rührte sich. Wer hier im Dunkel saß, würde mich mühelos gegen das Balkonfenster sehen. Also konnte ich mir die Vorsicht sparen, die brachte nichts mehr. Ich durchquerte den Raum, fand die nächste Tür und öffnete. Durch das Schaufenster drang das Licht der Straße herein. Das Büro war leer, der Einbrecher über alle Berge. Ich machte Licht und sah mich um.

Auf den ersten Blick hatte er keinen Schaden angerichtet. An der Eingangstüre steckte ein Schlüssel, der sonst am Schreibtisch lag. So hatte der Einbrecher dafür gesorgt, dass er ungestört blieb.

Mein zweiter Blick galt dem Computer. Der fehlte. Die Kabel hingen lose vom Schreibtisch herab. In meinen Ärger mischte sich jetzt eine Spur des Triumphs. Wer hier eingebrochen war, musste nicht unbedingt Computerfachmann sein. Er war es sogar mit größter Wahrscheinlichkeit nicht. Datendiebe stiegen nicht über den Balkon ein, nachdem sie eine Scheibe eingeschlagen hatten. In einen Computer brach man gewaltfrei ein, durch Kenntnis seiner Lage, des Betriebssystems, seiner Schwachstellen oder der Passwörter. Der Einbrecher würde Hilfe brauchen. Wenn der Helfer zu ihm kam, oder der Computer zum Helfer, dann ging ich leer aus. Der Grund dafür wäre dem Helfer gegenüber aber schwer zu erklären. Wahrscheinlich wurde die Hilfe online angefordert, von irgendeinem Bekannten, dann kam ich zum Zug. Der Wurm im Computer, den mir Defcon zero geliefert hatte, würde ihn verraten, sobald er sich ins Internet verband.

Ich hätte gern nachgesehen, was genau gesucht worden war, aber dafür blieb keine Zeit. Auf der Straße blitzten die blauen Lichter der Polizeistreife, die eben angekommen war. Ich sperrte auf. Das uniformierte Pärchen stand vor der Tür.

Ich bat die beiden herein und erklärte, wer ich war. Als Grund gab ich an, dass ich im Garten ein Geräusch gehört und nachgesehen hatte. Es musste eines gegeben haben, als das Fenster gewaltsam geöffnet wurde, den wahren Grund mit meiner Spionagesoftware behielt ich besser für mich.

Das nun folgende Prozedere kannte ich schon, beruflich hatte ich öfters mit Einbrüchen zu tun. Natürlich wurde nach Fingerabdrücken gesucht, aber die hinterließ heute fast keiner mehr. Hier würde nichts herauskommen.

Katja war inzwischen nachgekommen. Nachdem wir den Beamten unsere Angaben gemacht hatten, überließen wir das Feld der Polizei. Noch beim Hinaufgehen sandte ich Ulrich eine SMS: ›Einbruch im Büro der Rofner‹. Ich hatte eben meine Wohnungstüre geschlossen, als Ulrich anrief. Seine Stimme klang nicht schläfrig.

»Ein Einbruch? Wann war das?«, fragte er. »Wie hast du es bemerkt?«

»Wie ich es bemerkt habe, das ist eine andere Geschichte. Und du, du bist wach? Wie kommt das?«

»Auch das ist eine andere Geschichte. Aber der Einbruch, kam da etwas Wichtiges weg? Unterlagen oder so?«

»Der Computer, der ist weg.«

»Der Computer? Schau an. Das war ein gezielter Besuch. Dann bist du auch im Visier, willkommen im Club.«

»Ich konnte es auch kaum erwarten. Reden wir morgen darüber und halte Simone gegenüber schön den Mund. Sie wird ihm alles erzählen, da bin ich sicher. Sie steht doch nicht neben dir?«

»Natürlich nicht. Bis morgen.«

Katja hatte das Gespräch mit wachsendem Missmut angehört. Sie konnte Ulrich nicht leiden. Mir fehlte aber im Moment die Lust, etwas zu erklären, ich wollte wieder ins Bett.

»Du wurdest verständigt, als der Computer abgeschaltet wurde?«, fragte sie, nachdem wir die Decke über uns gezogen hatten.

»Ja, schlafen wir noch ein wenig.«

»Dann wirst du auch verständigt, sobald er wieder eingeschaltet wird?«

»Das ist der Sinn der Sache. Ob es klappt, ist aber nicht sicher.«

»Wofür brauchst du das?«

»Ich erfahre dann, was mit dem Computer geschieht, was der neue Besitzer darauf sucht, was er löscht und so weiter.«

»Brrr«, murmelte Katja und rollte sich ein. Nach einer Weile sagte sie: »Die Einzahlungsbelege, die hast du noch immer nicht?«

Ich schüttelte den Kopf, obwohl sie das nicht sehen konnte. Diese Belege besaß ich noch immer nicht, und sie waren auch in Rofners Computer nicht aufgetaucht.

»Nichts«, bestätigte ich und spürte den Schlaf wieder kommen. »Es scheint, als ob das Geld zwar bei Freysinger verschwunden, aber nie dorthin gelangt ist.«

»Dann haben sie einen anderen Weg gefunden.«

»Das haben sie wohl, leider kenne ich ihn noch nicht.«

Auch Katja wurde schläfrig.

»Was ist wichtiger?«, fragte sie und redete dabei schon sehr langsam. »Deine ominöse Lücke von 80.000 oder die Methode, mit der sie das Geld verschoben haben?«

»Die Methode ist wichtiger. Es gibt einen Grund, warum sie das getan haben.«

IV

Nach einem einsilbig verlaufenen Frühstück fuhr Katja in ihre Kanzlei. Ich ging zu Fuß ins Central. Ulrich traf diesmal pünktlich ein. Wir redeten über den Einbruch und über sein nächtliches Abenteuer. Er hatte Simone frühmorgens an einem Taxistandplatz abgesetzt. Ich hätte gern erfahren, was er aus Morawetz herausgeholt hatte, Katjas Anspielung auf die Zahlungsmethode ging aber vor.

Es gab keine Geldbewegungen in den Geschäften Rofners. Da waren einige Honorarnoten, das Körberlgeld, das sie sich dazu verdient hatte. Hinweise über Geldflüsse der vermittelten Anlagen waren so wenig zu finden wie Provisionen. Auch wenn Rofner nur einen Teil der Fondsmittel beschafft hatte, war das eigenartig.

Ich musste es Ulrich zwei Mal erklären, bis er es zur Kenntnis nahm. Dann meinte auch er, Freysinger hätte Geld in den Sand gesetzt, das nie eingetroffen war. Weil es im Topf jedoch Geld gab, musste es einen Weg hineingefunden haben.

Ich kannte Ulrich gut genug, um zu wissen, dass er sich mit der Herkunft nicht beschäftigen würde. Er wollte es nur herausholen. Es kostete weitere Mühe, ihm klar zu machen, dass das auch sein Problem war. Einen Fonds ohne Zuflüsse gab es nicht. Wir mussten herausfinden, warum man die Zuflüsse verschleierte und wie sie vonstattengegangen waren. Dann sagte ich nichts mehr, und nach einer Schweigeminute verstand er, dass ich ihn sonst abschreiben würde und er deshalb mitziehen musste.

»Möglicherweise habe ich doch etwas«, überlegte er laut, »jetzt, wo du das sagst.«

»Einen Zahlungsbeleg?«

»Nein, einen Termin, in einer halben Stunde, also um 9:30 Uhr, nebenan in der Meinhardstraße. Ich war inzwischen nicht untätig und habe begonnen, deine Liste abzuarbeiten. Geh einfach mit.« Er quittierte meine Zustimmung mit nachsichtiger Miene. Ulrich sah die Geschäftschance, und nur die, alles andere lief nebenher. Das war mir allerdings klar gewesen.

Mein Handy meldete sich, Agnes rief an. Girotti war kurz nach 9 Uhr unangemeldet im Büro erschienen. Sie hatte ihn nur schwer zu davon überzeugen können, dass ich wirklich nicht da war. Immerhin stand mein Auto vor dem Büro. Dass ich zu Fuß unterwegs war, hatte er nicht glauben wollen. Agnes hatte ihm einen Termin am nächsten Tag gegeben, um 11 Uhr.

»Reden wir über die Frau von gestern«, sagte Ulrich, »du hast sie live gesehen, was hältst du von ihr?«

»Was ich von ihr halte? Wohlhabend, um die 50. Elegant, teuer angezogen, blond gefärbtes Haar streng nach hinten gekämmt, arrogant.«

»Oberklasse.«

»Jedenfalls nicht die Art, deren Bekanntschaft ich suche. Hast du etwas über sie erfahren?«

»Mit dem Kennzeichen war es möglich. Sie heißt Martha Cordes, 55 Jahre, ihr Mann betreibt ein großes Planungsbüro.«

Ich schüttelte den Kopf, was hatte die damit zu tun, und warum ging sie so plump vor? Die Aktion von gestern war ja an Unbedarftheit nur schwer zu überbieten. Die anonymen Anrufe passten erst recht nicht dazu.

Wir brachen auf und gingen über den Bozner Platz hinüber zur Bauernkammer. Im Bürohaus nebenan residierte Mag.

Alfons Oberhuber. Dieses Bürohaus hatte bessere Zeiten gesehen. Es war eines der Objekte aus den 70er-Jahren, die inzwischen völlig aus der Mode gekommen waren. Das begann beim Entree und reichte bis zu den unattraktiven Grundrissen. Im verunreinigten Eingangsbereich waren die meisten Schilder leer, einige davon einfach umgedreht worden. In Spiegelschrift sah man, wer ausgezogen oder in Pension gegangen war.

»Wie hast du es angelegt?«, fragte ich, als wir in den ersten Stock hinaufgingen.

»Du hast völlig freie Hand. Ich steige in das Gespräch ein, sobald du mit deinen Fragen durch bist, okay?«

»In Ordnung.«

Ulrich hatte es so gemacht, wie wir es früher gelernt hatten, einfach einen Termin vereinbaren, niemals von der Sache reden. Ich hatte freie Hand.

Ich läutete, der Türöffner klackte leise, wir traten ein, ein Mädchen am Empfang rief Mag. Oberhuber. Er ließ uns nicht warten.

Oberhuber war etwa 40 und hatte einen leichten Bauchansatz. Damit war er mir schon sympathisch. Er war für das Marketing zuständig, was immer man in einem technischen Büro darunter verstand. Oberhuber bat uns in das Besprechungszimmer und bot Kaffee an. Ich war mit Ulrich zufrieden.

»Womit können Sie mir helfen?«, fragte Oberhuber, nachdem wir Visitenkarten getauscht hatten.

»Wir befassen uns mit der Sicherung von Kapitalanlagen«, behauptete ich. Ulrich lehnte sich zurück. Das konnte nicht in seinem Interesse sein, daran war nichts zu verdienen. Er musste jetzt aber still halten.

»Und da kommen Sie auf mich?«, fragte Oberhuber lächelnd.

Ich ließ mir einen Namen aus der Kundenliste einfallen und verwendete ihn. Den dazu passenden Textbaustein hatte ich in den Trainings vergangener Zeiten gelernt und fertig zur Hand.

»Ein gemeinsamer Bekannter, Dr. Rudolf Holzer, hat uns Ihre Telefonnummer gegeben und empfohlen, Sie zu kontaktieren. Er war mit unserer Unterstützung sehr erfolgreich. Er hat uns geraten, einen Termin mit Ihnen zu vereinbaren, um auch Sie bei Ihrer Investition unterstützen zu können.«

»Dr. Holzer? Der sagt mir … ach, Sie meinen mein Engagement bei Alpine Securities? Dr. Holzer hat Sie empfohlen? Ist etwas passiert?«

»Es steht nicht gut um Alpine Securities«, warf Ulrich ein und klang dabei sehr kalt.

Oberhuber zuckte fast zusammen. »Ja, das wissen wir inzwischen, aber es tut nicht gut, das so deutlich zu hören. Denken Sie, dass das Geld verloren ist? Dabei haben Sie Dr. Holzer helfen können?«

Ulrich schwieg jetzt eisern.

»Im Weltall kann nichts verloren gehen«, erneuerte ich den bekannten Scherz.

»Sie glauben, es ist noch etwas zu retten?«

»Man muss den Schaden begrenzen«, erklärte ich, »wir können helfen.«

»Gut«, sagte Oberhuber nach kurzem Überlegen, »geben Sie mir etwas, woran ich glauben kann, und ich beauftrage Sie, sofern Ihr Honorar meine Liquidität nicht übersteigt.«

»In Ordnung, kann ich die Unterlagen sehen?«

Oberhuber hatte sie im Büro, es dauerte nicht lange. Ulrich sah mich missmutig an, das verlief nicht nach seinem Geschmack. Ich blätterte die dünne Mappe durch.

»Was ist denn das?«, fragte ich und legte ein Schreiben von Alpine Securities vor Oberhuber hin.

»Das? Die bestätigen den Eingang des Geldes.«

»Natürlich, aber dieser Beleg hier«, sagte ich und wies auf die Quittung, »hier steht Ilse Reiter. Der ist nicht an Sie ausgestellt. Lief das Geld über eine Zwischenstation?«

»Da ist etwas schiefgegangen«, erklärte er, »die Kontonummer stimmte nicht. Das Geld geriet an eine falsche Person. Die Situation war aber rasch gerettet, denn der Betrag wurde unverzüglich weitergeleitet. Ich hatte aber einige Tage kein gutes Gefühl dabei.«

»Das verstehe ich. Wie kommen Sie zu diesem Beleg?«

»Ich habe die Frau aufgesucht. Ich musste sichergehen.«

Um die wahren Einzahler zu verschleiern, hatte Freysinger einiges riskiert, aber nicht zu viel. Bei großen Beträgen scheinen die Menschen Angst zu haben, gefundenes Geld einfach zu behalten.

Rofner hatte absichtlich eine falsche Kontonummer angegeben. Mit der Empfängerin brauchte sie dann nur zu reden und sich für das Versehen zu entschuldigen. Der Einfachheit halber sollte die falsche Empfängerin das Geld gleich direkt an den rechtmäßigen Empfänger weiterleiten. Je nach Reaktion der Betroffenen beließ man es bei der Entschuldigung oder zahlte einen Spesenersatz.

Nachforschungen wurden dadurch schwierig. Solange die ahnungslosen Empfänger nicht vorbelastet waren, kümmerte sich niemand um deren Konten. Wenn Cordes Schwarzgeld angelegt hatte, verstand ich das. Auf diese Art gab es keinen erkennbaren Zahlungsfluss von ihm an Alpine Securities, und bei denen ging umgekehrt nichts von Cordes ein. Cordes erhielt ein Papier, das ausreichen sollte. Für Cordes oder ähnlich gelagerte Fälle reichte die Erklärung aus, aber bei Magister Oberhuber? Hatte ein Angestellter Schwarzgeld? Warum sollte Oberhuber seine Identität verschleiern?

»Wie hat Frau Reiter reagiert?«, fragte ich. »Das sind 70.000 Euro, die unerwartet auf ihrem Konto landeten? Dachte sie an einen Lottogewinn?«

Oberhuber schmunzelte. »Die war ziemlich verunsichert, sie hatte es noch am selben Tag auf das richtige Konto überwiesen.«

»Frau Reiter war schon informiert?«

»Ja, Helga Rofner hatte sie angerufen, nachdem sie festgestellt hatte, was ihr passiert war.«

»Sie wusste den Namen?«

Oberhuber zuckte die Achseln. »Die Bank wollte behilflich sein«, sagte er.

Das wollte er glauben, Rofner hatte es ihm wohl so erklärt. Von der Bank hätte sie den Namen der falschen Empfängerin nie erfahren. Die beträchtliche Summe beim richtigen Empfänger zu wissen, war ihm wichtiger gewesen, da hatte er keine Fragen mehr gestellt. So war das wohl allen ergangen, denn hier handelte es sich nicht um Zufall, sondern um Methode. Ich notierte Adresse und Telefonnummer von Ilse Reiter. Oberhuber hatte alles säuberlich auf dem Beleg festgehalten.

»Dann ist ja alles noch einmal gut ausgegangen«, schaltete sich Ulrich ein, »der Eingang der Zahlung ist bestätigt. Nun sollten wir nach vorn blicken.«

Oberhuber sah mich fragend an, ich schüttelte den Kopf.

»Ich sehe hier keinen Antrag von Ihnen oder umgekehrt kein Angebot an Sie.«

»Das war nicht notwendig. Ich erhielt das Zertifikat im Voraus.«

Natürlich, darin stand ja, dass es mit Einlangen der Zahlung Gültigkeit erlangte. Was sonst noch darin stand, hatte angesichts der Lage Freysingers nur mehr geringe Bedeutung. Ich fragte nicht, wie man so ein Geschäft eingehen konnte. Oberhuber fragte sich etwas anderes, das sah man ihm an. Meine Fragen zielten nicht auf den Verbleib des Geldes, sondern auf die Herkunft. Er verstand es jetzt.

»Sind Sie sicher, dass Sie mir helfen können?«, fragte er.

»Selbstverständlich«, antwortete Ulrich.

Ich zögerte einen Moment. »Nein«, entgegnete ich dann, »nein, können wir nicht.«

»Danke für Ihre Aufrichtigkeit«, sagte er und stand auf. Er begleitete uns zum Ausgang. »Ich hoffe, dass ich Ihnen helfen konnte«, sagte er schmunzelnd, als ich ihm die Hand gab.

»Das konnten Sie, vielen Dank.«

Ulrich und ich gingen schweigend die Treppe hinunter.

»Bist du zufrieden?«, fragte er wütend, als wir auf der Straße waren.

»Vollkommen, Ziel erreicht.«

»Du hast mir den Termin versaut. Dieser Kandidat wäre reif gewesen.«

Oberhuber wäre tatsächlich reif gewesen. Beim nächsten Mal würde er wieder an den Falschen geraten. Heute aber nicht.

»Dein Termin? Wofür hältst du das?«

Ulrich schwieg verbissen.

»Ich weiß jetzt, wie es lief«, setzte ich hinzu, »das war der Zweck der Sache. Es wird Zeit, dass du Informationen bringst. Damit sieht es bis jetzt mager aus.«

»Ist das alles?«

»Ja, und wenn sich das nicht ändert, dann mache ich alleine weiter. Dann bekommst du von mir nichts mehr. Basta.«

Ulrich blieb stehen und sah mich zornig an.

»Du glaubst, dass du so mit mir reden kannst?«

»Was verliere ich schon, wenn du nicht mehr dabei bist? Einige Hintergrundinformationen? Marktforschung? Für die hochaktuelle Kundenliste, die du von mir bekommen hast, ist das wenig.«

»Arschloch. Was würde dich dann zufriedenstellen?«

»Ich würde mich an deiner Stelle mit der Cordes befassen. Namen und Adresse hast du, was brauchst du noch? Dreh den Spieß um.«

Ich wandte mich ab und ging. Er musste in die Sparkassengarage, ich steuerte mein Büro an.

An der Kreuzung vor dem Sillpark stand ich auf der falschen Seite. Grün war hier nur kurz, Rot endlos lang. Rechts von mir wuchs der Turm empor. Mit Grundrissen hatten die kein Problem mehr wie in den älteren Bauten. Die Gebäude bestanden aus leerem Raum, der durch Zwischendecken, getragen von einigen schmalen Säulen, entstand. Man konnte diesen Kubaturspender füllen, wie man wollte.

Endlich leuchtete es grün, ich setzte mich in Bewegung und rief dabei Morawetz an. Es läutete, und schon war die Verbindung getrennt. Sie telefonierte wohl eben. Ich schlug den Weg durch den Park ein.

Eine SMS kam an, sie stammte von Ulrich.

›Geht es wieder‹, schrieb er.

›Immer‹, antwortete ich.

›Das Auto der Cordes ist wieder da.‹

›Bleibe dran, halte mich auf dem Laufenden, wir entscheiden das spontan.‹

Bald langten weitere drei SMS von Ulrich ein.

Im Büro fertigte ich einige Ausdrucke an, Format A4, und steckte sie in einen Umschlag. Es hatte zu regnen begonnen, ich zog den Mantel an und setzte den Hut auf. Dieses praktische Kleidungsstück war aus der Mode gekommen, dabei bot es so treffend Schutz gegen Überwachungskameras. Die waren meistens höher positioniert, eine Hutkrempe machte sie nutzlos. Ich fuhr in die Garage des Kaufhaus Tyrol. Jetzt war es kurz vor vier Uhr, die letzte Nachricht über den Aufenthalt von Martha Cordes war eine Stunde alt.

Den gesuchten Wagen fand ich rasch. Er war auf Ulrichs Foto abgebildet, das er mir zuletzt gesandt hatte. Der Audi Q7 stand günstig. Ich brauchte nur noch zu warten. Glücklicherweise dauerte es nicht lange.

Martha Cordes betrat die Garage und ging auf ihr Auto zu. Mit dem schwarzen Pelzmantel wirkte sie verändert, und ein wenig fülliger als vor dem La Mirage, aber sie war es. Nun kam sie leibhaftig auf mich zu und mir fiel vor allem das starke Make-up auf, das sie aufgelegt hatte. Es ließ ihre Gesichtszüge erstarren, zumindest, was an ihnen noch lebte. Die Augen zu schmalen Schlitzen verengt steuerte sie auf ihr Auto zu. Sie ging an mir vorbei und hätte mich auch nicht bemerkt, wenn ich ihr direkt in Weg gestanden wäre. Ich sah im Vorübergehen nur mehr die blond gefärbten, nach hinten gekämmten Haare.

»Frau Martha Cordes?«

Sie ging weiter, ohne mich zur Kenntnis zu nehmen.

»Frau Cordes?«, wiederholte ich laut.

Die Schlösser des Wagens klackten, sie warf mir einen knappen Blick zu, als sie die Handtasche ins Auto legte.

»Dr. Cordes«, korrigierte sie.

»Mag sein«, sagte ich und zeigte ihr das Foto, auf dem sie vor dem La Mirage aus dem Taxi stieg.

»Erinnern Sie sich?«

Natürlich erkannte sie sich auf dem Bild. Es war vorzüglich gelungen und groß genug, dass man sogar das Kennzeichen lesen konnte.

»Sehr gut«, setzte ich fort und holte das Foto hervor, auf dem Ulrich das Lokal betrat, »dann erkennen sie auch diesen Mann? Er kam pünktlich um 16 Uhr, also 15 Minuten später, wie sie es erwartet hatten.«

Sie sagte weiterhin nichts, dem maß ich aber keine Bedeutung zu. Wahrscheinlich nahm sie nur Personen zur Kenntnis, die ihr von Personen aus ihren Kreisen vorgestellt wurden. Ich holte noch zwei Fotos aus dem Umschlag.

»Hier sehen Sie, wie dieser Mann das Lokal wieder verlässt und hier, wie Sie ihm folgen und in dieses Auto hier einsteigen. Sie werden abgeholt. Möglicherweise ist das Ihr Sohn, jedenfalls Ihr Komplize.«

»Komplize?« Sie griff nach der Handtasche und klaubte ihr Handy heraus.

»Das könnte man für Zufall halten, wenn wir dieses Treffen nicht eigens für den Fototermin arrangiert hätten. Nur Sie oder Ihr Komplize konnten Zeit und Ort wissen.«

Die Sehschlitze im Make-up richteten sich wieder auf mich.

»Die beharrliche Verfolgung und die anonymen Anrufe mag dieser Mann nicht, er hat daher Gegenmaßnahmen getroffen.«

Cordes holte Luft, aber ihr fiel nichts ein, was sie sagen hätte können.

»Stalking ist ein schweres Verbrechen, die Gerichte fällen da strenge Urteile.«

Jetzt rührte sie sich endlich und zeigte den Ausdruck grenzenloser Verachtung. Sie konnte die Gesichtszüge also doch in gewissem Ausmaß ändern.

»Stalking?«

»Sie sind mit dem Taxi gekommen«, ich legte das erste Foto oben auf. »Sehen sie, hier ist es.«

Ihr Blick streifte es.

»Ich bin mit dem Taxi gekommen? Sieh einer an.«

»Auch die Nummer des Taxis ist gut erkennbar.«

Jetzt geriet sie in Zorn. »Stalking? Komplize? Mein Sohn ist also mein Komplize? Die Nummer des Taxis ist gut lesbar? Was konstruieren Sie denn da? Das werden wir gleich beenden, Sie rühren sich nicht von der Stelle, ich rufe jetzt die Polizei.« Cordes warf die Handtasche auf den Sitz und tippte auf ihrem Handy.

»Ich traue Ihnen das sogar zu.«

»Sehen Sie einfach her.«

»Aber gern. Meine Version unserer Unterhaltung wird natürlich anders klingen, aber das muss ich Ihnen ja nicht erklären. Diese Fotos hier landen aber so, wie sie sind, im Polizeiakt. Dann nehmen die Dinge ihren Lauf. Eine kriminaltechnische Untersuchung wird ergeben, dass es Ihre Stimme ist, von der die Frau dieses Mannes am Telefon terrorisiert wird. Das steht dann allerdings in Ihrem eigenen Polizeiakt.«

Sie hörte mit dem Tippen schlagartig auf. Endlich fuhr ein Auto in die Garage und parkte, Leute stiegen aus, Türen schlugen. Cordes wurde bewusst, dass wir hier nicht gut standen.

»Sie denken doch nicht, dass Sie damit durchkommen«, sagte sie jetzt leise, aber scharf.

Ich zuckte die Achseln.

»Mein Ticket läuft ab. Sagen Sie, was Sie wollen, und ich werde sehen, was ich für Sie tun kann.«

»Sie haben ein Herz aus Gold.«

Cordes schluckte mit Mühe ein Schimpfwort hinunter. »Steigen Sie ein.«

Ich bewegte mich nicht.

»Bitte, steigen Sie ein, und packen Sie die Dinger weg.«

Wir setzten uns ins Auto, sie fuhr los. Das Ticket funktionierte an der Säule noch.

»Rechts«, sagte ich an der Ausfahrt, »fahren wir zum Berg Isel, ich wollte schon lange das neue Museum sehen.«

»Wir können auch gleich in der Nähe stehen bleiben.«

»Fahren Sie. Ich kann Ihnen versichern, dass wir es so kurz halten wie möglich.«

Nun hatte ich sie an der Angel, aber der Fisch war noch nicht an Land. Ich konnte noch vieles falsch machen. Martha Cordes war ein harter Brocken, aber nicht, weil sie so klug war. Ich beschloss, mich auf das zu konzentrieren, was ich sicher wusste, und keine Versuchsballons steigen zu lassen. Mit den dummen Anrufen hatte sie sich selbst ein Problem geschaffen, das sie nicht wegdiskutieren konnte.

Einmal läutete ihr Handy, ich sagte nein, jetzt nicht. Auch meines meldete sich zwei Mal, ich ignorierte es. Das alles war hinterher auch noch wahr.

Ich sagte nichts mehr, bis wir im Museum angelangt waren und auf der Plattform standen, wo das Rundgemälde seinen neuen Platz gefunden hatte. Vor uns lagen die Schützen und feuerten auf die Bayern. Auf der Wiese vor der Basilika formierte sich die bayrische Kavallerie, die nicht ins Gefecht kam.

»Ein Waterloo«, sagte ich, »hier findet ein Waterloo statt.«

»Ein Waterloo?«

»Ja, der Berg Isel war natürlich nur der Vorgeschmack auf das endgültige Waterloo, stellte allerdings bereits eine vollständige Niederlage dar. Die Eindringlinge kamen brandschatzend durch das Unterinntal herauf und wurden hier gezüchtigt.«

»Sie kommen doch irgendwann zur Sache?«

»Natürlich, das Großbürgertum hatte auch damals kein Verständnis für die Leiden der kleinen Leute, die alles verloren und dann auch noch alles bezahlen mussten. Auch damals saßen die Innsbrucker Großbürger in ihren sicheren Häusern, während die Kleinen draußen bluteten. Das wird jetzt Ihr Waterloo, wenn Sie die Lage nicht verstehen wollen.«

»Sie haben ziemlich schlechte Manieren.«

»Ich habe aber interessante Fotos, und jedes sagt mehr als tausend Worte.« Damit trat ich nach vorn an die Brüstung und zog eines aus dem Umschlag, um es ins Licht halten zu können. Sie kam rasch auf mich zu.

»Tun Sie das weg, hier sind überall Kameras.«

»Sie sind ja doch klüger, als ich dachte«, raunte ich und steckte das Foto zurück. »Jetzt sind wir gut im Bild. Wenn ich nun lautstark behaupte, solche Fotos sind mehr wert als 5.000 Euro, was glauben Sie, wie das in der Überwachungskamera herüberkommt?«

»Was sind Sie nur für ein schmutziger kleiner Erpresser«, sagte sie, trat einen Schritt zurück und überlegte es sich blitzschnell anders. Sie setzte ein Lächeln auf. »Sie haben mich in eine Falle gelockt, Sie mieser Kerl.«

»Ja«, sagte ich und lächelte zurück.

»Was wollen Sie?«

»Sie verfolgen einen Mann und sind angerührt, wenn Ihnen dasselbe passiert? Denken Sie ernsthaft, dass die Causa Freysinger verschwindet, wenn Sie die Augen zumachen?«

»Was geht Sie Magister Freysinger an? Er ist ein seriöser Geschäftsmann.«

»Das dachten bis vor Kurzem viele. Nun sind wir schon drei, die das besser wissen, und dabei bleibt es nicht.«

»Was haben Sie ihm vorzuwerfen?«

»Wer braucht bei diesen Fakten Vorwürfe? Goldgeprägte, aber wertlose Zertifikate, ausgegeben von einem Untermietzimmer im vierten Stock ohne Belegschaft, undurchsichtige Zahlungsflüsse über Strohmänner und -frauen, Fehlen jeder Geschäftstätigkeit. Ein wahres Schmuckstück.«

»Was behaupten Sie da?«

»Betrug, von Anfang bis zum Ende, Betrug.«

Cordes hatte nun ein Kampflächeln aufgesetzt, wie es Politiker oft trugen. »Wenn das so wäre, was hat das mit mir und meinem Mann zu tun?«

Als Erpresser wäre ich längst am Ziel gewesen. Um die anonymen Anrufe ging es aber nicht, sondern um Freysinger. Mir blieb nur, den einzigen Trumpf auszuspielen, den ich überhaupt besaß, meine Kenntnis von Freysingers kreativer Einzahlungsmethode.

»Ich habe mir Geldbewegungen angesehen. Wenn das bekannt wird, dann bleibt es nicht beim Kopfschütteln. Sie können doch nicht allen Ernstes behaupten, dass Sie sich dabei nichts gedacht haben.«

Wir standen da und lächelten uns an, aber ihr Lächeln fror nun doch ein wenig ein.

»Das ist Unsinn«, sagte sie und wies mit der Hand auf die Stelle, an der Andreas Hofer stand. Ich wandte mich auch zu Hofer. Als er hier gestanden war und auf das Schlachtgetümmel geblickt hatte, hatte er getan, was ich vorhin getan hatte, nämlich die letzte Reserve in den Kampf geworfen.

»Das ist Unsinn? Dann haben Sie ja nichts zu befürchten«, grinste ich so hinterhältig, wie es mir möglich war.

Ein aufmunternder Befehl an die ins Gefecht rückende Truppe konnte dennoch nicht schaden. Ich variierte meine Bemerkung mit den Geldbewegungen noch einmal.

»In den Unterlagen finde ich Namen«, sagte ich, »da wundert man sich, warum die sich angesichts einer Gutschrift nicht fragten: Ey Mann, wo war die Leistung?«

Ihr Gesicht fror endgültig ein. Ich hatte den Fisch am Land, aber warum?

»Wir haben nichts Ungesetzliches getan«, sagte sie frostig, »gehen Sie damit doch zur Polizei, wenn Sie sich davon etwas versprechen.«

Für einen Moment fror ich ein. Was sagte sie da? ›Ich habe nichts Ungesetzliches getan‹? Natürlich nicht, es sei denn …

Ich dachte an die eigenartigen Einzahlungen und deren ahnungslose Empfänger, die als Zwischenstation dienten. Nach den Notizen Rofners waren die still geblieben, bis Rofner sich gemeldet hatte. Darum ging es also nicht. Cordes war keine Anlegerin, die um ihr Geld fürchtete. Wenn die Familie Cordes nicht zu den Gebern zählte, dann blieb nur mehr eine Möglichkeit: sie zählte zu den Nehmern. In diesem Fall sah ich viele Gründe, warum das niemand zu wissen brauchte. Welche Leistungen soll ein Bauplaner schon an eine Investitionsfirma verrechnen?

Mein Lächeln verwandelte sich in ein breites Grinsen, das konnte ich vor Verblüffung nicht verhindern. In dem Moment wurde ihr klar, dass ich von einer falschen Annahme ausgegangen war und sie mir auf die Sprünge geholfen hatte.

»Zur Polizei? Wo denken Sie hin? Der Staatsanwalt beschafft kein Geld wieder.«

»Wiederbeschaffen? Meine Leistungen sind korrekt erbracht und abgerechnet worden.«

»Sie haben mir sehr geholfen, Frau Dr. Cordes, haben Sie vielen Dank.« Ich warf den Umschlag auf die Sitzbank und ging grußlos zur Treppe. Den gelben Umschlag konnte sie so nicht liegen lassen. Mit leichtem Schritt lief ich die Stufen hinab.

Cordes konnte mich nicht mehr einholen, ohne aufzufallen. Sollte sich jemand die Bilder der Kameras ansehen, war ich mit dem Umschlag gekommen, wir hatten uns unterhalten und sie war damit gegangen.

Ich nahm den Weg über die Serpentinen durch das Wäldchen hinunter.

Die Familie Cordes hatte kein Geld bei Freysinger angelegt, um das sie sich Sorgen machte. Sie hatte Geld von Freysinger genommen. Ich begann, Freysinger besser zu verstehen. Er hatte da einen Reptilienfonds angehäuft, eine schwarze Kasse, aus dem irgendwelche Dinge finanziert wurden. Was er sich davon versprach, war im Moment nicht wichtig, das war die erste Fährte auf der Suche nach dem verschwundenen Geld. Wichtige Leute wurden da bedient, deshalb hörte man auch nichts in der Öffentlichkeit.

So hatte Girotti sich das nicht vorgestellt. Er war eingestiegen, als der Kreis der Eingeweihten Schluss machte und begann, die Beute zu verteilen. Sein Versuch, im Kreis der lokalen Matadore mitzuspielen, war gründlich gescheitert. Er hatte keinen Stuhl, als die Musik aufhörte zu spielen.

An der Brennerstraße, beim Kiosk, wo der Fußweg zu Ende ist, wählte ich die Richtung rechts am Bierstindl vorbei. Es war fast fünf Uhr, mein Auto stand weitab in der Sparkassengarage, aber der Spaziergang tat mir gut. Heute hatten sich einige interessante Dinge ergeben und einige Theorien als falsch erwiesen. Es war ein guter Tag, ich sah klarer als gestern. Ich sah auch Freysinger in neuem Licht. Der Sinn seines Reptilienfonds war mir aber unklarer denn je. Was konnten die Cordes schon Nützliches getan haben, das Zuwendungen aus dem Topf rechtfertigte?

Ich spazierte über die Sillbrücke zur Allee und dort die

Sill entlang. Mein Handy vibrierte in der Brusttasche, leise hörte ich *rock you, baby*. Katja rief an.

»Wo bist du?«, fragte sie und klang eine Spur aufgeregt. Katja war nie aufgeregt, und wenn sie eine Spur danach klang, dann war etwas sehr Schlimmes passiert.

»Ist ein Atomreaktor durchgegangen? Du klingst so unheilschwanger.«

»Ich will wissen, wo du bist.«

»Ich spaziere die Allee entlang der Sill herunter, ich war am Berg Isel.«

»Am Berg Isel? Das ist nicht wahr?«

»Doch, wo ist das Problem?«

»Habt ihr euch das ausgemacht? Bist du von Sinnen?«

»Was denn, was ist los?«

»Du weißt nichts?«

»Gar nichts, was ist?«

»Ulrich hat mich angerufen, er sitzt bei der Polizei.«

»Jetzt bin ich platt. Was ist denn geschehen?«

»Er wurde im Haus der Familie Cordes festgenommen. Er hat sich Zutritt verschafft und wahrscheinlich etwas gesucht. Bestätige mir, dass du nichts damit zu tun hast.«

Ich begann, hellauf zu lachen, was Katja nicht beruhigte.

»Was sagt man dazu?«, sagte ich, »ich habe ihm heute zugesetzt, dass er endlich Resultate bringen soll, weil ich sonst auf ihn verzichte. Das hat besser gewirkt, als ich dachte. So habe ich mir das aber nicht vorgestellt.«

»Warst du der angebliche Bekannte, mit dem Martha Cordes eben am Berg Isel war?«

»Ein Bekannter? Ich war das, ja.«

»Nicht zu fassen. Dass das nach Verabredung aussieht, ist dir doch klar? Ihr Sohn war im Haus, er hat Ulrich bemerkt und die Polizei gerufen. Bei der Vernehmung behauptete er, dass man seine Mutter weggelockt hätte. Er hat sie nach vier Uhr zu Hause erwartet. Stattdessen hat sie ein SMS geschickt, dass sie noch mit einem Bekannten am Berg Isel sei.«

»Ein netter Zufall, nicht mehr. Die wussten aber, dass wir sie im Visier haben.«

»Ihr habt sie im Visier? Bist du noch bei Trost?«

»Vollkommen. Die noble Frau Cordes übt Telefonterror gegen Ulrichs Frau aus. Deshalb ist sie uns aufgefallen.«

»Na fein, kommt da noch mehr?«

»Das genügt. Wichtig ist jetzt, dass Ulrich wieder freikommt. Kriegst du das hin?«

»Wenn sonst nichts gegen ihn vorliegt, müssen sie ihn nach der Vernehmung gehen lassen. Sie können ihn nur auf freiem Fuß anzeigen. Von mir aus kann er aber drinbleiben.«

»Aber Frau Anwältin!«

»Solche Klienten will ich nicht. Auf dich kann aber auch etwas zukommen, so, wie das derzeit klingt.«

»Gar nichts kommt. Die machen keine Anzeige. Die ziehen alles zurück, sobald sie eine Sekunde lang nachgedacht haben. Morgen ist der Spuk vorbei.«

»Oh Gott …«

»Sicher. Die haben von Freysinger Geld genommen, und mir fällt kein Grund ein, der das rechtfertigt. Die können sich kein Aufsehen leisten. Aber wenn Ulrich einen gefunden hat, war es die Sache wert.«

»Geld von Freysinger? Woher weißt du das?«

»Martha Cordes hat es mir erzählt. Am Berg Isel.«

»Das hat sie dir erzählt?«

»Nicht ganz freiwillig, ich habe ihr ein wenig zugesetzt.«

»Auch das noch? Dann kommt auf dich sicher etwas zu. Ich muss jetzt los, wir sehen uns am Abend.«

Das war ein Ding. Als ich die Tastatur des Handys wieder sperren, wollte sah ich Ulrichs Nachrichten. Es waren etliche SMS. Ich öffnete die erste, sie zeigte ein Foto. Nachdem ich es vergrößert hatte, sah ich die Rechnungskopie. Martha Cordes stellte Alpine Securities 7.300 Euro in Rechnung für Farbberatung, zuzüglich Steuer.

Es folgten drei weitere Rechnungskopien, auf der letzten Nachricht stand: ›Polizei da, lösche den Speicher, hol mich raus.‹

*

Ich saß an meinem Schreibtisch, vor mir lagen die Rechnungskopien, die mir Ulrich gesandt hatte. Martha Cordes Rechnungen an Alpine Securities beliefen sich auf 56.000 Euro für Stilberatung, Farbanalysen und Beratungsgespräche. Die Frau Doktor hatte jeden Anlass, dass das niemand zu sehen bekam.

Für den Augenblick ergab sich noch eine Notwendigkeit, nämlich für die Sicherheit meines Büros zu sorgen. Ein nächtlicher Besuch würde sich lohnen. Nebenan war das bereits geschehen, und ab sofort stellte dieses Haus einen weiteren Anreiz dar. Die Familie Cordes wusste vielleicht nichts von Ulrichs Beute, aber sie stellte sich eventuell etwas vor. Ob jemand wusste, dass jemand brisante Unterlagen besaß, oder ob er nur fest daran glaubte, lief bei entsprechender Motivation auf dasselbe hinaus. Natürlich würden sie nicht selbst einbrechen, aber bisher waren sie nicht sehr geschickt vorgegangen. Da musste Abhilfe geschehen.

Ich suchte eine Weile in meinen Notizen, bis ich den Namen fand. Franco hob ab, er hatte Zeit.

Francos Spitzname, er hieß eigentlich Klaus, hatte verschiedene Stadien durchlaufen. Seine Vorliebe für Frankfurter Würstchen mit Bier brachten ihm irgendwann mit ›Frank 'n' Furter‹ seinen ersten Spitznamen ein. Sein Englisch war allerdings mangelhaft, und mit der Rocky Horror Picture Show konnte er gar nichts anfangen. Jemand nannte ihn dann einmal Francoforte, was ihm vom Klang besser gefiel. Das war aber zu lang, und er kürzte es auf Franco. Nun passte es.

Francos Beruf als Hausmeister half mir jetzt nicht, wohl aber seine beeindruckende oder auch stämmige Erscheinung. Für heute war er einverstanden, und vielleicht für ein paar Tage mehr. Vor Mitternacht würde er bei mir läuten und die Schlüssel übernehmen. Dann sollte er die Nacht über im Büro bleiben und sich nebenan bemerkbar machen. Die Abschreckung musste vorerst ausreichen.

Wenn die Abschreckung nicht reichte, war Franco auch für mehr zu haben. Vor langer Zeit, als Müllhalden noch einfach Müllhalden waren und nicht technische Einrichtungen, die man als Normalsterblicher gar nicht mehr zu sehen bekam, hatten wir gern Schrottautos dort abgeliefert. Damals gab es noch aufgestapelte Autowracks. In diese Stapel jagten wir mit den abzuliefernden Wagen hinein, bis sie wirklich nicht mehr liefen. Franco hielt immer am längsten durch. Wenn wir nicht mehr wagten, die desolaten Autos in den Stapel zu rammen, war Franco der letzte, der noch einen Versuch unternahm. Gurten oder gar Helme waren verpönt, wir wollten den Anprall spüren. Er führte immer den letzten Stoß, Rücksicht gab es nicht, und Angst kannte er nicht.

Kurz nach sieben Uhr meldete sich Ulrich, er war wieder in Freiheit. Seine Laune war so gut wie schon lange nicht mehr. Sorgen hatte er sich nach den Dokumentenfunden keine gemacht. Ich erzählte ihm vom Berg Isel, er lachte schallend. Die Familie Cordes glaubte nie und nimmer an einen Zufall, es sah alles nach einem abgekarteten Spiel aus. Den Eindruck wollten wir nicht bekämpfen. Es blieb bei morgen um neun, dann gab er mir Katja. Ich wollte mir nicht wieder Vorhaltungen anhören und schlug den Griechen als Treffpunkt vor. Katja schluckte und sagte ja.

Um diese Zeit bekam ich dort keinen Parkplatz mehr. Ich nahm Helm und Lederweste, verständigte noch Franco und setzte mich auf das Motorrad. Es war kalt, aber trocken, das reichte. Zehn Minuten später war ich am Ziel und konnte direkt vor der Türe parken. Katja traf bald nach mir ein.

In die erwartete Missbilligung mischte sich eine Spur Freude. Auch wenn es nicht schwierig gewesen war, Ulrich herauszupauken, so war es doch ein Erfolg. Ich musste ihr noch einmal erklären, dass das heute reiner Zufall gewesen war. Zu erwarten sei wirklich nichts mehr, berichtete Katja. Die Familie Cordes hatte durch ihren Anwalt ausrichten lassen, dass sie mit einer Entschuldigung Ulrichs zufrieden sei. Als ich ihr die Ausdrucke zeigte, war sie sprachlos.

Später, als die Garnelen fast verzehrt waren, sah sie mich plötzlich an und lächelte. Dann beugte sie sich leicht nach vorn. »Ich wäre bereit, dich zu heiraten, wenn du meinen Namen annimmst.«

Der nächste Augenblick verstrich in meiner Sprachlosigkeit.

»Wie bitte?«, brachte ich heraus.

»Ist dir klar, dass ich dir einen Antrag gemacht habe?«

Ich brauchte noch einen Moment und ordnete ihren ernsten Blick in den Schabernack ein, den sie gerne trieb. Ganz sicher war ich im Moment aber nicht.

»Das war der gefahrloseste Antrag, den du in deinem Leben machen konntest.«

»Wieso?«

»Ich habe einen Namen.«

»Vielleicht brauchst du bald einen neuen, und was ist an meinem Namen falsch?«

»Gar nichts, er ist wunderbar.«

»Na also.«

»Das tun wir nicht. Ich finde es auch anachronistisch, dass Frauen ihren Namen abgeben. Schlimmer sind nur die Amis, Mrs. John Doe und so.«

Meine Parade war nicht überragend gewesen, aber was sollte ich tun? Wir tranken einen Schluck.

Katja sah plötzlich irritiert über meine Schulter. Ich drehte mich um. Da stand ein Mann, ungefähr so groß wie ich, aber um ein vielfaches muskulöser. Er trug eine offene Lederweste, hatte lange blonde Haare, die über die Schultern fielen, einen kurzen blonden Bart und den offenen Blick, den ich von früher kannte. Franco war älter geworden. Ich fragte mich, ob er von mir dasselbe dachte. Ich stand auf, wir schüttelten die Hände.

»Das ist Katja«, sagte ich zu ihm und zu Katja, »das ist Franco. Er gibt heute Nacht auf mein Büro acht. Man weiß ja nie.«

Er wollte nur die Schlüssel. Ich fragte, ob er morgen um elf trotz des Nachtdienstes kurz vorbeischauen könnte, damit ihn einer der üblichen Verdächtigen zu Gesicht bekam. Franco sagte zu.

»Der sieht aus wie ein Rocker«, meinte Katja, als Franco weg war, »wie man ihn im Kino sieht.«

»Er hat auch eine Harley Davidson. Immer, wenn er von einer Schweiz-Tour erzählt, ist ein Schraubenzieher dabei. Franco ist aber Hausmeister und eine Seele von Mensch.«

»Also sagen wir exotisch. Aber die Augen wirken ehrlich, was man von …«

»Ja, ja, ich weiß. Du magst Ulrich nicht. Nach diesem Fall sehe ich ihn auch lange nicht wieder.«

»Dann darfst du jetzt zahlen. Ich bleibe heute bei dir, überhaupt, wenn drunten im Büro ein Bodyguard wacht.«

*

Spät in der Nacht saß ich vor dem Computer. Wie erwartet tauchte der Name Cordes nicht in Rofners Notizen auf. Sie gehörten zur Nehmerseite, aber das wusste ich ja schon.

Ich nahm mir noch einmal Ilse Reiter vor. Magister Oberhuber hatte den Namen säuberlich notiert und Reiter auch besucht. Sie hatte zweimal als Zwischenstation Verwendung gefunden, was zumindest ab dem zweiten Mal ein Versehen Reiters ausschloss. Die Liste enthielt zwölf Namen, ich druckte sie mit Telefonnummern und E-Mail-Adressen aus.

Katja stand plötzlich hinter mir. Sie bewegte sich so lautlos wie Inverboindie, aber nur, wenn sie barfuß ging. Sonst hörte man sie so weit wie Rita.

»Was machst du noch?«

»Ich weiß jetzt, wie sie den Topf gefüllt haben, über Ahnungslose aus der Kundenkartei Rofners. Sie kannte deren Bankverbindung und hatte den Kontakt, um die Betreffenden gleich von der angeblichen Fehlüberweisung zu informieren.«

»Was? Wozu war das gut?«

»Wenn man bei Alpine Securities nachsieht, findet man die tatsächlichen Einzahler nicht.«

»Das ist doch ungesetzlich.«

»Richtiges Geschäft hatten die damit nie vor. Es ist eher so eine Art Postamt Christkindl, man kann Wunschbriefe dorthin schreiben.«

»Wenn man zu den richtigen Leuten gehört? Und für die Betreiber bleibt auch etwas hängen.«

»Klar. Der gute Mensch denkt an sich, selbst zuletzt.«

»Das konnte doch nicht gut gehen? Ich verstehe das nicht.«

»Der gesamte Fonds war nicht sehr groß. Den schickt man zuletzt in den Konkurs, das ist der Weg ohne Wiederkehr. Den Deckel drauf, und die Sache ist erledigt.«

»Also bitte …«

»Also bitte, das geht ohne Aufsehen ab. Sogar große Dinge gehen problemlos, als der Bankdirektor Elsner die Firma Atomic in Konkurs schickte, gab es eine Quote von mehr als 90 Prozent. Alles ist möglich, das ist der Triumph des Willens.«

»Es ist spät, komm ins Bett.«

V

Als ich aus der Dusche kam, sah ich auf meinem Handy den Anruf von Rita. Sie lebte im ersten Stock. Mein Büro lag darunter, meine Wohnung einen Stock über ihr. Auf dem Weg nach unten läutete ich bei ihr. Sie öffnete im Trainingsanzug. Zu Hause war sie nicht annähernd so chic, wie wenn sie die Wohnung verließ. Hinsichtlich Gesicht, Frisur und Stimme verwendete sie stets dasselbe Modell, sonst konnte man aber fast glauben, dass es sich um zwei verschiedene Personen handelte.

Ihr Computer hatte ein Problem, das rasch gelöst war. Einiges in dem Zimmer wirkte anders, aber ich hatte nicht so genau hingesehen. Beim Verlassen des Raumes fiel es mir auf. Zwei Schuhschränke, hohe Glasvitrinen, hingen im Vorraum an der Wand, bestückt mit Ritas Flaggschiffen. Sie waren nach vorn ins Blickfeld gerückt, und der Tisch mit den vier Paaren Pumps im Wohnzimmer fehlte. Die in der Vitrine gefielen mir wesentlich besser als diejenigen, die sie tatsächlich trug. Ich wurde nicht schlau daraus und fragte nichts. Am Ausgang blieb ich stehen und betrachtete das Emailschild an der Tür. Es war neu, ziemlich groß, darauf stand: ›Verlasse mich so, wie du mich vorzufinden wünschst.‹ Ich sah es andächtig an.

»Ja, so ist das«, kommentierte Rita meinen prüfenden Blick.

»Nicht weniger sollst du verlangen«, bestätigte ich und ging, ich musste ins Central.

Ulrich grinste noch süffisanter als sonst. Er war zufrieden. Keine Anrufe, kein Auto, das ihm folgte. Der Besuch im Hause Cordes hatte Wunder gewirkt.

Er wartete, bis der Kellner meinen Espresso servierte und die Pfeife brannte. Ich hörte zu und fasste die Sache für mich zusammen:

Ulrich kannte inzwischen alle Autos der Familie Cordes. Am frühen Nachmittag stand der Wagen von Eugen Cordes in der Garage am Landhausplatz, Martha Cordes stellte ihren bald darauf in der Garage des Kaufhauses Tyrol ab. Damit waren zwei Autos lokalisiert, und Ulrich erkundete den Grauen Stein, wo die Familie Cordes wohnte. Die Villa lag günstig. Von Nachbarn war sie nicht einzusehen. Das Gartentor stand offen, es schien niemand da zu sein. Der Sohn war dennoch zu Hause, was Ulrich später erfuhr. Jedenfalls stellte er sein Auto am Ende des Weges ab und spazierte zurück. Das Grundstück wirkte beim Wiederkommen noch immer verlassen, also sah er sich im Garten um und spähte durch die Scheiben des Wintergartens. Als er die Türe unversperrt fand, trat er ein.

Im Wintergarten befanden sich unter anderem eine Sitzgruppe und ein Computertisch. Neben dem Computer standen einige Ordner. Die nahm sich Ulrich als Erstes vor und entdeckte in einem davon Rechnungskopien. Er legte sie auf dem Boden aus und begann mit dem Handy zu fotografieren, gelangte aber nur bis zur dritten Rechnung. Dann näherte sich ein Auto und Ulrich stellte rasch den ursprünglichen Zustand wieder her. Als er den Streifenwagen erkannte, sandte er den Hilferuf und löschte den Speicher. Das wäre gar nicht nötig gewesen, wie er bald erkannte.

Der Sohn, der sich im Zimmer eingesperrt und die Polizei gerufen hatte, gesellte sich nun dazu. Zu seinem Leidwesen, er hätte Ulrich gern in Handschellen gesehen, lief alles ganz unaufgeregt ab. Die Polizei forderte ihn auf nachzusehen, ob etwas fehlte oder beschädigt worden war. Es fehlte nichts. Da die Türe war offen gewesen, hatte Ulrich auch kein Hindernis überwunden und wurde lediglich zur Aufnahme der Niederschrift mit aufs Revier genommen.

Anfangs hatte sich der Sohn noch als Scharfmacher betätigt, nach einem Telefonat mit seiner Mutter änderte sich das schlagartig. Er wollte anschließend nur alle los sein und zog sich zurück.

Als Ulrich am Posten im Beisein Katjas Rede und Antwort stand rief der Anwalt der Familie Cordes an. Gegen eine Entschuldigung sei man bereit, die Sache auf sich beruhen zu lassen, richtete er aus.

»Cool«, sagte ich, »das Opfer deckt dich. Stockholm-Syndrom nach fünf Minuten.«

»Vollkoffer. Wie lange warst du mit ihr zusammen?«

»Fast eine Stunde, denke ich. Dabei hat sie sich verplappert, und du hast zur gleichen Zeit den Beweis gefunden.«

»Das muss eigenartig aussehen. Ein schwarzer Tag für die Cordes-Familie.«

Ich nickte.

»Die Sache stinkt«, setzte er hinzu, »und zwar gewaltig.«

Ich sagte nichts. Die Sache stank gewaltig. Cordes verzichtete auf sein Mittel, Druck auszuüben oder Genugtuung zu erhalten. Eugen Cordes verfügte über Geld und Einfluss. Zu beidem gelangt man nicht durch Verzicht. Das war es, was stank. Natürlich gab es noch ein Gespräch der Anwälte beim Staatsanwalt, aber das Ergebnis stand fest.

»Die Morawetz geht bei mir nicht ans Telefon«, erinnerte ich, »der wird doch nichts zugestoßen sein? Ich habe in einer Stunde Girotti bei mir. Heute nehme ich ihn in die Zange. Der stinkt mir nämlich auch. Mit der unauffindbaren Morawetz habe ich aber ein loses Ende, verstehst du?«

»Verstehe, das hast du dir dann wohl selbst zuzuschreiben.«

»Vergiss es«, sagte ich und winkte dem Kellner.

Ulrich hatte auch gewinkt.

»Herr Magister Golser?«, fragte der Kellner.

»Mein Freund bezahlt.«

Ich zahlte, wir brachen auf.

»Keine Sorge, ich finde sie«, beruhigte Ulrich, als wir draußen waren.

»Ich wusste, dass er das sagen würde«, antwortete ich und ging.

Zurück im Büro erwartete mich Franco. Er trug heute keine Lederweste, sondern einen hellen Anzug. Der wirkte auf mich, als ob er ihn vor vielen Jahren einmalig bei einem Bewerbungsgespräch getragen hätte. Franco und ich waren ungefähr gleich groß, ich bin nicht ganz schmal, aber Franco übertraf das bei Weitem. In der Aufmachung, mit den langen Haaren, dem Bart, dem von der Zeit gezeichneten Gesicht sah er aus wie John Rambo im Anzug, und genau so brauchte ich ihn.

»Ein Bild von einem Mann«, stellte Agnes fest und sah Franco an, »jetzt fühle ich mich sicher. Kommt er öfter?«

Franco ging nicht darauf ein. Wenn Girotti kam, würde er nur da stehen und ihn ansehen. Er machte öfter Personenschutz und wusste, was zu tun war.

Girotti war nicht gefährlich, Franco diente der Abschreckung. Der Italiener sollte einen Eindruck davon bekommen, dass ein Einbruch bei mir nicht ratsam war. Dass ein Versuch Folgen haben würde, würde er unverklausuliert bei unserer Besprechung erfahren.

Die Aufmachung von Agnes war allerdings eine Lage des Hauses, die spendierte sie für unseren Gast, ich hatte sie nicht bestellt. Normalerweise war sie schön und unnahbar, heute nur Ersteres.

Ich schüttelte den Kopf und verzog mich in mein Büro. Agnes brachte den Espresso, heute hörte ich ihre Schritte im ganzen Büro. Ich vertiefte mich in die Akte, die einigen Umfang angenommen hatte. Das Wenigste darin stammte von ihm selbst. Das sollte sich heute ändern. Fünf vor elf summte es am Eingang, ich hörte Agnes zur Türe gehen. Dann öffnete sie bei mir und meldete den Signore.

Neben der Tür zum Besprechungszimmer stand Franco und musterte ihn regungslos. Er war doch fast einen Kopf kleiner als Agnes, Franco überragte ihn deutlich. Girotti trug einen dunklen Anzug mit gelber Krawatte, er lächelte strahlend und begrüßte mich freundlich. Franco streckte einen Arm aus, öffnete die Tür und ließ sie aufschwingen. Ich bat Girotti ins Zimmer und bot ihm Platz an. Agnes hatte nicht einmal vergessen, die Jalousien ein wenig herabzulassen, sodass sie das bekannte Muster an die Wand zeichneten. Agnes bot Kaffee an und sagte, dass er gern rauchen dürfe. Er wollte.

»Sie sind sehr beschäftigt«, begann er, »und Sie haben sich personell verstärkt?«

Ich erinnerte mich daran, dass er angeblich schlecht Deutsch sprach und unterdrückte ein Lächeln. »Man hat nebenan eingebrochen«, erklärte ich, »der Computer wurde gestohlen. Da interessieren sich auch andere für Rofners Geschäfte.«

»Deshalb der Bodyguard?«

»Sicher ist sicher«, erwiderte ich. »Was aber kann ich heute für Sie tun?«

»Vielleicht sollten Sie erst einmal berichten. Ich habe den Eindruck, dass Sie überraschend gut vorankommen?«

»Da haben wir ein Problem«, sagte ich, schlug die Akte auf und holte mein Auftragsformular hervor, »Ihr Brief weicht erheblich vom ursprünglichen Auftrag ab. Wir können nicht mitten im Fluss die Richtung und die Pferde zugleich wechseln.«

Wortlos beugte er sich vor, ich ließ das Formular auf die Akte fallen. Er drehte die Akte zu sich und zog sie heran. Dann nahm er seinen Brief und den durchgestrichenen Scheck heraus und zerriss beides. Er zückte einen Kugelschreiber und unterfertigte mein Formular.

»Bitte fügen Sie den vollen Namen, also Massimo Girotti, in Blockbuchstaben hinzu«, bat ich.

»Ich kann mich nicht erinnern, den vollen Namen genannt zu haben«, sagte er und setzte ihn hinzu.

»Das ist korrekt«, bestätigte ich.

Er drehte die Akte zu mir und schob sie zurück. »Das hätten wir«, kommentierte er, »dann darf ich bitten. Das Verhältnis zwischen Auftraggeber und Auftragnehmer ist nun perfekt.«

Ich klingelte nach Agnes.

»Der Auftrag ist perfekt«, sagte ich und gab ihr die Akte und die zerrissenen Papiere, »und die sind für den Shredder.«

Girotti sah mich ruhig an.

»Stellen wir doch erst einmal die Gemeinsamkeiten fest«, schlug ich vor, »wir wissen beide, dass die Zeichnungsfrist bei Alpine Securities zu Ende ist.«

»Wissen wir das?«, fragte er giftig.

»Gehen wir davon aus. Nun müsste die Firma beginnen, das Geld zu investieren, korrekt?«

»Ist die Vorlesung bald zu Ende?

»Sie investiert aber nicht«, überging ich ihn, »dort herrscht Grabesstille. Auch das wissen wir beide.«

»Diese Information ist wertlos. Darf ich erinnern, dass Sie bezahlt werden, um mein Geld wiederzubeschaffen?«

»Wir sind uns also einig. Bei einem Investment dieser Art interessiert einen frühestens der erste Jahresabschluss. Sie sind aber schon nach wenigen Wochen in Sorge. Was haben Sie inzwischen erfahren, das Sie kurz vor dem Abschluss noch nicht wussten?«

Girotti sah mich an. Er nahm nun die aufrechte Haltung an, die ich so oft erlebt hatte, wenn einen der Partner geradewegs anlügt.

»Sie sind also auch zum Schluss gekommen, dass ich betrogen wurde. Das ist ein wichtiger Schritt auf dem gemeinsamen Weg. Welche Ergebnisse können Sie mir nun berichten?«

»Sie erinnern sich an die Einzahlung Ihrer Einlage? Ihr Geld geriet an einen gewissen Lorenz Huber, der es dann an die richtige Stelle weiterleitete. Das ist vermutlich auch der Grund, warum sie mir den Einzahlungsbeleg bis heute nicht übergeben haben, nicht wahr?«

»Führt diese Erkenntnis zur Rückerstattung meiner Einzahlung …«, er stockte.

»Das war Methode. Man machte es bei allen Anlegern so.«

Jetzt verstand er. Girotti blieb die nächste forsche Frage im Hals stecken. Er stand abrupt auf, blieb einen Moment stehen und ging dann zum Fenster, um durch die Jalousie hinauszustarren. Ich verließ den Raum.

»Wie hält er sich?«, fragte Agnes.

»Er ist auf die Bretter gegangen. Ein zäher Bursche. Ich mag die Mittelgewichtler aber nicht.«

Franco verzog das Gesicht. »Vergiss sie«, knurrte er, »die haben keinen Punch, nur sinnloses Gemetzel.«

Ich nickte. So sah ich das auch.

»Da ist noch etwas«, sagte Agnes, »ein gewisser Eugen Cordes will dich sprechen. Sein Büro hat angerufen, ich habe zugesagt. Er ist draußen auf einer Baustelle, den Plan habe ich ausgedruckt.«

»Das hat mir noch gefehlt. Schon etwas von Ulrich?«

»Nein, ich versuche es.«

Girotti stand in der Türe. »Machen wir weiter?«, fragte er.

Wir setzten uns wieder an den Besprechungstisch.

»Ich weiß noch nicht, was Sie kurz nach dem Abschluss in Sorge versetzt hat«, erinnerte ich.

»Signor Prokop, das ist doch nicht Ihr Ernst? Ich soll die Arbeit machen und Sie verrechnen Honorar? Also bitte. Bei dieser Gelegenheit, Sie sagten zu meiner Assistentin, dass die Gespräche mit Frau Rofner bereits im Jänner begonnen hätten. Wie kommen Sie darauf?«

»Habe ich das gesagt?«

»Das haben Sie, so berichtet mir Frau Morawetz.«

»Dann muss es wohl so sein«, stimmte ich zu.

»Wie bitte?«

»Sie haben mich schon verstanden.«

»Gut. Sie haben Frau Morawetz eingehend über das Zustandekommen ausgefragt. Warum? Vielleicht bekomme ich darauf eine klare Antwort.«

»Natürlich. Sie hatten zwei Möglichkeiten. Die eine bestand darin, dass Sie zur Polizei gehen, um Ihr Geld wiederzubekommen.«

Girotti lächelte.

»Das schied also aus«, setzte ich fort, »Sie kamen zu mir. Ich muss dorthin gehen, wo das Geld liegt. Dazu muss ich wissen, warum und vor allem, wie es dorthin kam.«

Martha Cordes war nicht die Einzige, die das Kampflächeln beherrschte, Girotti konnte das auch. Im Moment verwendete er es, um nachzudenken. Ich wartete ab.

»Die Art, wie Sie meine Mitarbeiterin ausgefragt haben«,

begann er wieder, »die irritiert nicht nur mich. Da entsteht ein Eindruck.«

»Dann korrigieren Sie ihn doch.«

»Ich will jetzt wissen, woher Sie Ihre Informationen haben«, verlangte er.

»Wollen Sie Ihr Geld wieder?«, fragte ich barsch, »dann lassen wir das und Sie übergeben mir die notwendigen Unterlagen. Damit meine ich nicht nur den Beleg, sondern auch das Angebot, das Abschlussformular, Gesprächsnotizen, einfach alles, klar?«

Girotti wurde endlich wütend, aber das brachte nichts mehr. Er war wieder mit leeren Händen gekommen, und so ging das nicht weiter. Er stand auf. Ich tippte auf den Knopf der Sprechanlage und sagte: »Ende der Besprechung um 11:36 Uhr.« Als er mir die Hand gab lächelte er wieder.

Franco öffnete die Türe und ließ Girotti passieren, dann setzte er sich zu mir. »Glaubst wirklich, dass der das war?«, fragte er.

»Ich weiß nicht mehr, was ich glauben soll.«

»Der erwürgt seine Freundin, wenn sie sagt, dass er einen zu kleinen hat, aber den Einbruch traue ich ihm nicht zu. Dann hat er einen Fleck auf seinem schwulen Anzug, oder auf seiner eiergelben Krawatte. Eher zieht er noch die Socken aus, wenn er auf der Mutter arbeitet, als dass er die dazu ablegt.«

»Er geht mir mächtig auf den Sack«, bestätigte ich, »keine Ahnung, wie der sich das vorstellt.«

»Agnes kassiert ihn gerade ab, das haben wir vorhin ausgemacht. Möglicherweise bist du aber wirklich in Gefahr. Da muss noch etwas anderes im Gang sein. Ich bringe dich dann zu deinem Termin und hole dich wieder ab, das geht mir aus, okay? Es ist besser, wenn die mich sehen.«

»Sagt dir der Name Cordes denn etwas?«

»Nein, aber wer weiß? Sicher ist sicher, du suchst ja noch den Einbrecher, und Girotti ist bloß ein aufgeblasenes Würstchen. Der kann einer alten Frau die Handtasche wegnehmen oder einen Schnupfen kriegen, das ist alles. Den kannst du vergessen.«

Ich überlegte. Wenn Franco öfter Personenschutz machte, dann hatte er wohl einen besseren Blick für diese Dinge. Unter diesen Gesichtspunkten hatte ich noch niemanden beurteilen müssen. Girotti würde allenfalls seiner Freundin den Hals umdrehen, wenn sie … Ich griff zum Handy und rief Ulrich an.

»Keine Sorge, ich habe mit ihr telefoniert«, begann er ohne Einleitung. »Wie war es bei dir?«

»Hoffnungslos«, sagte ich und schaltete das Handy laut, dass Franco mithören konnte, »der versteht nichts. Er kam wieder mit leeren Händen.«

Agnes öffnete die Türe und schwenkte einen Kassenbeleg. Es ging mir sofort besser, Franco lachte schallend.

»Agnes hat kassiert«, erklärte ich Ulrich, »dann war bisher nicht alles umsonst. Wie ist die Morawetz drauf?«

»Ich bin nicht sicher, er hat sie fast schon wieder auf der Reihe, aber nicht ganz. Zurzeit muss er sie teilen, das weiß er aber nicht.«

»Hast du sie gesehen oder nur mit ihr telefoniert?«

»Ach so, ich verstehe. Du willst wissen, ob sie ein Veilchen hat?«

»Das könnte sein. Sie war doch verunsichert, und er soll heftig reagiert haben? Es würde mich nicht wundern.«

Die Freundlichkeit war aus den Augen von Franco verschwunden, er sah jetzt fast furchterregend aus. Schwächere zu schlagen, das hatte er nie leiden können. Im Augenblick war ich froh, dass Girotti weg war. Sein Anzug hätte jetzt einige Dellen abbekommen, schon auf den bloßen Verdacht hin.

»Ich finde sie«, sagte Ulrich, »ich sehe mir das an. Notfalls müssen wir uns etwas einfallen lassen. Ciao.«

*

»Das muss es sein«, sagte Franco.

Die Baugrube hatte beträchtliche Ausmaße und sie schien sehr tief zu sein. Das mochte ich genauso wenig wie auf dem Dach eines Hochhauses herumzusteigen, aber das half jetzt nicht. Ich erkundigte mich nach Eugen Cordes, und bald hatte sich jemand gefunden, der mich ankündigte. Franco wollte oben warten und sich ein wenig unter den Arbeitern umhören, worauf er sich sicher verstand. Ich wurde in einen Lkw gesetzt, der auf dem Weg nach unten war. Auf dieselbe Art sollte ich wieder zurückkommen, es herrschte reger Verkehr.

Als wir unten angelangt waren, dachte ich nur, wer hier vergraben war, den fand niemand mehr. Ich war nun sicher vier Stockwerke unter der Oberfläche. Einige Container beherbergten die Baubüros. Der Container, zu dem ich geschickt wurde, hatte keine Aufschrift. Ich klopfte und trat ein, ohne auf eine Antwort zu warten.

Ein Mann stand am Fenster und telefonierte, er legte das Handy weg, als ich eintrat.

»Essen wir etwas«, sagte er mit ruhiger, etwas rauer Stimme, »ich nehme an, ich habe Sie um Ihre Mittagspause gebracht.« Er wies auf einen weiß gedeckten Tisch, auf dem angerichtet war. Eugen Cordes war größer als ich, an die zwei Meter. Sein grauer Anzug war aus der Mode gekommen wie der von Franco, er dürfte aber erheblich mehr gekostet haben. Seine Haare waren weiß und lang, und er trug eine altmodische Hornbrille. Ich schätzte ihn auf 70 Jahre. Das Lächeln war freundlich, fast väterlich. Das entsprach wohl seinem Wesen, solange er bekam, was er wollte. Ein Fall, in dem das anders gewesen wäre, lag sicher so weit zurück, dass er sich nicht mehr daran erinnerte.

Wir setzten uns, und ein junger Mann, der vermutlich vom Catering Service war, erschien prompt und servierte. Es gab Fisch und Weißwein.

»Ich verwende kein Catering Service«, sagte Cordes, »ich besitze ein Restaurant, das mich beliefert. Das ist ein erstklassiger Branzino. Ein Corvo Bianco dazu? Sie gehören doch nicht zur alkoholfreien Generation?«

Ich schüttelte den Kopf, da gehörte ich nicht dazu. Zur Feinschmeckerkategorie gehörte ich mit meiner Vorliebe für Pasta oder griechischem Essen allerdings auch nicht.

»Sie versuchen sich als Detektiv«, stellte er nach einigen Bissen fest.

»Ich versuche mich schon lange nicht mehr«, sagte ich und kostete den Wein. Er schmeckte wirklich gut.

»Immerhin wissen Sie gutes Essen zu schätzen.«

Darauf sagte ich nichts. Zu gutem Essen gehört auch gute Gesellschaft, oder man isst allein. Ich nahm an, dass er meistens allein aß.

»Sie haben meine Frau in eine Falle gelockt«, sagte er.

Ich legte Fischmesser und Gabel zur Seite und tupfte mit der Serviette den Mund ab. Dann stand ich auf.

»Herr Prokop«, sagte Cordes, »setzen Sie sich. Essen Sie weiter.«

Ich ging zum Fenster, um nach einem Lkw Ausschau zu halten.

»Herr Prokop, wir reden hier. Gehen Sie jetzt nicht, setzen Sie sich wieder.« Seine Stimme blieb ruhig und ausgeglichen, ein wenig rau, aber ruhig. Er schien sie nie erheben zu müssen.

»Ich habe keine Lust, mich beleidigen zu lassen«, stellte ich ebenso ruhig fest, »ich locke niemand in Fallen, ich mache meinen Job und verdiene mein Geld auf anständige Weise.«

»Setzen Sie sich. Ich will Sie nicht beleidigen, bitte setzen Sie sich.«

Ich setzte mich wieder. Er hob sein Glas, wir tranken einen Schluck.

»Meine Frau ist in geschäftlichen Dingen nicht so geübt«, begann er nach einer Weile wieder, »sie hätte das nicht notwendig gehabt.«

Das glaubte ich ihm nun auf der Stelle. Das hätte sie nicht notwendig gehabt.

»Sie sind nicht sehr gesprächig.«

»Ich bin ein guter Zuhörer.«

»Am Berg Isel war das noch anders, aber lassen wir das jetzt. Ich habe einen Auftrag für Sie. Wollen Sie für mich etwas erledigen?«

»Das kommt darauf an.«

»Natürlich. Von Freysinger haben Sie mittlerweile ein Bild, nehme ich an.«

Ich nickte.

»Er hat sich an meine Frau herangemacht, mit diesem Unsinn von Farbstilberatung und so weiter. Peanuts für nichts. Er ist eine Krämerseele.«

»Da stimme ich zu.«

»Er betrügt Anleger mit seinem dubiosen Fonds. Das haben Sie sicher schon herausbekommen, es ist ja offensichtlich. Legen Sie ihm das Handwerk, ich bezahle Ihnen eine stattliche Prämie dafür.«

»Das entspricht grundsätzlich meiner Marschrichtung. Ich verstehe aber nicht, woran Ihr Interesse dabei liegt.«

Cordes nahm den Rest seines Branzino auf die Gabel. Er wirkte zufrieden. Das konnte er auch, denn der Branzino war wirklich gut.

»Er hat meine Frau da hineingezogen. Was immer er sich davon versprochen hat, wir wollen mit ihm nichts zu tun haben. Unsere Geschäfte sind sauber und vollständig ausfinanziert, wir geben nicht das Feigenblatt für ihn ab. Verstehen Sie das?«

Ich tupfte den Mund ab und nahm noch einen Schluck vom Corvo Bianco.

»Lassen Sie mir ein paar Tage Zeit«, sagte ich.

»Das ist Ihr gutes Recht, ich erwarte Ihre Nachricht bis zum Freitag.«

Er ließ mir Zeit, um aufzustehen. Dann kam der junge Mann herein und begleitete mich hinaus. Er winkte einem Wagen, der mich zurück auf die Erdoberfläche brachte.

*

»Ein feiner Wagen«, lobte Franco, als ich einstieg.

Wir verließen die Baustelle.

»Er hat mir einen Auftrag angeboten«, sagte ich, »und so, wie er das getan hat, geht er davon aus, dass ich es mache.«

»Schweine«, fluchte Franco, »die glauben, dass sie sich mit ihrem Geld alles leisten können. Jeder muss springen, wenn sie etwas wollen, und dann wollen sie nicht zahlen.«

Ich nickte. Franco hatte das ein wenig verkürzt, aber so lief es.

»Hast du etwas erfahren?«, fragte ich.

»Und ob. Er hat sein Geld in Kanada gemacht, dabei soll er nicht zimperlich gewesen sein. Vor ungefähr zehn Jahren ist er zurückgekommen und hat begonnen einzukaufen, aber im großen Stil.«

»Ein netter Zeitgenosse.«

»Ja, der würde besser in deine Vorstellungen passen als der geschniegelte Lackaffe von vorhin.«

Die Abneigung von Franco gegen gewisse Kreise war mir nicht neu. Auch meine Sympathien für die Leute, die immer gewannen, was andere bezahlen mussten, hielten sich in Grenzen. Die Verbindung sah ich aber im Moment nicht.

»Willst du wissen, was der Auftrag ist, den er für mich hat?«

»Schieß los.«

»Ich soll seinen Konkurrenten aus dem Weg räumen.«

»Pah«, fuhr er auf, »da machst du doch nicht mit?«

»Weißt du, was der Witz an der Sache ist?«

»Rede schon.«

»Wenn ich weitermache, was ich längst begonnen habe, dann werde ich genau das tun, und zwar ohne seine Prämie.«

Franco murmelte etwas, das klang wie – *wir sind schon allesamt Idioten* – aber ich fragte nicht. Natürlich passte Cordes gut in das Szenario, er gehörte aber zu den Leuten, die sich kauften, was sie brauchten. Eben hatte er das ja bei mir auch versucht und er ging davon aus, dass ich seinen Verlockungen folgte.

»Man kann nicht alles kaufen«, knurrte Franco wütend, als ob er meine Gedanken erraten hätte. Er setzte mich zu Hause ab, um in sein Auto umzusteigen. »Soll ich abends kommen?«

»Wäre mir sehr recht, wenn du an Bord bleibst.«

»Einverstanden. Ich glaube nämlich, es geht erst los, und mir ist sowieso langweilig. Also bis dann.«

Ich sah im Büro nach, wie viel Agnes Girotti abgeknöpft hatte. Es waren tatsächlich die vollen 2.000, die ich als Vorauszahlung verlangt hatte. Das war mit dem Aufwand längst verbraucht, aber es rechtfertigte einen Amontillado. Ich holte die Flasche, goss einen Zentimeter in das Glas und setzte mich an den Computer, um Rofners Datenbestand weiter zu durchforsten. Zwischendurch rief ich Ulrich an, der sich aber nicht meldete.

*

Am Eingang wurde ein Schlüssel angesteckt. Ich hörte Stimmen. Der Schlüssel konnte nur von Franco sein, die Stimmen waren von Ulrich und Franco.

»Hallo«, rief ich, »herein mit euch.«

Beide betraten das Büro, ich machte sie miteinander bekannt. Ulrich kam gleich zur Sache.

»Simone muss in Schwierigkeiten sein«, sagte er, »sie geht nicht ans Telefon, als ich es dauerklingeln ließ, meldete sich der Italiener. Er spricht fast kein Deutsch – das bringt er gut hin – und versteht mich nicht. Er fragt mich aus, wer ich bin, versteht wieder nicht, kurz, er verarscht mich.«

Wortlos verschwand Franco und kam mit Stühlen aus dem Besprechungsraum zurück.

»Wir holen sie raus«, sagte ich, »jetzt wird sie es wohl kapiert haben. Jetzt ist sie auch sicher in Gefahr, da riskieren wir nichts mehr.«

»Endlich sagst du was Vernünftiges«, stellte Ulrich fest, »ich sagte schon vor Tagen, dass sie in Gefahr ist.«

Franco sah verwundert drein, ich lehnte mich zurück

und versuchte, meinen Zorn zu verschlucken. Es gelang mir nicht.

»Du hast die Nacht mit ihr verbracht und keine Vorsichtsmaßnahmen getroffen«, fuhr ich ihn an, »und heute musste ich mich nach ihr erkundigen. Sonst wüssten wir noch immer nichts.«

»Hört damit auf«, ärgerte sich Franco, »jetzt muss etwas geschehen.«

»Weißt du wenigstens, wo sie wohnt?«, fragte ich Ulrich.

Er wusste es. Sie wohnte am Mitterweg, weit draußen, in der Nähe der Rehgasse. Es war ein neuer Klotz mit einigen Stockwerken und Garagen. Ich überlegte, die Fahrtzeit musste jedenfalls über 20 Minuten betragen, wahrscheinlich mehr.

»Kennst du die Wohnung?«

»Ja.«

»Ihr seid doch nicht zusammen dort gewesen? Sag, dass das nicht wahr ist?«

»Ich habe sie abgeholt, sie wollte sich umziehen.«

Ich schüttelte den Kopf. Dann kannte Girotti Ulrich und sein Auto. Ich sah Franco an, der nickte energisch.

»Wir machen es so«, setzte ich fort, »ich rufe ihn an. Ich locke ihn von der Wohnung weg, zu mir her. Ich spiele dann eben meinen letzten Trumpf mit den 300.000 aus. Ihr beide fahrt zu ihrer Wohnung, mit dem Auto von Franco, okay?«

Franco nickte wieder.

»Ich warte mit dem Anruf, bis ihr dort seid. Dann gibt es zwei Möglichkeiten. Er kommt mit ihr heraus, oder er hält sie in der Wohnung eingeschlossen und kommt alleine.«

»Der lässt sie nicht aus dem Haus«, vermutete Ulrich, »der kommt allein.«

»Das ist noch besser«, sagte Franco, »ich hole den Schlüsseldienst. Da habe ich einen Bekannten, den rufe ich gleich an, dass er bereit ist. Du musst Girotti nur lange genug beschäftigen. Schaffst du das?«

»Kein Problem, notfalls mit Gewalt. Das meine ich ernst.«

»Alles klar, wir fahren jetzt hin. Sobald wir da sind, melden wir uns.«

Es gab nichts mehr zu reden, die beiden brachen auf.

Ich holte mir wieder den Datenbestand der Rofner auf den Bildschirm. Das war reine Beschäftigungstherapie, die Fakten kannte ich inzwischen auswendig.

Girotti hatte nicht sein Geld veranlagt, sondern das einer ahnungslosen Person, die wir noch nicht kannten. Einen erklecklichen Teil hatte er gleich für sich selbst behalten, den Rest bei einer zweifelhaften Firma eingezahlt, mit deren Untergang er rechnete. Im Fall des erwarteten Konkurses wäre es ein Leichtes gewesen, das alles zu verschleiern. Leider war Girotti dabei an Rofner geraten, die ihn ihrerseits betrogen hatte. Wie wir nun wussten, war auch Rofner nur ein Rädchen im Getriebe. Unversehens verfügten wir aber mit Martha Cordes über eine Person, die aus dem geheimnisvollen Topf bedient worden war. Damit sahen wir Anfang und Ende, allerdings nicht, was dazwischen lag. Dort lag auch der Anlass für Rofners Tod, gleichgültig, ob es nun Suizid war oder Mord.

Keiner von uns hatte an die Polizei gedacht, um Simone aus der vermuteten Zwangslage herauszuholen. Wir waren uns mit der Einschätzung ziemlich sicher, aber man konnte sich täuschen. Wenn Girotti sie wieder umgedreht hatte, dann erlebten wir nichts weiter als eine Blamage. Wenn wir recht hatten, dann kamen wir möglicherweise tagelang nicht mehr an sie heran. Es war auf jeden Fall am besten, das selber in die Hand zu nehmen.

Ich zählte die Minuten und genehmigte mir noch einen Schluck vom 18-jährigen Single Malt. Es dauerte 25 Minuten, bis Ulrich meldete, dass sie an Ort und Stelle waren und die Lage erkundeten.

Inzwischen überlegte ich, was ich ohne Franco gemacht hätte. Ulrich würde tausend Ausreden finden. Das war etwas anderes, als in ein Haus zu gehen, von dem man glaubte, es sei leer. Zudem hatte er dann möglicherweise seine Eroberung am Hals und befürchtete Probleme mit seiner Frau. Zuletzt sprang für ihn nichts dabei heraus.

Nach weiteren zehn Minuten bekam ich grünes Licht. Ich wählte Simones Nummer. Girotti nahm nach wenigen Sekunden an. Das wunderte mich nicht, er kannte meine Nummer.

»Signor Prokop, buona sera.«

»Guten Abend, Herr Girotti. Gut, dass ich gleich Sie am Apparat habe. Bitte entschuldigen Sie die späte Störung, können wir ungestört reden?«

»Wie bitte? Natürlich, was ist passiert? Ist etwas passiert?«

»So kann man es sagen, es ist aber sehr delikat. Am Telefon möchte ich nicht gern darüber sprechen.«

»Das klingt unangenehm. Ist es wirklich so delikat, wie Sie das bezeichnen?«

»Das möchte ich hier nicht gern erläutern. Dass meine Informationen gut sind, können Sie ja bestätigen?«

»Vollkommen, aber worum geht es. Sagen Sie es einfach, wir machen dann morgen einen Termin.«

»Dann kann es zu spät sein. Ich habe Sie jedenfalls gewarnt, mich trifft keine Schuld. Ich würde nur bedauern, wenn mir mein Auftraggeber abhandenkommt.«

»Was soll das nun sein, Signor Prokop, wieder eines Ihrer Spiele?«

»Sie wollen es am Telefon hören?«

»Das sage ich ja.«

»Gut, es geht um den Jänner.«

»Um den Jänner, verstehe.«

»Ich denke nicht, dass Sie mich schon verstehen. Ich habe da eine Notiz, datiert auf den 20. Jänner dieses Jahres. Es geht um ein Gespräch in einer Bar in der Altstadt. So weit klar?«

Jetzt gab es doch eine kaum merkliche Pause, bevor er weiterredete.

»Der Jänner, sieh an. Ist das alles.«

»Keineswegs. Es gibt da auch eine Summe, und zwar …«

»Danke, die kenne ich. Es ging um die Summe der Konsumation an der Bar.«

»Genau die meine ich. Es ging um 300. Später, als man alles zusammenzählte, fehlten dann so an die 80. Erinnern Sie sich?«

Er lachte schallend. Girotti war Routinier. Es ging ihm jetzt aber nicht mehr gut, darauf hätte ich auch gewettet.

»Was die Buchhaltung so alles herausfindet«, sagte er dann.

»Die sind sehr genau. Ich weiß, das ist nicht weltbewegend. Delikat wird es, wenn jemand die Spesenabrechnung ansieht. Das steht bei dieser lächerlichen Summe nicht dafür. Ich dachte, wir könnten das jetzt, nach Büroschluss, unbürokratisch aus der Welt schaffen. Sie sind ein sehr geschätzter Kunde, da bin ich gern behilflich und lege eine Stunde drauf.«

Girotti überlegte. Das war ein anderer Tiefschlag als der Umstand, dass ich seinen vollen Namen kannte, obwohl das schon beunruhigend sein musste. Ich hatte meinen größten Trumpf ausgespielt.

»Sind Sie noch dran?«

»Natürlich. Sie würden mich jetzt noch empfangen?«

»Wenn Sie gleich kommen, dann warte ich auf Sie. Ich habe das eben erst erfahren und kann mir da kein Zögern erlauben. Das würde für mich später schlecht aussehen, wenn Sie verstehen, was ich meine. Sollte das so stehen bleiben, wie es sich derzeit für mich darstellt, dann muss ich morgen Schritte setzen, um mich abzusichern. Das ist schon aus Gründen der Haftung unabdingbar.«

Er überlegte wieder. »Gut, ich bin in einer halben Stunde bei Ihnen. Auf Wiedersehen.«

Ich sandte Ulrich eine SMS.

Am Telefon durfte Girotti keine Unruhe zeigen. Es konnte abgehört werden, das wusste man nie, und Simone war auch in der Nähe. Die hatte von alldem keine Ahnung. Ich überlegte, ob ich einen Espresso holen oder den Single Malt nehmen sollte. Der Single Malt gewann. Ich spendierte noch einen Zentimeter in das Tulpenglas und stopfte eine Pfeife. Dann kam ein SMS von Ulrich: ›Handy auf lautlos gestellt.‹

Ich konnte also anrufen. Das tat ich auch. Beide hatten sich getrennt und beobachteten Wohnung und Garage. Ich legte auf und wartete.

Nach einigen Minuten kam die Nachricht von Ulrich, dass das Licht in der Wohnung aus war. Nun war ich froh, dass Franco dabei war, Ulrich würde bei der ersten Gelegenheit kneifen. Ich wartete weiter, bis die Meldung folgte, dass der blaue SUV losgefahren war. Girotti saß offensichtlich allein im Wagen, und in der Wohnung war es dunkel. Ich rief Ulrich an.

»Was ist jetzt?«

»Ich weiß nicht, schwierig. Du musst ihn hinhalten, wenn er kommt. Wir versuchen …«

»Scheiße«, hörte ich die Stimme von Franco, er hatte ihm offensichtlich das Handy weggenommen, »die ist nicht mitgefahren. Entweder ist sie nicht da oder er hat sie stillgelegt. K.-o.-Tropfen oder so was.«

»Wir haben keine Zeit zu verlieren«, sagte ich, »ich rufe den Schlüsseldienst. Sag mir die Top-Nummer.«

»Ich mache das schon, ich habe einen Bekannten, habe ich ja gesagt, sonst geht sich das nie aus. Halte uns bloß den Lackaffen für eine halbe Stunde vom Leib.«

»In Ordnung, gib mir Ulrich.«

Ich bekam Ulrich zurück und sagte ihm unmissverständlich, dass ich ihm den Arsch aufreißen würde, wenn er jetzt nicht bedingungslos mit uns am selben Strang zog. Allmählich wurde ich nervös. Den einzigen Trumpf auszuspielen und dafür nichts zu erhalten, das wäre ein tolles Ende der Sache.

Bald kam die nächste Nachricht: ›hinter der Türe alles still, niemand öffnet‹.

Girotti musste bald da sein. Ich rief wieder Ulrich an.

»Wir warten vor dem Haus auf den Schlüsseldienst«, sagte er, »Franco will kein Aufsehen im Treppenhaus.«

Ich kannte Ulrich nur zu gut. Das war eine der Situationen, in denen er dazu neigte, sich zu verdrücken und die anderen die Arbeit machen zu lassen.

»Du kneifst jetzt nicht mehr, klar?«

»Alles unter Kontrolle.«

»Wenn der Schlüsseldienst kommt, muss ihn Franco beschäftigen, sobald die Tür offen ist. Du gehst sofort rein und findest sie.«

»Das hat Franco schon so vorgeschlagen.«

»Ich will sofort Nachricht, egal, was passiert. Steh das jetzt durch.«

»Ja, ja, mach du deinen Teil, bis dann.«

Den würde ich machen. Ich genehmigte mir den dritten Single Malt, was bei dieser Dosis aber unproblematisch war. Es dauerte noch eine Weile, bis ein Auto draußen einen der seltenen Parkplätze fand. Ich betrachtete das als gutes Omen. Den Aberglauben hatte ich jetzt nötig, die Fakten waren dürftig genug. Bald summte es an der Tür.

»Herr Girotti«, sagte ich so herzlich wie laut und bat ihn herein.

Er war ein wenig verwundert wegen der zuvorkommenden Begrüßung, zu Mittag waren wir kühler auseinandergegangen. Ich schloss die Tür, drehte ihn blitzschnell zur Wand und tastete ihn ab. Verärgert wandte er sich zu mir und schob mich weg. Ich zog sein offenes Jackett auseinander und über die Schultern.

»Das Jackett brauchen wir hier nicht«, erklärte ich und reichte ihm einen Kleiderbügel, »wir machen das mit offenem Visier, ohne jedes Hilfsmittel.«

Ich bugsierte Girotti in mein Büro, wo noch die Stühle standen.

»Setzen Sie sich, einen Amontillado?«

»Lassen Sie den Quatsch. Werden wir hier abgehört, nehmen Sie das Gespräch auf?«

»Definitiv nicht. Wir sind allein.«

»Ohne Bodyguard?«

»Für Sie brauche ich keinen.«

»Vielen Dank. Was wollen Sie, oder besser, wie viel wollen Sie?«

»Wie unsensibel, aber von mir aus. Die gegenständliche Aktion dürfte Ihnen 80.000 gebracht haben, wie wir übereinstimmend festgestellt haben.«

»Davon wollen Sie einen Anteil.«

»Nicht so schnell. Das geht doch schon eine Weile, und Sie müssen auch an die Zukunft denken.«

Ich bekam nun eine Serie der ausdruckvollsten italienischen Flüche zu hören, die ich mir in keiner Weise merken konnte. Ich hatte gar nicht gewusst, dass es so viele gab.

Auf meinem Handy erschien eine Nachricht: ›Schlüsseldienst da‹.

Innerlich war ich so ruhig wie Inverboindie, wenn er an mir hochsprang, während ich die Dose öffnete.

»Reden wir doch einmal über Sie«, schlug er vor, und ich nickte. »Woher haben Sie Ihre Informationen? An die sind Sie doch nicht auf legalem Weg gelangt? Sehen Sie da nicht ein Problem?«

Ich zuckte die Achseln und sagte: »Was würde das für Sie schon ändern?«

Er blickte mich wütend an, brachte aber kein Wort hervor. Mir war das recht, ich wartete. Ich wartete so lange, bis ich wieder eine Nachricht sah: ›Tür offen‹.

Ganz ruhig bleiben, dachte ich, gleich bist du blamiert bis auf die Knochen, trag es wie ein Mann. Girotti keifte: »Viel los auf Ihrem Handy?«

»Ja«, sagte ich und wartete, dann kam ein Anruf, den ich sofort annahm.

»Pronto.«

»Vollkoffer«, meldete sich die Stimme von Ulrich, und sie klang triumphierend, »sie ist heilauf, aber völlig besoffen. Voll wie eine Strandhaubitze. Wir nehmen sie jetzt mit und kommen zu dir. Wirf den Typen raus, bevor Franco ihn in die Finger kriegt.«

»Mit Vergnügen«, bestätigte ich, »auf der Stelle. Ist der Mann vom Schlüsseldienst noch da?«

Girotti wurde schlagartig wachsam, sein Gesicht zeigte blankes Entsetzen. Ich lächelte sehr breit.

»Der ist noch da, warum?«

»Frag ihn, ob er den Zylinder auswechseln kann.«

Franco meldete sich. »Er hat einen mit, er wechselt ihn aus. Eine einbruchsichere Blende kommt auch gleich drauf. Wir fahren jetzt.«

Ich wandte mich an Girotti. »Sie werden heute Nacht ein Hotel brauchen, wir haben soeben Ihre Dependance geschlossen. Ob Simone Sie wegen Freiheitsberaubung oder wie immer das heißt belangen wird, das entscheidet sich morgen.« Ich war schneller hinter meinem Schreibtisch heraußen, als er zur Tür gelangen konnte. Mit einem kräftigen Stoß fegte ich ihn zur Seite, sodass er unsanft an den Türrahmen knallte. Ebenso schnell war ich bei seinem Jackett und zog die Brieftasche hervor. Mich interessierten Ausweise, was ich nicht brauchen konnte, ließ ich zu Boden fallen.

»Beim geringsten Versuch schicke ich Sie auf die Bretter«, drohte ich ihm, »und wenn Sie dann nicht wieder hochkommen, bevor mein breitschultriger Freund da ist, dann möchte ich nicht in Ihrer Haut stecken. Dann können Sie frühestens in 14 Tagen wieder feste Nahrung zu sich nehmen. Ihr Spiel ist aus, oder soll ich sagen, Ihre Spielchen?«

Ich kopierte, was ich an Ausweisen fand. Die Kopien wurden automatisch am Server im Keller gespeichert, an die kam er nicht mehr heran.

»Und jetzt passen Sie auf«, sagte ich und warf die Ausweise auf den Schreibtisch, »Sie übermitteln mir unverzüglich die fehlenden Unterlagen und geben bekannt, von wem das Geld stammt. Ich werde versuchen, es den rechtmäßigen Eigentümern zurückzuerstatten. Verlieren Sie keine

Zeit, und lassen Sie sich nicht mehr bei Simone blicken. Sie können jetzt gehen.«

Girotti klaubte seine Sachen zusammen. Ein Tuch, um die blutige Nase abzuwischen, hatte er. Ich holte den Fotoapparat und folgte ihm nach draußen. Einige Bilder beim Einsteigen gingen sich aus.

»Wenn Sie jetzt untertauchen«, sagte ich, »dann bekommen Sie keinen Fuß mehr auf den Boden, das ist ein Versprechen.«

Er startete und fuhr rasch davon.

VI

Wir frühstückten zu dritt. Simone war in leidlich brauchbarem Zustand aus der Dusche gewankt und trug noch meinen Bademantel. Katja hatte sie gestern Abend begutachtet und dann aus ihrer Wohnung Klamotten besorgt.

Franco war nach Mitternacht eingerückt und erst bei Tagesanbruch heimgefahren. Ulrichs Versuche, sich als Retter darzustellen, scheiterten an Simones Zustand. Girotti hatte sie randvoll abgefüllt.

Mein Frühstück bestand traditionell aus Espresso und einem Croissant, Katja hatte für unseren Gast extra etwas besorgt. Simone saß nun halbwegs aufrecht am Tisch und hielt sich an der Kaffeetasse fest. Die Haare begannen allmählich zu trocknen und umrahmten ein ziemlich bleiches Gesicht.

»Geht es schon?«, fragte ich.

Simone sah mich mit leerem Blick an. »Ich bin schon ein Idiot.«

»Wenn schon, Frau Idiotin«, korrigierte ich, Katjas missbilligenden Blick hatte ich einkalkuliert, Simone lächelte schwach.

»Dass du jetzt in Sicherheit bist, hast du Paul zu verdanken«, sagte Katja, »nur, dass du Ulrich, diesen Aasgeier, nicht zu hoch einschätzt.«

»Ulrich?«, fragte sie, »was hat der damit zu tun?«

»Paul hat ihn auf dich angesetzt«, erklärte Katja.

Ich holte mir den zweiten Espresso, drei mussten es immer sein. Simone stierte noch immer ins Leere und versuchte auf die Reihe zu bekommen, was sie da hörte.

»Ich bin ja froh«, sagte sie langsam, »ich kann mich aber an fast nichts erinnern, nur, dass mich Massimo nicht mehr gehen lassen wollte. Er hat mir einen Grappa nach dem anderen eingeflößt, ich musste sie trinken. Was möglich war, habe ich ausgespuckt.«

Katja sah sie aufmunternd an, Simone versuchte ein Lächeln.

»Was war mit dem Jänner?«, fragte Simone, »was hat es damit auf sich? Warum hat er da so wütend reagiert?«

Sie war schon so weit, dass sie folgen konnte. Ich erzählte.

Im Jänner hatte Girotti Helga Rofner kennengelernt. Dabei wurde über eine Summe von 300.000 verhandelt. Später hatte er Rofner bei Simone ins Spiel gebracht und ihr den Eindruck vermittelt, dass sie die Verhandlungen führte. Zu diesem Zeitpunkt war das Spiel schon abgekartet gewesen und er hatte 80.000 für sich zur Seite geschafft. Der Rest war veranlagt worden, und zwar bei einer Firma, mit deren Untergang er gerechnet hatte.

Simones Gesicht war immer länger geworden, allmählich begriff sie, welche Rolle sie in dieser Komödie gespielt hatte.

»Was machen die mit dem Geld?«, fragte sie.

»Freysinger verwendet diesen Reptilienfonds teilweise, um sich Freunde zu kaufen, der Rest wird als Kriegskasse bereit stehen. Keine Ahnung, wofür.«

»Warum hat Massimo ausgerechnet da investiert?«, fragte Simone langsam. »Das verstehe ich nicht.«

»Er hat auf den Konkurs gewettet. Der vernichtet alle Spuren. Er hätte dann die 80.000 problemlos für sich behalten können. Leider ging es zu schnell.«

Simone vergrub den Kopf in ihren Händen, Katja legte tröstend den Arm um ihre Schulter. Ich sah mir die Szene an und empfand kein Mitleid. Die Antwort auf die wichtigste Frage hatte die Hauptperson, Helga Rofner, mit ins Grab genommen: Wie zum Teufel geriet man an eine Firma wie Alpine Securities, die kein Mensch kannte?

»Warum ist Girotti so früh misstrauisch geworden?«, wollte Katja wissen. »Nach drei Monaten war doch noch gar keine Zinszahlung oder so etwas vorgesehen?«

Simone sah sie irritiert an und schüttelte den Kopf. »Alpine Securities? Nein, damit hatte es nichts zu tun«, wehrte sie ab, »bis Paul uns sagte, dass es dort Probleme gibt, hatten wir keine Ahnung. Der Tod von Helga Rofner hat Massimo erschreckt. Er war plötzlich ganz aus dem Häuschen. Dann haben wir gesucht und dich gefunden.«

Mit dem Tod von Helga Rofner war also alles ins Rollen gekommen. Von den Problemen der Firma wusste niemand. Girottis Plan hätte tatsächlich aufgehen können, wenn er sich ruhig verhalten hätte. Was kümmerte ihn auch das Schicksal einer Firma, auf deren Untergang er gesetzt hatte? Gab es da noch etwas anderes, oder war es nur sein Kontrollwahn, so wie er Simone kontrolliert hatte?

In seinem Auftrag hatte ich begonnen zu suchen und Ulrich hinzugezogen. Der rief Martha Cordes auf den Plan. Dann folgte Eugen Cordes.

»Gestern Nachmittag habe ich Eugen Cordes gesprochen«, sagte ich, »tief unter der Erde, in einem Container. Er ist ein einflussreicher Mann mit Geld und schlechten Manieren, der gutes Essen schätzt. Es gab Branzino mit Corvo Bianco.«

»Davon hast du nichts erzählt«, stellte Katja fest. »Was gab es außer Branzino?«

»Einen Job für mich.«

»Ein Job? Das ist gut, du bist gerade einen losgeworden. Was sollst du tun?«

»Ich soll ihm Freysinger vom Hals schaffen, dafür gibt es eine satte Prämie, sagt er.«

»Dann hol sie dir.«

Katja fragte nicht, warum. Ich war offenbar der Einzige, der solche Fragen stellte.

Simone wachte langsam auf. Sie schaffte es, den zweiten Kaffee allein zu holen. In eine Verkehrskontrolle durfte sie mit ihrem Restalkohol allerdings bis zum Abend nicht geraten.

Keiner sagte mehr etwas, ich überlegte.

Girottis Aktion war eine Panikreaktion gewesen. Sein Zusammenspiel mit Rofner war aufgeflogen, sein Plan gescheitert, das Geld weg und seine Vertraute Simone lehnte sich an Ulrich an. Als ihm das klar wurde, hatte er sie abgefüllt und versucht, sich tot zu stellen, wohl um einen Ausweg zu finden. Als Ursache für Rofners Tod schied er aus, das war eine Nummer zu groß für ihn.

Cordes kam auch nicht infrage. Rofner war für ihn zu unbedeutend, die nahm er gar nicht wahr. Damit blieb nur Freysinger übrig, auf den eigentlich Ulrich angesetzt war. Ergebnisse gab es allerdings noch keine. Stattdessen schlachtete Ulrich die Adressen aus, die er von mir erhalten hatte und machte sich an Simone heran. Die holte sich nun den dritten Kaffee und wirkte endlich halbwegs wach.

»Cordes bezahlt dich für das, was du sowieso schon verfolgst«, erinnerte Katja. »Hast du zugesagt?«

»Wie viel ist der Job wert?«, fragte Simone.

Ich überlegte laut. In diese Baugrube passte eine Investition von 50 Millionen.

»Gehen wir davon aus«, sagte Katja, »er hat dich in der Baugrube empfangen, es ist also sein wichtigstes Projekt. Er hat Freysinger von sich aus ins Spiel gebracht, oder?«

»Das hat er, etwas anderes schien ihn nicht zu interessieren.«

»Wo ist das Problem?«, fragte Simone, »der Freysinger hat ja nichts.«

»Er will bei ihm einsteigen.«

»Wie denn, wenn Cordes keinen braucht. Der hat doch selbst Geld.«

»Darum geht es nicht. Wenn Freysinger hineinwill, dann ohne Geld. Er muss die entsprechenden Leute auf seiner Seite haben. Bei den zahllosen Bewilligungen, die man für so ein Projekt braucht, kann man einem leicht Knüppel zwischen die Beine werfen. Du findest hundert Dinge, die nicht eingehalten wurden und hundert Möglichkeiten, zusätzliche Auflagen zu erteilen. Wenn du weißt, dass der andere wichtige Leute auf der Lohnliste hat, beteiligst du ihn freiwillig mit zehn Prozent, für nichts. Dann kannst du aufsperren.«

»Also bitte, so einfach geht das?«

»Es geht noch einfacher, sogar wenn du aufgesperrt hast. Vor einigen Jahren stand ein Gebäude fertig zum Bezug, das örtliche Finanzamt sollte einziehen. Die ließen sich plötzlich Zeit. Dann zog die Baufirma einen Consulter zu Rate, der verrechnete einige Hunderttausend für seine Dienste und die Finanz übersiedelte endlich.«

»Du nimmst mich zu dem Gespräch mit«, entschied Katja, »und die Honorarvorstellung ist 50.000. Das ist es wert.«

»Das klingt vernünftig«, stimmte Simone zu, »aber ihr nehmt mich auch mit. Ich habe etwas gutzumachen.«

»Nein«, sagten Katja und ich gleichzeitig.

Sie wollte erklären, dass es ihr nicht ums Geld ging, das glaubten wir ihr beide. Simone war gestern glücklich davongekommen, und wir wollten, dass sie am besten überhaupt gleich die Stadt verließ. Wir blieben unnachgiebig.

Katja fuhr nach dem Frühstück in die Kanzlei. Ich schickte Simone wieder ins Bett, sie versäumte nichts, und verbot ihr, heute ohne Begleitung in ihre Wohnung zu fahren. Die Lage war mir zu gefährlich, der Zorn Girottis sollte in Ruhe abklingen. Er hatte eine schwere und unerwartete Niederlage erlebt, und Simone hatte nach der Zeit der Untertänigkeit keine Strategien, mit einer Konfrontation umzugehen. Sonst wäre sie gar nicht hineingeraten.

Franco würde sich vormittags in ihrer Wohnung umsehen und sie später begleiten. Nachdem Simone im Schlafzimmer verschwunden war, zündete ich meine Pfeife an und überlegte bei meinem dritten Espresso den Stand der Dinge.

Da machte sich Freysinger an Martha Cordes heran und verschaffte ihr einen lukrativen Job, der sie keine Arbeit kostete. Das klang logisch. Nun erfuhr der Gatte davon, ärgerte sich und machte ihr Vorhaltungen. Wenn sie eigenes Geld verdienen wollte, gründete er einen Verein, kaufte eine Galerie oder etwas in der Art und ließ es von der öffentlichen Hand fördern. Dieses Geld saß locker und war leicht flüssig zu machen. Auf diese Art stammte es nicht von ihm, es war selbst verdient. Das klang auch noch vernünftig.

Martha Cordes versuchte nun, die Paste in die Tube zurückzubekommen und brachte damit uns ins Spiel. Ich hatte ihr die Information herausgelockt und Ulrich vermutlich etwas in ihrem Haus gefunden. Das war aber kein Beinbruch. Sie hatte ihrem Gatten damit sogar einen unschätzbaren Dienst erwiesen. Ich befasste mich ja schon mit Freysinger. Cordes brauchte nur dafür zu sorgen, dass ich in seinem Auftrag weitermachte und er erhielt dafür Information aus erster Hand. Er zeigte sich erkenntlich, indem er den Besuch Ulrichs nicht vor Gericht brachte und zahlte mir ein Honorar. Freysingers Bumerang flog zurück, die Welt war in Ordnung.

Die Welt war damit nicht nur in Ordnung, sondern so schön, dass ich beschloss, vorerst daran zu glauben. Vom kaufmännischen Aspekt gesehen hatten wir eine Theorie. Was sie wert war, würden wir sehen. Was wirklich dahintersteckte auch. Ich räumte das Geschirr weg und verließ die Wohnung.

Im Stockwerk darunter stand die Türe Ritas einen Spalt offen.

»Hallo, Rita«, sagte ich im Vorbeigehen.

Schritte klackten hinter mir, ich hörte die Türe aufgehen, Rita sagte: »Hallo, Paul.«

Ich war schon weiter und drehte mich um. Sie stand im Gang, mit ihrer engen, schwarzen Hose und dem Typ Schuh, der mir zu hoch war, vor allem aber nur im BH. Die Bluse, die sie eben anziehen wollte, hielt sie in der Hand. Das Bild gefiel mir.

»Für diese Einstellung nehme ich nächstes mal die Hasselblad mit«, sagte ich, »das machen wir schwarz-weiß, analog, in wirklicher Qualität.«

»Was, so?«, fragte sie und breitete die Arme aus.

»Genau so, merk dir das. Das ist die typische Rita-Einstellung.«

»Wie?«

»Selbstbewusst und herausfordernd. Genau so.«

»Aber die Schuhe bleiben, die sind richtig.«

»Die sieht man nicht, Vom Kopf bis zur Hüfte, die Hose passt.«

Rita sah entsetzt auf ihren Bauch. Der war makellos, wie der Rest von ihr. Ich wollte nicht hören, was sie gleich daran auszusetzen fand, und ging eine Stufe zurück, nach oben.

»Ohne Bluse, komm einen Schritt vor, dasselbe noch einmal.«

Weiter oben öffnete sich eine Tür, jemand schloss ab. Rita warf die Bluse auf das Geländer und trat einen Schritt vor. Der herausfordernde Blick gelang ihr bestens, die Arme ausgebreitet, den Kopf ein wenig nach vorn gereckt. Ich musste die Einstellung im Kasten haben, bevor sie noch ein Kilo herunten hatte.

»Perfekt«, sagte ich, »eine Session sollte sich bei dem Licht noch ausgehen. Außerdem wird es kalt, und Winterfashion überlasse ich den Berufsfotografen.«

»Wenn du meinst.«

»Das meine ich.«

Rita lächelte und nahm die Bluse wieder an sich. Die Schritte kamen die Treppe herab. Sie hatte keine Eile, ich auch nicht.

»Am Wochenende?«, fragte ich.

»Müsste passen, ciao.«

»Ciao.«

Ich ging hinunter und checkte im Büro ein. Agnes erzählte ich, dass der Auftrag Girotti beendet sei, berichtete von den Ereignissen des Abends und dass Simone Morawetz Gast in meiner Wohnung war. Dann setzte ich mich an meinen Schreibtisch und rief Castello an.

Den großen Bau im Osten kannte er schon, weitere dieser Größenordnung gab es zurzeit nicht. Natürlich hatte man auch bei ihm wegen der Prämien angefragt. Die Versicherungssumme betrug 39 Millionen. Castello ging davon aus, dass er das Geschäft bekommen würde.

Wir redeten eine Weile über technische Einzelheiten, aber ein Bürohaus gab nicht viel her. Da war wenig fachzusimpeln. Mein tatsächliches Interesse galt sowieso den Bauherren. Castello wusste nur von einem, einem gewissen Cordes. Den Namen müsse ich schon gehört haben.

Davon hatte ich gehört, am Grund seiner Baugrube, aber bei Castello hörte ich nichts von weiteren Bauherren. Er verwendete die Einzahl. Vorsichtig zog ich mich aus dem Gespräch zurück. Das Projekt gehörte Cordes allein.

Das war ein neues Spiel am selben Spielfeld. Ich sagte Agnes, dass ich am Vormittag nicht mehr zurückkommen würde und brach auf.

*

Mit den Parkplätzen sah es in der Industriezone im Osten wie immer schlecht aus. Es gab eine Tiefgarage, die ich nach einigem Suchen entdeckte. Einige Plätze darin waren tatsächlich belegt. Demnach war ich nicht der Einzige.

Freysingers Büroflucht befand sich in der Nähe des Café Westend, ich läutete bei einem anderen Büro und wurde eingelassen. An der Tür zu seinen Räumlichkeiten wurde nicht mehr gefragt, als ich durch die Scheibe winkte. Ich trat ein und stand vor einer Rezeption, an der drei Frauen arbeiteten. Sie beachteten mich nicht. Ich beachtete sie auch nicht und sah mich um. Nach rechts und links führte ein Gang weg, am Horizont bog er jeweils ab und führte weiter. Freysingers Kanzlei belegte an die 500 Quadratmeter Fläche.

Eine der Damen bemerkte mich, als sie zum Kopierer ging. Sie blickte mich fragend an. Ich ging auf sie zu, holte eine Visitenkarte aus der Brieftasche, behielt sie aber in der Hand.

»Prokop«, sagte ich, »Paul Prokop. Ich will zu Herrn Freysinger.«

»Prokop«, wiederholte sie, blieb einen Augenblick stehen, ging zu ihrem Computer und stellte dann fest: »Ich sehe keinen Termin. Haben Sie sich geirrt?«

»Kann sein, dass er vergessen hat, Ihnen das zu sagen, fragen Sie ihn doch«, sagte ich gelangweilt und gab ihr die Karte.

Sie nahm sie mit einer Miene, die man zeigt, wenn man etwas annimmt, das man nicht nehmen hatte wollen. Ich nickte aufmunternd, sie griff zum Hörer. Nach einigen Worten wollte sie wieder auflegen, ich beugte mich über den Tresen und sagte: »Geben Sie her.«

Sie gab mir den Hörer, jetzt war sie nicht mehr liebenswürdig. Ich nahm den Hörer und wandte mich ab. »Prokop«, sagte ich, »Paul Prokop. Ich würde gern mit Ihnen über Alpine Securities reden. Ich möchte Ihnen Gelegenheit geben, einige Dinge zu kommentieren, bevor ich …« An dieser Stelle machte ich eine Pause.

»Ja, ja«, antwortete eine ruhige Stimme, »geben Sie mir Frau Lechner wieder.«

Ich gab sie ihm, sie hörte zu, ihr Gesicht wurde nicht freundlicher. Die beiden anderen wirkten befremdet. Die Frau, die Lechner hieß, legte auf. Sie kam hinter dem Tresen hervor und führte mich den rechten Gang entlang zum Horizont. An einer Türe schnappte ich den Namen MMag. Dr. Kornelia Freysinger auf. Am Ende des Gangs öffnete sie eine Tür und sagte, ich solle warten. Die Tür fiel hinter mir zu.

Das war der Seminarraum, mit langen Reihen von Tischen, ein Flipchart lehnte an der Wand, die Kabel eines Beamers hingen an einem Tisch herab. Es wirkte eher wie eine Rumpelkammer, ein Seminar hatte hier schon lange nicht mehr stattgefunden. Ich überlegte, ob Freysinger jetzt telefonierte oder mich einfach so warten ließ, weil er der Typ war, der Leute warten ließ, aber es war mir gleichgültig.

Warten hasste ich, aber manchmal musste es sein. Schon beim Militär hatte ich auf die Ausspeisung verzichtet und mir lieber Schnitten gekauft, als mich anzustellen. Ich hasste auch Anstellen, alles, was immer mit Warten verbunden war, und stellte mich lieber nicht an und verzichtete problemlos auf das, wofür man anstehen musste.

Das störte mich heute nicht, denn dieser Besuch würde nicht spurlos vorübergehen. Ich würde es sehen, vielleicht morgen, vielleicht in zwei Wochen, das machte nichts. Auf jeden Fall empfing mich Freysinger in ausgeglichener Stimmung. Ich trat zum Fenster vor und sah auf die Straße, auf der der Verkehr nicht abriss. Dann eröffnete ich meine imaginäre Duschkabine und sang, natürlich lautlos, Leonard Cohens *Famous Blue Raincoat*. Man kann darin vollkommen versinken.

Nach einer Viertelstunde war es so weit, Freysinger trat ein. Er war etwas kleiner als ich, hatte dunkles, volles Haar mit grauen Streifen an den Schläfen, zeigte eine zurückhaltend wohlwollende Miene und trug einen Blazer mit goldenen Knöpfen. Er hatte seine Aura dabei, an der ich keinen Anteil hatte, mir blieb die Rumpelkammer. Mit prüfendem Blick sah er mich an, setzte sich an einen Tisch und wies auf den Sessel davor. Ich setzte mich und legte meine Karte auf den Tisch.

Die Hand gab er mir nicht. Ich widerstand dem Impuls, sie ihm trotzdem zu reichen, ich war sicher, die dann folgende Szene bereits zu kennen. In dem Film *Die Macht und ihr Preis* von Francesco Rosi hatte ich sie gesehen. Inspektor Rogas, gespielt von Lino Ventura, sucht einen pensionierten Richter auf. Der gibt ihm widerwillig die Hand. Daraufhin zieht sich der Richter zurück und wäscht sich die Hände. Mit einem Ausdruck von Abscheu sieht er nach dem Trocknen die entweihte Hand an und schlägt sie an das Waschbecken.

»Wie kann ich helfen, Herr Prokop, das war doch der Name?«, begann er. »Meine Karte nehmen Sie bitte am Empfang.«

»Prokop, ja. Ich vertrete einen Anleger von Alpine Securities …«

Er winkte ab. »Da sind Sie bei mir an der falschen Adresse«, sagte er ruhig. »Sie kommen zu mir, weil ich einmal im Aufsichtsrat war? Das bin ich nicht mehr.«

Ich zuckte bekümmert die Achseln. »Ich verstehe, dann wird es Sie nicht mehr beunruhigen, was ich im Zuge meiner Nachforschungen erfahren habe.«

»Sie sagen es.«

»Es handelt sich um Rechnungen, die für die uninformierte Öffentlichkeit schwer zu verstehen sein werden.«

Er nickte verständnisvoll.

»Eine dieser Rechnungen betraf Farbstilberatung. Das ist als Investment schwer vorstellbar, zumal die Höhe der Rechnung substanziell war.«

»Das Management wird seine Gründe gehabt haben, die kenne ich aber nicht. Meinten Sie das, wobei Sie mir Gelegenheit geben wollten, es zu kommentieren? Das ist nicht notwendig.«

»Dann bin ich beruhigt. Ich habe freie Hand?«

»Aus meiner Sicht ja, aber ich bin nicht mehr im Board.« Er lächelte eine Spur breiter und abwartend, wie jemand, der einem Gelegenheit geben will, aufzustehen. Ich stand auf. Wir gingen zur Tür, er öffnete.

»Die eigenartigen Zahlungsflüsse werden dann auch nicht Ihr Interesse finden«, setzte ich hinzu, »ich meine damit die Einzahlungen der Anleger, die oft über Unbeteiligte liefen?«

Über seine aufmerksame Miene legte sich ein Hauch von Ernst. So zeigte sich bei ihm vermutlich hochgradige Erregung.

»Herr Prokop, was sagen Sie da? Aus meiner Zeit im Board ist mir keine fehlende Einzahlung bekannt.«

»Natürlich. Letztlich gelangte das Geld ja an die richtige Stelle. Es nahm nur eigenartige Wege, und eine der Relaisstationen wurde zwei Mal verwendet. Auf der Liste, die ich angefertigt habe, sieht das merkwürdig aus. Es war gar nicht so leicht, sie zusammenzustellen. Ich lasse Sie Ihnen gern zukommen.«

Er schüttelte verwundert den Kopf, als ob ich das Besteck von innen genommen hätte. Es gab nichts mehr zu sagen, er begleitete mich nach vorn. Vor dem Büro von Kornelia Freysinger stand eine junge Frau mit blonder Mähne und redete auf einen Mann in dunklem Anzug ein. Mit ihren Armen nahm sie dabei den halben Gang in Anspruch.

»Meine Tochter«, sagte er und zu ihr, »das ist Herr Prokop.«

Die Blonde hörte auf zu rudern und wendete sich zu mir, der Mann ging. Sie lächelte strahlend. Das Selbstbewusstsein ihres alten Herrn hatte sie längst, seinen Stil nicht. Er gab ihr meine Karte, sie studierte sie genau. Wahrscheinlich suchte sie nach Titeln, aber da waren keine.

»Wenn Sie Hilfe brauchen, wenden Sie sich gern an meine Tochter«, sagte er und überließ mich ihr.

Freysinger ging, ich war aus seiner Wahrnehmung verschwunden. Kornelia Freysinger beendete das Studium meiner Karte. Sie schenkte mir wieder ihr strahlendes Lächeln. »Haben wir einen gemeinsamen Kunden?«, fragte sie.

»Das haben wir.«

»Und haben Sie noch Fragen?«

»Ja.«

»Ich kann mir eine Viertelstunde Zeit nehmen.«

»Gern.«

»Ein Kaffee?«, sie öffnete die Tür, ich nickte, sie wandte sich zum Empfang, »ein Kaffee, wie?«

»Schwarz, mit Zucker, kurz und kräftig.«

»Gitti, schwarz mit Zucker, kurz«, verlangte sie, ohne die Stimme zu erheben, aber klar und vernehmlich.

Diese Frau kannte keine Sekunde Stillstand, alles lief wie am Schnürchen. Sie bot mir Platz am Besprechungstisch an und ging zum Schreibtisch. Ihre Beine waren so dünn, wie sie die besser ausgestattete Rita vermutlich haben wollte, bei den Schuhen hatte Rita den besseren Geschmack. Sie klapperte etwas in die Tastatur und warf mir einen knappen Blick zu. Meinen Blick hatte sie bemerkt, eine Spur Zufriedenheit legte sich über ihre Konzentration.

Gitti, die ich als Frau Lechner kennengelernt hatte, brachte den Kaffee, Freysinger fragte: »Wie heißt der Kunde?«

»Ilse Reiter.«

Es klapperte wieder, ich warf den Zucker ein und rührte.

»Diese Kundin haben wir nicht.«

»Verzeihung«, sagte ich, »ich meinte natürlich Girotti, Massimo Girotti. Über diese Frau lief die Einzahlung des Herrn Girotti. Er ist Anleger bei Alpine Securities.«

»Alpine Securities? Da habe ich keinen Zugriff. Eine Einlage lief über diese Frau Reiter? Wie soll denn das gehen?«

»Das ist die Frage.«

Sie sah mich an, als ob sie mich ertappt hätte, wie ich einen Kaugummi unter den Tisch klebte.

»Das kann ich mir nicht vorstellen«, sagte sie und stand auf.

Ich blieb sitzen und zog meinen Notizblock hervor. Vermutlich war es der einzige Notizblock, der in diesem Haus jemals verwendet worden war. Darin stand nichts, worum es im Moment ging, aber ich sah hinein und runzelte die

Stirn. »Zu dumm, Ilse Reiter wurde bei Magister Oberhuber verwendet, und hier noch einmal … aber, wie Sie sagen, Sie haben da keinen Zugriff.« Damit klappte ich den Notizblock zu und steckte ihn ein. Ich stand auf, während sie zum Hörer griff und eine Nummer tippte.

»Freysinger hier. Kommen Sie auf einen Sprung zu mir.«

Ich setzte mich wieder und trank meinen Kaffee aus. Ein Mann trat ein, nun setzten sich beide zu mir.

»Magister Koch, Herr Prokop«, stellte sie uns vor, »Herr Prokop informiert uns, dass Einzahlungen für Alpine Securities in diversen Fällen über Unbeteiligte gelaufen wären. Können Sie sich das vorstellen?«

Magister Koch schüttelte mit beträchtlicher Verzögerung den Kopf. »Wie war das? Das ist doch nicht Ihr Ernst?«

»Ich fürchte doch«, sagte ich, »aber es scheint niemand zu interessieren.«

Es entstand eine Pause, als ob ich die Landung einer fliegenden Untertasse angekündigt hätte. Wahrscheinlich hielten sie mich für einen Klingonen.

»Sie sehen sich das an«, beschied sie Magister Koch.

»Ich muss das ausheben, Sie hören von uns.«

Er stand auf und verabschiedete sich. Freysinger ging mit mir zur Tür.

»Ich denke, das war alles«, sagte sie und gab mir die Hand. Da sie ziemlich weit weg war, streckte sie den Arm dabei vollkommen aus. Ich verspürte nicht die geringste Lust, ihr näher zu kommen, setzte aber fort.

»Das war nicht alles. Die Abflüsse aus dem Fonds sind nicht minder dubios. Aber diese Information wird Sie auch nicht begeistern.«

Es begeisterte sie nicht. Ich nahm mir noch die Karten der beiden Freysinger vom Tresen und ging.

Die Ruhe, die mir Leonard Cohens elegische wie mehrdeutige Nummer *Famous Blue Raincoat* verschafft hatte, war an ihrem Ende angelangt.

Auf dem Weg nach unten musste ich mir klar machen, dass ich nicht gekommen war, um etwas zu erfahren. In diesem Fall hätte ich einen der beiden mit bloßen Händen erwürgt. Bei Kornelia wäre mir das vermutlich schwergefallen, bei ihr handelte es sich um die einzige noch lebende Herzspenderin. Irgendwann hatte sie es gespendet und funktionierte seit damals ohne es, mit herzloser Freundlichkeit.

Freysinger musste jetzt handeln, ich hatte konkrete Beispiele und konkrete Namen genannt. Seit heute wusste er, dass sein Vorhaben aufgeflogen war.

*

Im Auto rief ich Katja an.

»Ich war bei Freysinger.«

»Endlich, gut, wenn du das nun selber in die Hand nimmst. Wie war es?«

»Reden wir beim Italiener darüber?«

»Gute Idee, aber abends. Ich reserviere und kümmere mich darum, dass Simone auch dabei ist.«

Es war wieder an der Zeit, zum Italiener zu gehen. Aber vorher stand ein Treffen mit Ulrich an.

Er erschien mit dem anthrazitfarbenen Anzug und der gelben Krawatte. Ich konnte ein schadenfrohes Grinsen nicht verbergen.

»Zu spät, du rettest die Braut nicht mehr«, spottete ich, »so rette die eigene Ehe.«

»Vollkoffer, wie geht es Simone? Ist sie okay?«

»Und ob«, beruhigte ich ihn, »Katja kümmert sich um sie. Sie geht vollkommen darin auf.«

»Na fein. Leck mich.«

»Kein Bedarf. Ich war bei Freysinger, falls dich das interessiert.«

Dass er Simone nach Katjas Intervention abschreiben konnte, wusste er. Freysinger interessierte ihn aber doch.

Ich erzählte ihm, dass ich eben einen der abgebrühtesten Menschen getroffen hatte, der mir je über den Weg gelaufen war, und seine Tochter, die mit drei akademischen Titeln ausgestattet nicht den kleinsten Zusammenhang erkannte. Hatte mich der Senior seelenruhig ins Leere lassen, so verstand sie gar nichts. Sie hatte sich nicht verstellt, nur funktioniert.

»Was hast du dir erwartet?«, fragte er.

»Ich erwarte es erst. Jetzt wird er handeln. Wir müssen wachsam sein.«

»Wir? Ist das nicht eher deine Geschichte?«

»Eigentlich schon, aber …«

»Was aber?«

»Wie ist Martha Cordes auf dich gekommen?«

Ulrich schwieg. An der Erkenntnis führte jedoch kein Weg vorbei. Man hatte bei ihm zu suchen begonnen, und zwar unmittelbar, nachdem er begonnen hatte, sich nach Investoren zu erkundigen. Da hatten wir jemand beunruhigt, den wir noch immer nicht identifiziert hatten und der im Hintergrund Böses sann. Ulrich war aufgefallen, es war vor allem seine Geschichte.

»Denke nach, mit wem du gesprochen hast, bevor es losging«, sagte ich, »und mache mir eine Liste, und vor allem, mache sie rasch.«

»Meinst du?«, grübelte er.

»Was meinst du? Wenn sie es wusste, dann wussten andere es auch.«

Ulrich schüttelte unwillig den Kopf. Ich wartete, bis er seine Enten in der Reihe hatte. Allzu schwierig war es nicht.

»Dann wird es ungemütlich?«, sagte er. »Ist es das, was du meinst?«

»Denkst du an den Fenstersturz? An den Zufall glaube ich nicht mehr, höchstens an das Christkind.«

»Verdammte Scheiße.«

»Da hast du recht.«

»Dann muss etwas geschehen.«

»Wieder richtig. Wir müssen herausbekommen, was Freysinger mit dem Geld vorhat.«

»Warum ist das jetzt wieder wichtig?«

»Weil irgendjemand auf das Geld wartet. Jemand, der etwas verkaufen will, der Schmiergeld erwartet oder was weiß ich. Dann haben wir noch jemand, der auf uns sauer ist und den wir nicht kennen. Irgendwann ist es dann einfach zu viel.«

»Wie kommst du auf den Gedanken, dass jemand auf das Geld wartet?«

»Weil es noch da ist. Es gibt Leute, die Freysinger noch immer für einen Faktor halten, einer davon ist Eugen Cordes persönlich.«

»Na toll, aber was soll ich dann machen?«, fuhr er auf. »Die Hand über das Glas halten, wie in einem Lokal in der Bogenmeile? Dass mir keiner etwas hineinschüttet, während ich wegsehe?«

»Ein gutes Beispiel«, stimmte ich zu, »denke an nichts Spezielles, nur an alles.«

*

Den Eingang des Kopierladens in der Andreas-Hofer-Straße zierte ein handgeschriebenes Pappschild mit der Nachricht ›Komme gleich‹, auf der trüben Auslage prangte ein greller Aufkleber mit der Aufschrift ›Copy Shop‹. Der Laden gehörte Ilse Reiter, der Frau, über die zwei Einzahlungen gelaufen waren. Die wollte ich kennenlernen.

Der türkische Friseur nebenan meinte, ich würde Ilse im Café droben am Eck finden. Ich ging hinauf zum Café. Die Scheibe im Eingang war so trüb wie die Auslage des Copy Shops. Drin waren eine Theke und einige Tische, an denen niemand saß. Eine Frau mit dunklen Haarsträhnen, dunklem Pullover und Rock und kurzen Stiefeletten saß an der Theke und beobachtete ein Glas Rosé. Der Rosé rührte sich nicht von der Stelle. Der Wirt schob Gläser in den Geschirrspüler. Ich war sicher, Ilse Reiter gefunden zu haben, fragte aber dennoch.

»Ich warte auf den Kundendienst«, erklärte sie, »der hätte schon gestern kommen sollen.«

»Immer dasselbe«, stimmte ich zu, »ich brauche einige Ausdrucke. Schwarz-Weiß genügt.«

»Das lässt sich machen«, sagte sie.

Sie schob das Glas zurück, steckte einen Kaugummi in den Mund und stand auf. Der Wirt nickte ihr zu. Ich öffnete ihr die Türe, wir marschierten los. Ihr Schritt war flott, die Absätze laut und ihre Stimme klang voll und ein wenig überschwänglich. Die Straße, auf die nachts moderne Leuchten den Charme eines Operationssaals verströmten, wirkte im Tageslicht nicht besser als das Café und der Copy Shop. Vor der nächsten Kreuzung lag am Eck ein großes Geschäft, in dem es alles gab, was aber fast nichts kostete. Früher war das ein nobler Elektroladen gewesen, der den Charme der 60er-Jahre bis in die 90er durchgehalten hatte.

Reiters Copy Shop wirkte innen nicht gepflegter als außen. In einer Ecke stand ein Plotter, dessen Kabel nutzlos herabhingen. Ein großer Minolta-Drucker schien das Rückgrat der Firma zu bilden, auf einem langen Tisch gab es zwei weitere kleinere Drucker. An der Wand prangte ein überdimensioniertes Rauchverbot-Schild, der Aschenbecher am Schreibtisch war hinter den Kalender gerückt.

Der Copy Shop passte Ilse Reiter wie angegossen. Sie setzte sich hinter den Schreibtisch und sah mich erwartungsvoll an. Ich klaubte meinen USB-Stick aus der Hosentasche, gab ihn ihr und navigierte sie zu einem Text, von dem ich drei Exemplare wünschte.

Eigentlich hatte ich sie direkt auf die Überweisungen ansprechen wollen, aber der Umweg über drei nutzlose Kopien konnte nicht schaden. Wenn sie an den Überweisungen Rofners ein paar Euro verdient hatte, sie konnte es brauchen. Zu Freysingers Imperium zählte ich sie nicht. Der Ausdruck gelang nach dem Abarbeiten einiger Fehlermeldungen und funktionierte problemlos. Den Servicetechniker brauchte hier niemand, allenfalls einmal jemand vom Reinigungsdienst. Der Servicetechniker taugte aber als Erklärung für das Café, in dem sie ihre Langeweile bekämpfte. Ilse Reiter hatte bessere Zeiten gesehen, und die lagen weit vor den Überweisungen.

»Sie haben dieselbe Adresse wie eine Freundin von mir«, stellte sie fest, als sie den Beleg schrieb.

»Wen meinen Sie?«, fragte ich, obwohl ich mir nicht vorstellen konnte, dass sie an Rita dachte.

»Helga Rofner, die hat ihr Büro in diesem Haus.«

Ich hatte sie für eine Kundin Rofners gehalten, aber wozu sollte Reiter eine Anlageberaterin brauchen? Sie verdiente hier nur das Nötigste, da blieb nichts übrig.

»Ihre Freundin?«, fragte ich.

»Ja, wir haben früher bei einer Versicherung gearbeitet. Sie war im Verkauf, ich in der Vertragsabteilung.«

»Dann kam die große Verkaufswelle, und eine Menge Jobs waren weg.«

»So war es. Helga hat sich dann auch selbständig gemacht. Wie läuft es bei ihr?«

»Wenn sie Ihre Freundin war, dann habe ich eine schlechte Nachricht«, sagte ich, »sie ist tot.«

Ilse Reiter fror ein. Sie bewegte sich nicht mehr.

Der zweite Deal war offenbar der letzte gewesen. Magister Oberhuber hatte Reiters Adresse notiert und sie damals angerufen und genau ausgefragt. Danach hatte sie kalte Füße bekommen. Vielleicht hatte Rofner auch nicht gezahlt, alles war möglich. Es war sogar wahrscheinlich, denn Reiter hatte nichts von Rofners Tod gewusst.

»Ein Unfall?«, fragte sie. »Wann ist es passiert?«

»Das ist nicht lange her«, sagte ich, »und es war definitiv kein Unfall.«

Reiter senkte den Kopf und starrte auf den Beleg, den sie mir zugeschoben hatte. Sie starrte ziemlich lange, bevor sie wieder etwas herausbrachte.

»Kein Unfall, definitiv? Woher wissen Sie das so genau?«

»Ich habe ihre Leiche identifiziert.«

»Sie haben …«

»Ja, und ich hätte es mir gern erspart.«

»Schrecklich, wie war das für Sie?«

»Schrecklich, wie Sie sagen. Ich fand es aber eigenartig, dass meine erste Gefühlsregung Zorn war.«

»Sie waren zornig?«

»Mein erster Gedanke war: Du solltest dich jetzt so sehen, war das notwendig? Eigentlich ist das verrückt?«

Sie schüttelte den Kopf. Um den Selbstmord hatte ich einen Bogen geschlagen. Offiziell blieb es einer, ich glaubte nicht mehr daran.

»Nein«, sagte sie leise, »dass es kein gutes Ende nehmen würde, war mir klar, aber dass sie tot ist …«

Ich ließ ihr Zeit, bis ich fortsetzte: »Sie hätte sich nie darauf einlassen dürfen.«

Ihr Gesicht wurde völlig abweisend. Ich verhielt mich still. Wenn ich sie zum Reden brachte, kam mehr dabei heraus, als wenn ich fragte. Es blieb eine ganze Weile still.

»Sie war doch ein Teil davon«, sagte sie endlich.

»Es hätte nicht zwangsläufig mit ihrem Tod enden müssen, etwas muss passiert sein.«

»Illusionen. Sie lebte in einer Traumwelt. Wie kommen Sie darauf, dass etwas passiert sein muss?«

»Sie hatte sich völlig verändert. Kurze Haare, blond, ich erkannte sie erst auf den zweiten Blick. Als ich meiner Freundin die Leiche beschrieb, sagte sie, Helga Rofner hat einen Engel aus sich gemacht.«

»Das verstehe ich nicht. Sie mussten Helga doch öfter gesehen haben?«

»Einige Male in der Woche sicher, man begegnet sich im Treppenhaus, vor dem Auto, plaudert einige Worte. Da war sie wie immer. Dann sieht man sie tot, und erkennt sie kaum wieder.«

»Eigenartig, aber es muss nicht wirklich etwas bedeuten.«

»Sie hatte ihren Mietvertrag gekündigt. Das habe ich im Anschluss erfahren. Helga Rofner stand vor dem Absprung.«

Das war dann ja auch geschehen, im wahrsten Sinn des Wortes. Ich erwähnte es nicht.

»Vielleicht hatte sie einfach genug«, sagte Reiter und setzte leise hinzu: »Verdient.«

»Aber tot ist sie doch.«

In die Betroffenheit Ilse Reiters mischte sich Unbehagen. Rofner hatte sie verletzt, das spürte ich deutlich, aber sie wusste mehr. Ein Scheit hatte ich noch, ich legte es drauf.

»Vor Kurzem wurde in ihr Büro eingebrochen. Man stahl den Computer, etwas anderes interessierte den Einbrecher nicht.«

Um Reiters Ruhe war es geschehen. Sie stand auf. »Wollen Sie auch ein Glas?«

Ich stand auch auf, ging aber zum Ausgang. »Ich komme wieder.«

Der nächste Supermarkt war nur einige Minuten entfernt. Ich fand einen teuren Montepulciano. Etwas anderes als Chianti und Montepulciano Abruzzo kannte ich sowieso nicht und dabei richtete ich mich immer nach Etikett und Preis. Mein Revier war der Single Malt und der sollte es auch bleiben.

Reiter saß noch da und betrachtete ihr Glas Rosé. Ich stellte den Montepulciano auf den Schreibtisch.

»Wahnsinn«, sagte sie, »der muss gut sein.«

Sie ging in die Rumpelkammer, ich folgte ihr, sie kramte zwei frische Gläser hervor. Ich hätte sie nie gefunden. Korkenzieher gab es keinen, ihre Flaschen hatten Schraubverschluss. An meinem Taschenmesser war einer, ich schenkte ein.

»Salute.«

Wir stießen an und tranken. Sie nickte mir anerkennend zu und nahm einen zweiten, langen Schluck. Die Menge hatte sie sich angewöhnt, aber etwas Gutes kannte sie noch. Ich wollte von ihr noch mehr erfahren, aber schon für das Leuchten in ihren Augen hatte es sich gelohnt.

»Und diesen guten Roten bekomme ich, weil Helga meine Freundin …«, sie verschluckte das *ist*, »war.«

»Sonst wären wir ja nicht ins Gespräch gekommen.«

»Gehen wir wieder hinaus.« Sie nahm ihr Glas und ging voraus. Sie hatte schöne Beine. Die ruiniert auch kein Alkohol. Ilse Reiter war einmal schön gewesen, und sie könnte es in einem halben Jahr wieder sein. Der Rosé würde aber verhindern, dass das jemals wieder eintrat.

»Also reden wir über Helga«, sagte sie und schenkte nach.

»Über das, was vor ihrem Tod passiert ist. Sie hat ihr Büro gekündigt, und kein Wort darüber verloren, und sie hat einen Engel aus sich gemacht.«

»Sie war aber kein Engel, beileibe nicht.«

»Das war sie nicht, und eure Freundschaft ist schon früher zerbrochen, aber nicht viel früher, richtig?«

Reiter schüttelte bedächtig den Kopf. Das lag nicht am Wein, den war sie gewohnt. Sie wirkte verwundert.

»Was Sie alles wissen.«

»Das liegt doch auf der Hand. Sie haben ihr ein Geschäft vermittelt, und sie hat nicht gezahlt, oder in der Art? Sie hatte ja selbst kein Geld.«

»Pah«, jetzt schüttelte sie heftig den Kopf, »aber in Aussicht.«

Rofner hatte Geld in Aussicht?

»Aber das Versprechen wurde nicht eingelöst, das meinen Sie?«

»Verhindert.«

Verhindert. Da war etwas dazwischengekommen. *Sie war doch ein Teil davon*? Ich hätte schon früher hierherkommen sollen.

»Hatte Helga ein Verhältnis?«

»Muss es immer gleich so etwas sein?«

»Es ist schon vorgekommen.«

Reiter schenkte nach. Ich wäre nach der halben Flasche

für nichts mehr zu gebrauchen gewesen, sie zeigte keine Wirkung. Ich wollte auch keine sehen.

»Was ist dazwischengekommen?«, setzte ich fort.

Reiter schob Flasche und Glas beiseite und klickte mit der Maus herum. Sie suchte in ihren Mails, öffnete eine und sagte: »Sehen Sie her. Die ist dazwischengekommen.«

»Moment«, bat ich, um den Text der Nachricht lesen zu können.

Eine gewisse Enikö Kertesz aus Ungarn bewarb sich für eine Bandbreite von Stellen, und die Liste der Jobs, die sie schon ausgeübt hatte, machte dem Umfang der Titulatur eines Kaisers Ehre. Man hätte damit glatt einen soliden Baustein für ein Lexikon zeitgenössischer Berufe gehabt. Die Mail war an Hartmut Freysinger gerichtet, jemand hatte sie an Rofner weitergeleitet, und die hatte sie an Ilse Reiter gesandt.

»Na toll«, sagte ich, »wie sieht die Dame aus?«

Reiter öffnete den Anhang, ein Foto erschien. Es zeigte vor blauem Himmel an Bord eines Motorbootes zwei Frauen. Ich war nicht sicher, ob mir erst die fülligen, reifen Rubensfiguren oder die üppigen blonden Mähnen ins Auge stachen, aber die beiden Frauen waren nirgends zu übersehen. Die hatten die Steppen der Heimat abgegrast und waren auf der Suche nach fetten Weiden in den Westen aufgebrochen. Das taten sie in weiser Einschätzung ihrer Kräfte, solange die Füße noch trugen, und solange die Hüter der Weiden die Attraktivität erblickten.

Der unbefangene Betrachter billigte ihnen Lebenserfahrung zu, der Suchende erkannte in ihnen Frauen, die gelernt hatten, dass es neben jugendlicher Spannkraft andere Werte gab, die zählten. Der Findende aber, in der Regel jünger an Jahren als die Gefundene, erhielt eine Frau, die ihm das Geld weiterreichte, das sie dem Suchenden abgenommen hatte.

»Die rechte ist es«, erklärte Reiter.

»Toll, die hat Helgas Ambitionen beendet? Das war ein Schlag ins Kontor, damit hat sie nicht gerechnet.«

»Nein«, bestätigte Reiter und nahm einen Schluck. Der Montepulciano begann, sich dem Ende zuzuneigen.

Ich bat um einen Ausdruck und um die Kopie auf meinen Stick, der noch am Computer steckte. Auch der Farbausdruck klappte problemlos, und das ohne Servicetechniker. Die Mail, das sah ich, während Reiter Fotopapier einlegte, war Anfang August gekommen. Vier Wochen später hatte Rofner den Boden unter den Füßen verloren.

»Wie lief das ab?«, fragte ich, »das muss ja schnell gekommen sein.«

»Freysinger heißt der Steuerberater?«

»Ja.«

»Also, Freysingers Sekretärin schickte das an Helga. Die war selbst entsetzt, wie ihr Chef der Tussi auf dem Leim ging. Er machte sich richtig zum Narren vor allen Mitarbeitern.«

Ich nickte, das kam öfter vor. Ich hatte selbst schon aus kurzer Distanz gesehen, wie Männer sich derart lächerlich machten. »Er konnte die doch nicht anstellen?«, fragte ich.

»Das hat sogar er verstanden, aber nicht gleich. Die Dame spricht fließend Italienisch und ein wenig Deutsch. Auf der Gehaltsliste soll sie aber stehen.«

»Wie ist es dann zu Ende gegangen?«

»Darüber hat Helga nichts gesagt. Unser Kontakt war aber schon nicht mehr der Beste.«

Da fehlte noch etwas. Die füllige Dame brachte niemanden um, und Reiter wusste noch ein Detail. Sie hatte es am Beginn unserer Unterhaltung erwähnt, umging es jedoch beharrlich. Der niedrige Pegelstand in der Weinflasche erfüllte mich mit Besorgnis.

»Weil sie nicht gezahlt hat«, ließ ich meinen Ballon steigen.

»Sie hat doch nie Wort gehalten.«

»Diesmal war es aber doppelt ärgerlich«, setzte ich drauf.

»Wie meinen Sie das jetzt wieder?«, fragte sie mit wiedererwachender Aufmerksamkeit.

»Sie haben auch etwas riskiert. Dafür erwartet man seinen Lohn.«

Reiter war jetzt hellwach. Die Wirkung des Montepulciano war weggeblasen.

»Nach dem Gespräch mit Magister Oberhuber läuteten die Alarmglocken. Das war das zweite Mal, was ein Versehen schwer erklärbar macht, jedenfalls, wenn man dem Staatsanwalt gegenübersitzt.«

»Was wollen Sie?«, fragte sie erregt, »Sie sind doch nicht von der Polizei.«

»Von Ihnen will ich gar nichts, da seien Sie ganz beruhigt. Ich suche das verschwundene Geld eines Anlegers. Helga Rofner hat das Geschäft vermittelt, und auf ihren Spuren bin ich unterwegs.«

Reiter holte tief Luft, sie war jetzt ziemlich blass. »Auf ihren Spuren? Welche Spuren?«

»Dass die Sache faul ist, muss Ihnen klar gewesen sein«, überging ich ihre Frage, »einige hunderttausend Euro anzunehmen und weiterzuleiten, um den tatsächlichen Einzahler zu verschleiern, da muss man sich doch etwas denken.«

»Sind Sie von der Finanz?«

»Beruhigen Sie sich, ich bin bloß einer, der davon weiß.«

»Das ist doch lächerlich.«

»Warum lachen Sie dann nicht?« Ich ließ ihr nur kurz Zeit. »Helga Rofner hat für einen miesen Fonds, der nie gedacht war, Gewinne zu erzielen, Geld beschafft. Freysinger verwendete sie, und als er sie nicht mehr brauchte, warf er sie weg. Die sagenhafte Enikö kam ihm gerade recht. Zu diesem Zeitpunkt war der Fonds schon geschlossen, das große Verteilen ist in vollem Gang.«

»Woher wissen Sie von den Einzahlungen?«

»Das ist mein Job.«

»Na fein, wissen das andere auch?«

»Das glaube ich nicht.«

Sie ließ den Kopf auf die Tischplatte sinken. Ich griff zum Montepulciano und goss den Rest in ihr Glas. Die Flasche hatte nur ein kurzes Leben gehabt.

»Und jetzt geben Sie sich einen Ruck«, verlangte ich. »Helga hat Sie benutzt. Sie selber wurde benutzt und hat dabei viele Menschen um ihre Ersparnisse gebracht. Sie verdient kein Mitleid. Eine Menge Leute wurden betrogen, aber einige wenige kassieren ab. Wenn es so bleibt, wie es ist, dann geht ihr Tod als Selbstmord durch und die Gauner an der Spitze kommen ungestraft mit vielen Millionen davon. So weit klar?«

Reiter hob den Kopf wieder. Ich schob ihr das Glas zu und nahm meines.

»Sie wissen noch etwas, oder Sie haben einen Verdacht. Sagen Sie es mir, und zwar jetzt.«

Die trinkfeste Weinkennerin sah das Glas mit einem Ausdruck tiefen Bedauerns an, es war das letzte, und das war nicht mehr voll. Davon kostete sie jetzt vorsichtig und stellte es wieder ab.

»Enikö hat einen Bruder, der ist mit ihr aus Ungarn gekommen. Sie wollte ihn auch in die Firma bringen, aber das war Freysinger zu viel.«

»Verstehe. Der Bruder sieht ihr rein zufällig gar nicht ähnlich?«

»Nicht im Geringsten, habe ich gehört.«

Enikö hatte ihren Geliebten mitgebracht. Da ließ sich einiges vorstellen. An Vorstellungen mangelte es nicht, aber eine Spur war es immerhin.

»Was wissen wir über den Bruder?«

Endlich lächelte sie.

»Wir wissen gar nichts, nicht wahr? Ich muss nachsehen, ob ich zu Hause etwas finde. Kommen Sie doch einfach wieder.«

»Gute Idee«, sagte ich und stand auf. »Bleiben Sie in Deckung, außer mir dürfte niemand von den Überweisungen wissen. Lassen wir es dabei, und sehen Sie zu Hause nach. Ich brauche Name und Adresse des Bruders. Für Helgas Tod gehen mir nämlich die Verdächtigen aus.« Am Ausgang drehte ich mich um. Sie war beim Rest des Montepulciano sitzen geblieben und sah mir nach.

»Ich komme wieder.«

*

Mein Wagen hatte keinen Strafzettel bekommen. Stellplätze waren hier knapp, ich hatte in eine Nebenstraße ausweichen müssen. Der Parksheriff überquerte hundert Meter weiter die Fahrbahn. Ich verstaute den abgelaufenen Parkschein in der Brieftasche, setzte das Headset auf, rief Katja an und startete.

Der Sekretär stellte mich gleich durch. Katja hatte einen Anruf von Martha Cordes erhalten, die mich sprechen wollte. Die Kanzlei lag in unmittelbarer Nähe. Ich fragte, wann, Katja sagte, jederzeit und so bald wie möglich. Ich schlug vor, das sofort zu tun. Martha Cordes hielt sich oft um diese Zeit in der Stadt auf, das Treffen sollte sich einrichten lassen. Ich war schon aus dem Parkplatz ausgefahren, hielt an und parkte wieder ein.

Hinter mir hupte es wütend. Im Rückspiegel sah ich einen schwarzen BMW, der ebenfalls einparken wollte. Er war mit einem anderen Interessenten in Konflikt geraten, der die freie Lücke anpeilte. Es sah genau so aus, als wenn der BMW dasselbe tat wie ich. Ich stellte den Wagen ab und spazierte die Straße hinunter. Das musste ich sowieso, weil der Parkscheinautomat am Ende der Straße stand.

Der schwarze BMW setzte sich durch. Er stieß einige Male heftig zurück, bis der andere aufgab und weiterfuhr. Der Fahrer des BMW stieg aus und ging rasch davon. Weil ich eben einen Kastenwagen passierte, sah ich ihn erst wieder, als er um die Ecke bog.

Mehr als einen schwarzen Anzug und schwarze Haare, die mit Gel nach hinten gekämmt waren, konnte ich nicht mehr erkennen. Wenn das der Bruder der Enikö war, dann sah seine Gestalt der ihren so ähnlich wie ein Pitbull einem Bernhardiner. Auf Francos Dienste konnte ich also weiterhin nicht verzichten.

Wie lange stellte mir der Pitbull schon nach? Es war gut, dass ich keinen Parkplatz vor Reiters Copy Shop gefunden hatte. Hoffentlich wusste er nichts von ihr. Rofner war diskret gewesen. Ob der Dieb, der den Computer gestohlen hatte, die Hinweise fand, blieb offen. Ich glaubte es nicht. Ilse Reiter durfte nicht hineingezogen werden, die hatte denen nichts entgegenzusetzen. Ich ging nun zu Katjas Kanzlei, der Pitbull konnte warten.

In der Kanzlei setzte ich mich in ein freies Zimmer, das noch auf seinen Besitzer wartete. Katja hatte einen Mandanten bei sich, aber Martha Cordes war bereits auf dem Weg hierher. Ich nutzte die Zeit, um bei Espresso und Pfeife nachzudenken.

Hatte ich Ilse Reiter gesagt, mir gehen für Rofners Tod die Verdächtigen aus? Nun gab es einen Neuen.

Girotti blieb im Rennen, nicht als Mörder, eventuell als Anstifter, jedenfalls als Beteiligter. Rofner hatte ihn betrogen. Anstatt das Spiel zu wiederholen, von Geld fremder Leute einfach einen schönen Teil einzubehalten, verkaufte er dann wieder auf der Straße gestohlene Anzüge zum halben oder wertlose zum doppelten Preis. Diesen Zustand hatte er womöglich befürchtet und sicher vermeiden wollen.

Freysinger blieb im Rennen. Er brauchte Rofner nach dem Schließen des Fonds nicht mehr. Sie wusste aber zu viel, und vielleicht ging sie ihm mit weiteren Forderungen auf die Nerven.

Der Pitbull war neu. Wenn er die Rivalin seiner vorgeblichen Schwester aus dem Weg räumte, war die am Ziel und konnte für die gemeinsame Zukunft abkassieren.

Ich hatte einen Verdächtigen mehr und keine brauchbare Spur.

*

Martha Cordes kam kurz nach fünf Uhr. Das war die Zeit, in der sie vermutlich ihre Shopping-Tour und den Kaffee mit Freundinnen hinter sich hatte und nach Hause fuhr. Eine Freundin hatte sie dabei, die ich durch die Türe zum Vorzimmer sah. Die war um einen Kopf kleiner als Cordes und ein kompaktes Stück Unansehnlichkeit. Zwischen strähnigen, dunklen Haaren und einem formlosen Sackkleid sah ein mürrisches Gesicht hervor. Es musterte Katjas Sekretär herablassend. Er nahm es gleichmütig zur Kenntnis, wies der Missvergnügten einen Sessel im Vorzimmer an, führte Martha Cordes zu mir herein und schloss die Tür.

Ich stand auf und gab ihr die Hand. Cordes erwiderte die Begrüßung lustlos, ging zum Fenster und sah hinaus. Wahrscheinlich überlegte sie, wie sie beginnen sollte, denn ich sagte nach der Begrüßung nichts mehr. Den Vergleich mit Ilse Reiter konnte ich nicht unterdrücken. Ilse Reiters Schönheit hatte der Rosé ruiniert, Martha Cordes schaffte das durch teure Kleidung, eine unansehnliche, strenge Frisur und eine zentimeterdicke Schicht Make-up. Der rechte Arm war durch eine massive Bulgari-Kette am Handgelenk gehandikapt.

»Feuer frei«, sagte ich und zündete meine Pfeife an.

Die Sehschlitze im Make-up nahmen mich ins Visier.

»Womit hat mein Mann Sie beauftragt?«

»Das müssen Sie ihn selbst fragen, falls ich den Auftrag annehme.«

»Also bitte, ich bin seine Frau. Es geht ja um die Firmen Freysingers, das ist doch kein Geheimnis.«

»Versuchen wir es umgekehrt, was interessiert Sie daran? Vielleicht kann ich Ihnen auf diese Art helfen.«

Cordes überlegte wieder. Ich stellte mir vor, wie ich ihr langsam den Hals umdrehte. Das ermöglichte es mir, freundlich zu lächeln. Je konkreter das Bild wurde, umso freundlicher lächelte ich. Es wurde sehr konkret.

»Es ist nicht meine Art, schmutzige Wäsche zu waschen. Ich weiß nicht, ob Sie das verstehen.«

»Sie müssen jetzt stark sein«, munterte ich sie auf, wobei ihr mein Spott vollkommen entging.

Sie zögerte einen Moment, stand auf und ging ein paar Schritte hin und her. »Mein Mann hat noch viel vor und in dieses Projekt hat er immens Geld investiert. Ein Rückschlag würde ihn um zehn Jahre zurückwerfen.«

»Da müssen Sie schon mit offenen Karten spielen. Freysinger kann Ihrem Mann nicht gefährlich werden. Er will einfach ein Stück vom Kuchen.«

»Es ist unser Kuchen.«

»Ich würde von meinem auch nichts hergeben, aber das ist Ihre Sache. Auf seinen Teller kann ihr Mann alleine aufpassen. Ich verstehe nicht, was Sie wollen.«

Martha Cordes hatte sich in den letzten 20 Jahren daran gewöhnt, Bestellungen zu formulieren. Andere Techniken, sofern sie diese jemals beherrscht hatte, waren ihr abhandengekommen. Ich war aber weder die Verkäuferin in ihrer Boutique noch der Kellner in ihrem Lieblingsrestaurant. Vor allem fand ich die Sorge um ihren Mann übertrieben. Ich hatte nicht die blasseste Ahnung, was sie wirklich bewegte, und wartete deshalb einfach. Es tat sich nichts.

»Sie wissen genau, dass der Handel mit Ihrem Mann noch nicht abgeschlossen ist …«

»Er bekommt immer, was er will.«

»Sie wissen auch, dass ich Ihnen in dem Fall keine Auskunft erteilen kann. Worum geht es Ihnen wirklich?«

»Verstehen Sie nicht? Mein Mann bekommt immer, was er will. Muss ich noch deutlicher werden? Er ist ein sehr gefährlicher Mann.«

»Sie machen sich Sorgen um ihn? Das würde ich nicht. Er wirkt nicht unüberlegt.«

Sie schüttelte den Kopf. Ich dachte nach. Cordes hatte sein Geld in Kanada gemacht. Es musste unermesslich viel sein. Mit Nettigkeiten ging das nicht, da musste man ein wenig nachhelfen, über etliche Leichen gehen. Den Eindruck hatte er mir in der tiefen Baugrube vermittelt. Er verstand sich auch auf Symbole. Wenn Freysinger an Bord sein wollte, dann war sein Platz da unten, wo ihn niemand mehr fand.

Sie hatte Angst um ihn, dass er dieselben Methoden

anwendete wie früher. Daran glaubte ich nicht, er wusste sicher, was man wo tat und was nicht. Wusste man es, hätte Katja gesagt. Keiner wusste es. Ich wusste jedenfalls nicht, worum es ging, und das ärgerte mich allmählich.

»Ich befasse mich mit handfesten Ermittlungen«, sagte ich, »meistens geht es dabei um Geld. Von Seelenklempnerei verstehe ich gar nichts. Wenn sich Ihr Mann in Gefahr bringt, ist das seine Sache. Er will mich auch nicht als Bodyguard anheuern, ich habe selbst einen, seit ich an dem Fall dran bin.«

»Sie haben einen Bodyguard? Im Ernst? Taugt der etwas?«

»Worauf Sie sich verlassen können.«

»Das ist gut. Sie werden ihn brauchen. Wahrscheinlich wird er Ihnen aber nicht helfen.«

Das konnte sie halten, wie sie wollte. Ich ärgerte mich, dass sie mich zum Reden gebracht hatte anstatt ich sie. So kam ich nicht voran, ich wechselte das Thema.

»Sie können *mir* helfen, vielleicht bringt es auch etwas für Sie. Wofür ist der Reptilienfonds Freysingers gedacht?«

»Rep…, was?«, sie lachte versehentlich und stoppte es gleich. Zum Lachen ging sie in den Keller, und das nicht zu oft.

»Ja, was hat er mit dem Geld vor? Ihm steht das Wasser bis zum Hals und er benimmt sich, als ob er der große Player wäre, mit einer immensen Kriegskasse im Hintergrund. Das geht doch nie gut.«

»Warum geht das nie gut? Bei meinem Mann klappt das prima.«

»Er ist allein. Sobald ein Aufsichtsrat da ist, gelten andere Regeln. Jeder will seine Ideen einbringen, jeder will der hellste Stern am Firmament sein. Die wollen das Geld investieren, wenn es da ist. Für jeden Tag, an dem es auf dem Konto liegt, sehen sie nur entgangene Erträge.«

»Was Sie nicht sagen.«

»Ist doch so.«

»Ja, so ist es.«

»Sie hatten mit Freysinger zu tun. Haben Sie etwas gehört, ein Gerücht aufgeschnappt oder irgendetwas in der Art?«

»Vor Kurzem haben Sie meine Zusammenarbeit mit ihm noch ganz anders gesehen.«

»Das ist korrekt.«

»Aha, und jetzt?«

»Jetzt gebe ich Ihnen Gelegenheit, etwas beizutragen.«

Die Sehschlitze wurden ganz schmal.

»Wir verlieren Zeit«, sagte ich, »Ihr Gatte mag ihn nicht, Sie mögen ihn nicht. Sagen Sie mir, ob Sie etwas wissen.«

Sie schüttelte angewidert den Kopf. »Wollen Sie Schmutz aufrühren? Mein Mann hat mir dazu schon genug Vorwürfe gemacht. Wie viel Leute wollen Sie noch hineinziehen?«

»Seien Sie meiner Diskretion gewiss. Die – wer immer die sind – haben Geld eingesammelt, um sich etwas zu kaufen. Freysinger darf die Galionsfigur spielen. Das Spiel ist heiß, und da braucht man jemanden, der entbehrlich ist. Das ist Freysinger, dead man walking. Eigentlich ist er nur dead man counting. Dagobert zählt im Keller seine Münzen und ist schon so gut wie tot. Was niemand wissen soll, wird mit ihm untergehen, die gekauften Juwelen bleiben übrig.«

»Mein Honorar zählt da wohl nicht dazu.«

»Nicht direkt, das ist Gartenpflege.«

»Gartenpflege?«

»Ja, man sorgt dafür, dass viele Leute mitverdienen. Die haben dann etwas zu verlieren, und die sorgen dafür, dass Gerüchte verstummen und nichts nach außen dringt. Es ist ein Cordon sanitaire, oder die bekannte Mauer des Schweigens, bestehend aus einer Menge kleiner Nutznießer.«

»Ohne den Cordon sanitaire funktioniert Korruption nicht. Die Beteiligten wissen das und sind freigiebig. Das fällt ihnen leicht, sie geben ja nicht ihr Geld aus.«

»Pah«, sagte sie angewidert, »Sie müssen sich mit meinem Mann prächtig verstanden haben.«

Hinsichtlich des Branzino hatte sie recht, damit waren die Gemeinsamkeiten allerdings erschöpft.

»Ich lasse mich für Peanuts instrumentalisieren, hat er mir vorgeworfen«, setzte sie fort.

»Der Fonds soll 20 Millionen schwer sein. Da kann man schon ein paar hunderttausend ausgeben, für Gartenpflege, saubere Markierungen am Parkplatz, ein schickes Entree in den passenden Farben.«

»Ersparen Sie mir Ihren Spott. Mein Mann will nicht an das Geld, es ist ihm auch gleichgültig, was damit geschieht. Das wissen Sie ganz genau.«

Ich wusste es nicht, aber vor allem Letzteres war interessant zu hören. Ich überging es. »Mich interessiert, was mit dem Geld geschehen soll.«

»Von mir aus, solange Sie die Hauptsache nicht aus den Augen verlieren.«

»Jetzt müssen Sie mir aber helfen.«

»Geld ist nicht alles. Das können Sie nur jemandem glauben, der genug davon hat.«

»Quid pro quo.«

»Sie halten mich heraus? Das muss ich wissen.«

»Absolut.«

»Es geht um die große Kreuzung, Sie wissen schon. Man hat sie noch einmal um ein Jahr verzögert, es sind noch nicht alle Grundstücksgeschäfte unter Dach. Den Rest müssen Sie schon selbst herausfinden.«

Ich wusste, was sie meinte. Die große Kreuzung wurde

seit fast zehn Jahren geplant, in dieser Zeit hatten viele Leute daran verdient. Deren Verdienstmöglichkeiten gingen nun zu Ende, die Zeit der Gutachten, Expertisen, Gegengutachten und Gegenexpertisen, der Planungs- und Machbarkeitsstudien. In zehn Jahren änderte sich praktisch alles, da konnte man bequem alles dreimal neu machen und verrechnen. Vor den Baumaschinen kam die nächste Zwischenetappe.

Nun ging es um Grundstücksablösen. Da war von Enteignung die Rede, was aber nur Uninformierte glaubten. Das waren die meisten. Tatsächlich wurde großzügig abgelöst, und wenn man den Grund vorher günstig bekam, machte man einen schönen Schnitt.

Martha Cordes stand auf. »Es sind liebe Freunde von mir, Sie werden das nicht gegen sie verwenden.«

Ich schüttelte den Kopf. Wozu auch, die interessierten mich nicht. Wenn ich Erfolg hatte, gingen sie sowieso leer aus.

»Warum sagen Sie immer Fonds zu dieser Kasse?«, fragte sie.

Das war eine gute Frage. Die Zertifikate erweckten den Eindruck eines Fonds. Oberhuber und Girotti hatten in einen Investmentfonds eingezahlt, dem Anschein nach. Wir waren alle einfach davon ausgegangen, weil es genau so aussah. Tatsächlich stand es nirgends. Es war vermutlich auch kein Fonds, sondern nur eine Kasse, eine Kriegskasse.

»Weil beharrlich genau dieser Eindruck erweckt wird«, sagte ich, »leider weiß ich wenig über die Konstruktion. Er soll an die 20 Millionen schwer sein.«

»Schwer? Das ist doch lächerlich, es sind keine zehn. Wo fängt denn für Sie ein Fonds an?«

»Das wundert mich auch schon die ganze Zeit, unter 50 nimmt den keine Bank auf ihre Bücher.«

»Na also, von einer Bank war auch nie die Rede, das haben Sie geglaubt. Auf Wiedersehen.« Sie ging zur Tür.

»Da wäre noch etwas«, sagte ich.

»Und das wäre?«, fragte sie und wandte sich um.

»Was bekam Freysinger nun für seine Peanuts? Was er an Sie zahlte, war doch hinausgeworfenes Geld? Wo ist das Problem?«

»Ja, verstehen Sie das nicht?«, fragte sie nach einer Pause.

»Nein.«

»Es war eine Warnung, gerichtet an meinen Mann. Ich kann mir jeden kaufen, das Geld ist da, bedeutet das. Und keiner von uns weiß, wer in Alpine Securities wirklich drin sitzt.«

Das verstand ich. Freysinger war wirklich eine Gefahr für Cordes. Freysingers Gesellschafter durften allerdings nicht wissen, wofür er den Namen ihres Vehikels missbrauchte.

VII

»Ah, bene, Signor Prokop. Tutto bene?«

Der Wirt kam mir strahlend mit ausgebreiteten Armen entgegen. Die schwarze Kappe, die er sonst zu seinem schwarzen Küchenanzug trug, hatte er verkehrt aufgesetzt. Schwarze Locken quollen darunter hervor. Heute trug er die weiße Uniform. Die Aufmachung mit der verkehrt aufgesetzten Kappe verlieh ihm den Anschein eines Piraten. Das passte nicht schlecht.

Innsbruck war wohl die einzige Stadt tief im Binnenland, in der echte Seeräuber ihr Unwesen trieben. Es gab hier eine eingesessene Innsbrucker Seeräuberfamilie. Die hatte uns den Lanser See geraubt. Eines Tages war der Uferweg weg gewesen und ein Zaun davor.

Die Jahreszeit war schon zu weit fortgeschritten, aber im Sommer war es ein unvergleichliches Vergnügen, in einer warmen Nacht zum Lanser See zu fahren, die Kleider einfach am Wegrand abzulegen und hinauszuschwimmen. Das schwarze Wasser, mit hell im Sternenschein blinkenden Wellen, der undurchdringliche Wald ringsum, Lichter in der Ferne, das hatten sie uns geraubt. Der Wirt konnte aber nichts dafür.

»Ausgezeichnet«, sagte ich, wie üblich.

»Perfetto«, antwortete er, wie üblich.

»Wir wollen ungestört sein«, erklärte ich.

»Ah, nur sitzen, kein Essen, kein Vino?«

Ich sah ihn gequält an. »Schon in Ordnung, wir stellen zusammen.«

In wenigen Augenblicken hatte er einige Tische zusammengeschoben, wir erhielten den Platz im Eck, neben dem Weinregal. Vor uns war die Bar, aus der zu Mittag immer der in italienischen Lokalen übliche Lärm plärrte. Damit gab es Raum um uns und ausreichend Nebengeräusch für eine ungestörte Unterhaltung.

Katja nahm heute auch Chianti, ich zündete meine Pfeife an. Bald erschien Franco mit Simone. Die beiden setzten sich auf die Bank, weil Katja und ich die Stühle verwendeten. Francos Ausdehnung ging nicht nach vorn, sondern zu den Seiten und das in beträchtlichem Ausmaß. Er trug wieder seinen hellen Anzug. Simone wirkte neben ihm wie eine Elfe, und als sie endlich Platz gefunden hatten, war die Bank restlos ausgefüllt. Aus Francos wie immer finsterer Miene blickten freundliche Augen. Irgendwann musste ich ihn fragen, wie er das zusammenbrachte.

Ulrich erschien als letzter. Sein Anzug hatte vermutlich dasselbe Herstellungsjahr wie der Francos. Francos war lediglich aus der Mode, bei dem von Ulrich sah man die Tragedauer. Ulrich war nicht vergnügt, das Treffen brachte ihm nichts, was man hinterher nachzählen konnte. Vom Informationsfluss wollte er jedoch nicht abgeschnitten sein. Er bestellte Kaffee. Bier hatte ich noch nie bei ihm gesehen, nur einmal bei ihm zu Hause. Da hatte er eine angebrochene Flasche vom Vortag herausgenommen.

Nach der Bestellung kam Katja zur Sache: »Wie war es heute mit Martha Cordes?«

»Das war eine Überraschung«, begann ich, »bis sie mich fragte, warum ich immer Fonds zu dieser Kasse sage, hatte ich keine Ahnung, was wirklich dahintersteckt.«

»Was ist es also?«

»Es ist eine Kriegskasse. Es geht um die große Kreuzung, die seit Jahren geplant wird. Das wird für einige Jahre das größte Bauprojekt der Stadt sein. Da haben sich einige zusammengetan, um diese Chance auszuwerten. Ich weiß bis jetzt zwar nur von Scheinrechnungen, mit denen man sich Personen gewogen macht, aber ein wichtiger Teil dürften Grundstücksgeschäfte sein. Einige Personen decken sich ein. Diese Grundstücke werden dann im Zug der Grundstücksablösen teurer bezahlt. Es sind liebe Freunde, sagt Martha Cordes.«

Katja und Simone schienen die einzigen zu sein, die sich wunderten, Ulrich grinste sein schiefen Grinsen.

»Warum stellen die Freysinger an die Spitze? Da kann ich doch gleich den Hund auf die Wurst aufpassen lassen«, wollte Katja wissen.

»Weil er am Rand des Abgrunds steht. Ein kleiner Stoß und er geht in Konkurs. Das wird geschehen, wenn der Topf ausgeräumt ist. Im Konkurs bringt man alles unter, was man nicht erklären kann oder will. Jeder kann in Ruhe seinen Gewinn mitnehmen.«

»Nehmen wir an, das stimmt. Was ist mir Helga Rofner?«, wollte Simone wissen. »Was hat die damit zu tun?«

»Rofner und Freysinger sind Trittbrettfahrer. Die haben sich diese Kasse als Vehikel zunutze gemacht. Rofner hat es arglosen Anlegern als Fonds verkauft, dafür aber nur Peanuts erhalten. Freysinger ist bloß Strohmann.«

»Das glaube ich nicht«, sagte Simone nach einer Weile, »sie hat mir alles genau erklärt, Anlagestrategien, Renditen und so weiter.«

»Alles gelogen und erfunden. Vielleicht hat sie Prospekte kopiert, ein paar Textbausteine verwendet, das Zertifikat am Computer angefertigt. Es gibt keinen Fonds und gab nie einen, das Geld ist weg. Sie war eine Betrügerin und Potemkin ihr Schutzheiliger.«

Simone starrte ihr Glas an, dann mich. »Und ich habe für die Beratung extra bezahlt.«

»4.300 Euro, um genau zu sein. So hat sie es bei allen gemacht.«

»Wie viel sagst du?«

»Du hast mich schon verstanden.«

»Er hat Rofners Computer ausgeräumt«, erklärte ihr Katja, während sie völlig erstarrte.

Ich nahm einen Schluck von meinem Chianti und sah zu, wie Simone nach und nach in Zorn geriet. Um sie zu beschwichtigen erzählte ich ihr, dass sie weder die einzige noch die erste Betrogene war. Im Fall Comroad, im Jahr 2002, am Höhepunkt der Dotcom-Blase, hatten die Firmengründer vor Gericht zugegeben, dass magere 1,4 Prozent der Umsätze von 93,6 Millionen Euro tatsächlich erzielt worden waren, umgekehrt 98,6 Prozent erfunden. Die weltweit tätige Buchprüfungsfirma KPMG hatte bei keiner Prüfung irgendetwas festgestellt und die Bilanzen bestätigt.

Es beruhigte sie nicht.

»Morgen gehe ich zur Polizei«, sagte sie.

»Gute Idee, was erzählst du denen? Dass du Mittäterin bist? Du hast die Verhandlungen geführt und das Geld eingezahlt, als persönliche Assistentin des famosen Signor Girotti.«

Gleich zerbrach sie das Glas, dachte ich, aber es hielt durch.

»Und die anderen, von denen du erzählt hast? Denen die Kriegskasse gehört? Sind das Heilige?«

»Was will man denen nachweisen? Bis jetzt ist nichts geschehen. Sie legen Geld zusammen und nützen ihren Informationsvorsprung aus. Vieles davon steht in der Zeitung. Wenn aus dem Topf Farbstilberatung gezahlt wird, dann ist das Sache der Beteiligten.«

Franco und Simone grinsten, weil sie es für einen Scherz hielten.

»Von Freysingers Nebenjob wissen die gar nichts«, setzte ich fort, »sonst ist ja auch noch nichts geschehen, es geschieht erst.«

»Von wegen Informationsvorsprung«, schaltete sich Ulrich ein, »ich habe heute mit einer Frau gesprochen, die eine Bürgerinitiative gegen die Kreuzung organisiert. Sie wird finanziell von Gönnern unterstützt, die sie nicht nennen wollte. Ein Büro in Wilten hat sie schon, ratet einmal wem das gehört?«

»Doch nicht Freysinger?«, stöhnte Simone verzweifelt.

»Nicht ganz, der Firma Trend Bauentwicklung, der Eigentümer ist ein Jagdfreund Freysingers. Sie bekommt das Büro aus Gründen der Sympathie kostenfrei.«

»Wozu denn das? Arbeitet der gegen seine Freunde?«

»Überhaupt nicht. Je länger es dauert, umso teurer wird es, und umso mehr verdient die Jagdgesellschaft daran.«

Ich konnte nun auch angesichts Simones Entsetzens meine Belustigung nicht verbergen. Die dachten an alles. Gebaut wurde auf jeden Fall, die Beschlüsse waren gefallen, die Bewilligungen erteilt. Durch die Verzögerung stiegen die Kosten der Stadt und die Gewinne der Beteiligten exponentiell.

Simone schlug noch zornig vor, die Sache der Zeitung mitzuteilen.

Der Vorschlag gefiel keinem, so ernst hatte sie es auch nicht gemeint. Wir hätten viel Zeit aufwenden müssen, um das zu erklären. So lange hörte aber niemand zu, und so genau wollte es keiner wissen. Wenn wir es geschafft hätten, wäre es wenige Tage danach vergessen.

Mir wäre sicher ein Weg eingefallen, die Journalisten dafür

zu interessieren. Ich hätte behaupten können, dass Freysinger nicht an den vom Menschen verursachten Klimawandel glaubt. So weit wollte ich aber nicht gehen.

Der Wirt erschien persönlich und begann, zu servieren. Ich nickte Simone aufmunternd zu und machte mich über mein Tris her.

*

Gegen ein Uhr Nacht war das Feuer im Kamin ausgegangen. Simone sollte heute noch einmal im Wohnzimmer schlafen, und vor dem offenen Feuer hatte sie Angst. Mir war das Risiko zu groß, Franco bei ihr in ihrer Wohnung zu lassen. Ich hatte Freysinger bloßgestellt. Auch wenn er sich nichts anmerken ließ, so konnte er heute sicher nicht gut schlafen. Er stellte selbst nichts an, aber er konnte Aufträge erteilen. Da war mir Franco drunten im Büro lieber als sonst wo.

Ich hatte noch einen Film aus der Konserve laufen lassen, ein Klassiker aus meiner Sammlung, *Leben und Sterben in L. A.*, den besten Film Friedkins mit dem jungen und agilen William L. Petersen. Hätte man Petersen damals gesagt, wie behäbig er eines Tages im Fernsehen in CSI auftreten würde, dann hätte er unverzüglich den Secret Service Agenten gegeben und einen auf der Stelle erschossen. Den Schluss hatte ich allein gesehen. Die Frauen und Inverboindie schliefen bereits friedlich.

Katja stand vom Sitzsack auf, als sie mich hörte, und wankte ins Schlafzimmer. Als auch ich mich hinlegte, schlief sie wieder.

Gegen halb neun wachte ich auf und beide waren weg. Bevor die Espressomaschine das dritte Mal kreischte, rief Agnes an.

»Kannst du dich schon bewegen?«

»Ich sitze.«

»Eugen Cordes hat angerufen, persönlich. Er fragt, ob du zu Mittag mit ihm essen willst. Ich habe zugesagt. Du triffst ihn zur selben Zeit am selben Ort, und jetzt kannst du deinen Startvorgang fortsetzen.«

An manchen Tagen startet man schwerer als sonst, und heute war so einer. Der nächste Anruf machte mich sofort hellwach. Simone war dran.

»Ich habe Massimos Hotel gefunden«, sagte sie, »und bitte, unterbrich mich nicht. Ich besorge die Unterlagen über den Deal, den ich für ihn abgeschlossen habe, du weißt schon.«

»Du glaubst doch nicht, dass ich frage, welches Hotel«, sagte ich so gelangweilt, wie es mir möglich war.

»Versuche es nicht, ich muss etwas gutmachen. Ich melde mich später.«

Meinen Fluch hörte sie nicht mehr, sie hatte aufgelegt. Ich rief Franco an. Der meldete sich sofort.

»Ja, ich habe sie verloren«, knurrte er wütend, »ich bin ihr gefolgt, als sie aus deiner Wohnung kam, man weiß ja nie. Sie ist mit dem Taxi in die Altstadt gefahren. Zu dieser Zeit konnte ich das auch, in der Früh darf man ja mit dem Auto hinein. Von dort ist sie zu Fuß in die Rathausgalerie gegangen und hat sich in ein Café gesetzt. Sie blieb einfach sitzen, und ich musste mein Auto aus der Altstadt wegfahren, sonst wäre es abgeschleppt worden. Scheiße.«

»Darauf waren wir nicht vorbereitet. Gut war es aber, dass du aufgepasst hast. Sie will in Girottis Hotelzimmer, und das ist sicher in der Nähe. Die hat wahrscheinlich nicht gemerkt, dass du ihr gefolgt bist. Vorsichtig scheint sie zu sein, ich hätte ihr das gar nicht zugetraut.«

»Diese dumme Göre«, knirschte Franco, »das nützt ja doch nichts. Wir reißen uns den Arsch auf, um sie in Sicherheit zu bringen, und sie ruiniert alles. Ich schaue mir den Hotelparkplatz an, vielleicht finde ich etwas.«

»Ich komme hin.«

»Negativ. Du bleibst am Telefon. Jemand muss koordinieren. Verstanden?«

Ich sollte koordinieren? Ich rief Ulrich an, erklärte, worum es ging, und sagte, er solle sich bereithalten. Nachdem ich solcherart koordiniert hatte, zog ich mich an und ging ins Büro.

Dort wartete ich. Simone anzurufen, kam nicht mehr infrage. Ich wusste nicht, ob sie ihr Handy lautlos gestellt hatte, und riskierte nicht, sie irgendwo zu verraten. Ulrich meldete sich eine halbe Stunde später und berichtete, dass er nun in dem Café in der Rathausgalerie saß.

Ich sandte ihm und Franco eine Beschreibung des Pitbulls und seines BMW. Franco meldete sich sofort. Er hatte die ganze Zeit über gespürt, dass da noch jemand war, knurrte er missmutig, und bedankte sich, dass ich ihn so rechtzeitig informierte. Ich antwortete, dass ich auch hinkäme.

Gegen neun Uhr kommt man in der Stadt gut voran. Nach zehn Minuten war ich in der Gilmstraße und stellte den Wagen in der Ladezone ab. Das würde mir einen Strafzettel einbringen, aber das war es wert. Als ich ausstieg, sah ich Girottis blauen SUV in die Tiefgarage fahren. Das war gerade noch ausgegangen. Er wäre sicher weitergefahren, wenn er mich gesehen hätte. Ich verständigte Franco, der ihn bereits gesehen hatte.

»Jetzt, jetzt kommt er«, berichtete Franco, »ich sehe sein Auto, er sucht einen Parkplatz.«

»Okay, ich gehe ins Hotel und lasse ihm ausrichten, dass ich da bin und wie vereinbart aufs Zimmer komme. Vielleicht hält ihn das ab, hinaufzufahren und Simone zu überraschen.«

»Und wenn er nicht hier wohnt?«

»Dann wissen wir das auch. Bleib ihm auf den Fersen.«

»Na klar.«

Das Headset behielt ich am Ohr. Das Handy ließ sich unauffällig in der Hosentasche bedienen. Ich bat Ulrich, in die Garage zu gehen und Girottis blauen Protzkübel zu beobachten, so auffällig wie möglich, und Franco, sichtbar in der Hotelhalle Position zu beziehen. Franco hatte genau das vor und war schon am Weg.

Inzwischen hatte ich die Rezeption erreicht und hinterließ die Nachricht für Girotti, dass ich ihn wie vereinbart gleich auf dem Zimmer besuchen würde. Ich ging einfach davon aus, dass er hier wohnte, es klappte.

Girotti konnte ich nur noch als Problembär behandeln und versuchen, ihn zu vergrämen. Da ich mich nun angekündigt hatte, musste er mich am Zimmer erwarten, sowie er die Rezeption erreichte. Während ich einen Platz suchte, um mich zu setzen, rief ich nun doch Simone an, die hob nicht ab. Ich informierte Katja über die Lage, setzte mich und schlug eine Zeitung auf.

Ulrich meldete sich.

»Ich sehe den BMW, ein alter 7er, so einen, bei dem du den Tank nicht voll bekommst, wenn du an der Tankstelle den Motor laufen lässt. Es ist aber niemand drin.«

»Das ist der Pitbull, das kann ja heiter werden. Wo ist Girottis Wagen?«

»Der Pitbull? Na fein. Mit dem lege ich mich nicht an. Girottis Wagen steht in der Nähe, er selbst ist eben zum Lift gegangen.«

»Bleib unten.«

Francos breite Figur schob sich durch den Eingang der Rezeption. Er lächelte strahlend, als ob er mich gesucht hätte. Ich legte die Zeitung weg und stand auf. Wir trafen uns in der Mitte, schüttelten die Hände und wandten uns zum Lift. Der kam eben an, die Tür ging auf. Girotti wollte ihn verlassen, als er uns sah. Geistesgegenwärtig langte er zum Handy, als hätte ihn jemand angerufen. Er trat zurück und drückte einen Knopf. Das rettete ihn nicht mehr. Wir erreichten den Lift, bevor die Türen sich schlossen. Es ging nach oben.

Ich rief Ulrich an und bat ihn, möglichst bei beiden Autos die Luft aus den Reifen zu lassen, seinen Parkschein zu zahlen und sich für die Ausfahrt bereitzuhalten.

»Schöner Anzug«, sagte Franco zu Girotti und nahm den Stoff der Brusttasche des Jacketts zwischen die Finger.

Ratsch, machte es, und die Brusttasche war herunten. Girotti war kreidebleich und sagte kein Wort.

»Taugt aber nichts, das Zeug«, kommentierte Franco trocken.

Ich deutete Girotti mit dem Daumen, hinter uns zu treten. Er tat es ohne Widerrede. Wir waren oben, die Tür ging auf.

Vor uns standen Simone und der Pitbull, der Pitbull dicht hinter ihr und damit zu nahe für Franco. Simone war kreidebleich, Angst stand ihr im Gesicht. Der Pitbull hatte ein hässliches Grinsen aufgesetzt, das ihm unverzüglich bröckchenweise aus demselben zu fallen begann. Das reichte nicht.

Franco hatte ihm blitzartig am Arm gefasst und zog ihn mit spielender Leichtigkeit in den Lift. Ich fasste Simone, holte sie herein und drückte den Knopf zur Garage. Es gab eine ruckartige, heftige Bewegung, der Pitbull stieß ein grässliches Röcheln aus und lehnte sich sanft an Franco.

Der Lift glitt nach unten. Ich sah Girotti an, der sagte kein Wort. Der Pitbull stöhnte leise.

»Nimm dich zusammen«, ermahnte ihn Franco sanft, »stirb wie ein Mann.«

Wir kamen unten an, die Tür glitt auf. Zu meiner Erleichterung war niemand da. Ich stellte den Fuß vor die Tür und sah mich um. Ulrich stand neben seinem Auto und winkte, dann deutete er in die Richtung, wo der Wagen des Pitbulls stand. Schwarzer 7er BMW, sagte ich zu Franco. Wir traten aus dem Lift, Simone zuerst, dann ich, Franco stützte den Pitbull und nahm die gezeigte Richtung. Ich sah Girotti an, zurückfahren war keine Option. Er drängte sich an mir vorbei.

»Gehen Sie aufs Zimmer, ich bin gleich bei Ihnen«, sagte ich ruhig, er verschwand rasch im Stiegenhaus.

Simone ging direkt auf Ulrich zu. Auf seiner Höhe fiel ihre Handtasche zu Boden, sie verschwand in Richtung der Ausfahrt. Ulrich stieg ein und entfernte sich von seinem Platz.

Franco bugsierte den Pitbull zu seinem Wagen. Der war an dem Platten vorn leicht zu erkennen. Ich wollte folgen, Franco schüttelte den Kopf. Am BMW angelangt ließ Franco den Angeschlagenen los, der lehnte sich an das Dach. Dass der Pitbull schwer getroffen war, konnte man nicht übersehen. Franco sperrte auf und half ihm auf den Sitz. Er beugte sich zu ihm und sagte etwas. Seine Schnelligkeit überraschte mich schon wieder. Der Kopf des Pitbulls flog gegen die Kopfstütze, dann sackte die Gestalt zusammen. Er lag nun im Sitz wie ein Boxer in den Seilen hing, der in der zwölften Runde kurz von dem Gong einen Niederschlag ausgefasst hatte.

Franco warf die Türe zu, ich ging, ohne mich umzusehen.

Mein Wagen hatte keinen Strafzettel bekommen. Als ich aufsperrte, setzte sich Simone zu mir. Sie war nach wie vor bleich.

»Weg hier«, flüsterte sie.

»Gleich«, sagte ich, verriegelte mit einem Knopfdruck die Türschlösser und sandte Franco eine SMS: ›Simone in Sicherheit‹.

Der meldete sich gleich am Telefon. Ich stellte es laut. Francos Stimme konnte den Hohn nicht verbergen.

»Girotti hat sich in das verglaste Café verzogen, er klebt an der Bar und glaubt, man sieht ihn nicht, wenn er die Augen zumacht. Ich sitze jetzt vor der Scheibe und genehmige mir ein Bier. Der schwindsüchtige Anzugträger liegt K. O. im Auto, Girotti wird bald einen Herzinfarkt kriegen vor lauter Stress in seinem Glaskäfig. Ich warte noch ein Weilchen, damit ihr in Sicherheit abdampfen könnt.«

»Gratuliere. Wie war das vorher?«

»Der schwindlige Haar-Gel-Typ? Er hat zu spät gemerkt, worauf er sich eingelassen hat. Ich hole ihn heran und knalle ihm eine trockene in die Leber. Ich habe ihn aber gleich gestützt, in der Kamera wird man nicht viel sehen.«

»Du hast dem Pitbull dann noch das Licht ausgeknipst?«

»Pitbull? Ohne Messer ist der eine Null, der kann höchstens Mädels erschrecken. Man sieht aber nichts an ihm. Sein Kinn stand so gut, es ging mit der Linken, kein Problem. In einer Stunde ist er ganz der Alte. Ich lege mich dann schlafen, bis später.«

Ich startete und fuhr los. Ulrich rief an. Für Girottis Wagen hatte er keine Zeit mehr gehabt, und der stand zu exponiert. Mit dem BMW war bereits geholfen. Ulrich selbst würde später bei mir vorbeischauen. Ich wusste warum, er wollte erst in Ruhe die Handtasche untersuchen. Es blieb nur die Entwarnung bei Katja durchzugeben, die atmete hörbar auf.

Simone lächelte plötzlich. Sie knöpfte die Bluse weit auf und ich stellte fest, dass ihr BH schöner war als Ritas Push-ups. Simone sah mich triumphierend an und holte einen Beutel hervor, einen der Art, die man beim Trampen verwendet. Sie sind wasserdicht, man trägt sie am Körper, um Papiere und Geld aufzubewahren.

»Schade um das gute Parfum, ich mag Gio«, sagte sie, »was anderes wird Ulrich in der Tasche nicht finden, die Papiere sind hier.«

*

Ich saß mit Simone am Schreibtisch und ging die gesicherten Unterlagen durch. Sie hatte, was sie fand, zusammengefaltet und in den Beutel gesteckt.

Der Beutel stammte aus Girottis Zimmersafe, der war mit seinem Geburtsdatum nur mangelhaft gesichert und enthielt einige tausend Euro in größeren Scheinen. Seine Bargeldreserve war Girotti damit los. Ich gab ihr den Beutel zurück, er ließ sich bequem tragen und ich sagte, dass ich nur die Papiere gesehen hätte. Der Rest interessierte mich nicht. Ich fragte erst gar nicht, ob Girotti hier auf ihre Kosten gelebt hatte, ich ging davon aus.

Ein Auszahlungsbeleg lautete auf 315.000 Euro. Die rechtmäßige Besitzerin, eine alte Dame, hatte das Geld von der Bank abgehoben und dann Girotti in bar übergeben. Auch die alte Dame war damit ihre Reserve los, denn das Geld stammte angeblich aus dem Verkauf einer schönen Wohnung im Saggen. Diese Details hatte er ihr in den letzten Tagen erzählt, um ihr wachsendes Misstrauen zu zerstreuen. Angeblich wollte er in die Finanzberatung einsteigen. Weil die Versionen jedes Mal voneinander abwichen, hatte das aber den gegenteiligen Effekt bewirkt. Sie hatte auch verstanden, dass ein alter Mensch weniger Wert auf Wertsteigerung, eher auf eine sofort beginnende Leibrente legte.

Simone bestand darauf, den Kontakt zu der Dame selbst zu suchen. Ich hatte keinen Einwand, das würde nicht gefährlich sein.

Wir gingen miteinander die Möglichkeiten durch. Simone sollte dort zu fragen beginnen, wo die verkaufte Wohnung lag, sich nach Verwandten erkundigen, und dann vom Altersheim bis zu Krankenhäusern alles abklappern, notfalls am Friedhof nachsehen. Nach Möglichkeit wollten wir sie finden, bevor sie dort lag. Es musste ihr inzwischen klar sein, dass Girotti sie um ihr Vermögen gebracht hatte und sie mittellos da stand.

Wenn wir sie fanden, sollte ein Termin in Katjas Kanzlei vereinbart werden. Auf Gespräche im Wohnzimmer und handgeschriebene Zettel legte sie sicher keinen Wert mehr.

Mit der Übergabe des Geldes an Girotti hatte Simone nichts zu tun. Als sie ihn kennenlernte, war es schon da gewesen. Ich wollte aber alles tun, um von Freysinger zurückzubekommen, was er erhalten hatte. Dieses Gespräch würde weniger höflich ablaufen als beim ersten Mal.

Für Simones Sicherheit war am besten gesorgt, wenn sie den zweiten Schreibtisch im Büro von Agnes verwendete und täglich hier arbeitete. Hier gab es Infrastruktur und wir hatten Kontakt. Ab heute schlief sie wieder in ihrer eigenen Wohnung, Franco sollte sich öfter dort umsehen und erhielt einen Schlüssel. Den Begriff *regelmäßig* verbannten wir aus ihrem Sprachgebrauch. Bis wir sicher wussten, dass Girotti weg war, durfte sie überhaupt nichts regelmäßig tun, angefangen beim Aufstehen, auf ihren Wegen in der Stadt, Arbeit hier im Büro, bis zum Nach-Hause-Kommen. Niemand sollte sich auf etwas einstellen können.

Dann war da noch der Pitbull. Wie der auf ihre Fährte gekommen war, lag nahe. Die Erklärung bot mein Besuch bei Freysinger. Dort hatte ich seine Methoden erwähnt und auch Namen genannt, was ich inzwischen nicht mehr so klug fand. Mein Versuch, ihn mit Beweisen zu beeindrucken, hatte wohl den falschen Effekt gehabt. Ich wollte seine Aufmerksamkeit auf mich lenken, stattdessen nahm er meine Umgebung ins Visier. Wenn diese Annahme zutraf, hatte der Bruder der Enikö an Bedeutung gewonnen.

Wir zogen noch Agnes ins Vertrauen, die Simone gleich unter ihre Fittiche nahm. Simone versprach mir, die Rückkehr in ihre Wohnung nicht ohne Franco zu unternehmen. Ich hatte nun den Termin in der Tiefe der Baugrube.

*

Diesmal hatte ich keinen Begleiter, der für mein Auto Babysitter spielte. Ich warf einen Blick auf die steile Rampe, die in die Tiefe führte, und fuhr los. Wenn die voll beladenen Lkw die Rampe schafften, dann auch mein Wagen. Die Staubwolke störte mich nicht.

Vor dem Container von Cordes hielt ein Lieferwagen mit der Aufschrift eines Restaurants. Ich stellte mein Auto daneben ab und trat ein.

Eugen Cordes telefonierte. Er stand am Fenster und wandte mir den Rücken zu, mit einer Handbewegung grüßte er, ohne sich unterbrechen zu lassen. Seine Stimme klang ruhig, fast ein wenig hoch, und sehr geduldig. Cordes wiederholte sich nicht, was er sagte, war gültig. Es war so gültig wie sein Entschluss, mit der Herrenmode der 70er-Jahre das Auslangen zu finden. Auch seine Frisur mochte damals progressiv gewesen sein, sie war so geblieben. Die weißen

Haare fielen in den Nacken und sahen inzwischen nicht mehr progressiv aus.

Um seinen Mund, den ich im Moment nicht sah, aber klar in Erinnerung hatte, spielte ein feiner Zug von Grausamkeit. Die Arroganz, die er mir beim letzten Mal entgegengebracht hatte, überspielte seinen Hang zum Sadismus.

Damit passten wir nicht gut zusammen. Ich war schon gespannt, wie er heute eröffnete. Inzwischen konnte ich mir aber eine Pfeife anzünden, was ich auch tat. Er protestierte nicht, es war ihm gleichgültig.

Der Kellner erschien wieder im weißen Jackett und richtete an. Es gab diesmal Steaks mit gegrilltem Gemüse. Auf meine Frage erhielt ich ein Pils dazu. Cordes hatte mich gut eingeschätzt. Das hatte er bereits beim ersten Mal bewiesen, und die abfälligen Bemerkungen entsprachen seinem Wesen. Damit beglückte er seine gesamte Umgebung.

»Ich habe Ihnen einen Spesenvorschuss überwiesen«, sagte er nach einigen Bissen, »5.000 sollten reichen, um die Sache aufs Gleis zu stellen. Wenn Sie mehr brauchen, sagen Sie es rechtzeitig.«

Ich sagte nichts und betrachtete zufrieden den Querschnitt des angeschnittenen Steaks. Es war vorzüglich gelungen, außen ein wenig knusprig, nach innen in Rosa verlaufend, eine Spur blutig im Kern. Ich hatte so viele mittelmäßig gelungene Steaks gesehen, dass ich sie längst nur mehr selbst grillte.

Cordes wollte vorankommen. Eine Absage hätte ich telefonisch erledigen können, weshalb er davon ausging, dass ich den Auftrag übernahm. Auch wenn ich unkomplizierte Auftraggeber schätzte, über Details mussten wir reden.

»Warum schicken Sie das Geld Freysingers, das Ihre Gattin genommen hat, nicht einfach an ihn zurück?«, fragte ich.

»Dann ist die Farbstilberatung vom Tisch, alle sind zufrieden.«

»Das sagen Sie einmal meiner Frau«, antwortete er spöttisch, »und woher weiß ich, dass das alles ist? Im Übrigen habe ich keine Schulden.«

Mein Messer glitt durch das Steak. Man hätte es spielend mit der Gabel zerteilen können, ohne jeden Kraftaufwand.

Die Bemerkung mit den Schulden war ein Hinweis. Vom Geld auf der Bank trennte man sich schwer, auf Schulden noch etwas draufzulegen fiel leichter. Das war der Unterschied zwischen ihm und Freysinger. Mit Metaphysik kamen wir aber nicht voran.

»Erzählen sie einmal, wie sind Sie auf Freysinger gekommen?«, fragte er. Cordes behielt die Initiative. Details schienen ihm im Moment nicht wichtig zu sein. Mir fiel der Witz ein, wo der Schauspieler zum Souffleur sagt: Keine Details, welches Stück?

Ich erzählte die Geschichte, vom Fenstersturz an bis zu der Suche nach dem verschwundenen Geld, und bis zu dem Punkt, an dem ich angelangt war. Er aß in Ruhe weiter und hörte zu, dann wiegte er nachdenklich den Kopf.

»Sie müssen die rechtmäßige Besitzerin von Girottis Einlage finden, die haben Sie nicht. Dann stellt sich die Frage, wie Sie das Geld beschaffen. Glauben Sie, dass Sie von Freysinger noch etwas zurückbekommen? Ihre Theorie mit den Trittbrettfahrern klingt logisch, aber von dem Geld ist in dem Fall nichts mehr da. Dazu kommt noch, dass Sie das alles selbst finanzieren müssen. Stirbt Ihnen die rechtmäßige Besitzern vorher weg, dann haben Sie umsonst gearbeitet.«

Er verstand die Zusammenhänge sofort und konnte sie in knappen Worten zusammenfassen. Katja besaß diese Eigenschaft auch, bei ihr zeigte sich ihre Meinung zu dem Fall in der Zurückhaltung. Dass ich eigentlich den Mörder von Helga Rofner suchte, war ihr klar.

»Ich führe zu Ende, was ich begonnen habe«, sagte ich, »ist ein Prinzip von mir.«

»Natürlich, wie geht es weiter?«

»Nun beginnt Phase zwei, die Wiederbeschaffung des verschwundenen Geldes.«

»Also nicht Plan B?«

»Plan B ist für die Hilflosen, die nicht wissen, dass jeder Kriegsplan mit dem Treffen auf den Feind endet. Man sieht dann, was man übersehen hat, und die andere Seite hat ja auch einen Plan. Es kommt darauf an, wie gut man seinen Plan umsetzt, und man kann nicht jedes Mal die Strategie ändern, wenn ein Problem auftritt.«

Cordes ließ sich nicht provozieren. »Wie gehen Sie in Phase zwei vor?«

»Wie, das wird sich zeigen, jedenfalls als Enforcer.«

»Enforcer, so wie bei der Mafia?«

»Nicht direkt, ohne Knarre und ohne Finger brechen und dergleichen.«

»Da wäre ich doch gespannt zu hören, wie das geht.«

Das durfte er.

Vor geraumer Zeit war ich Geschäftsführer einer Firma gewesen, bei der ein großer Kunde eines Tages das Geld schuldig blieb und wir klagen mussten. Vor Gericht behauptete er, unsere Firma nicht zu kennen. Wir mussten nun beweisen, dass er uns doch kannte. Damit hatte er Zeit gewonnen.

Gleich am nächsten Tag sah ich einen seiner Lastwagenzüge vor mir. Ich hielt den Fahrer an und erklärte ihm, dass sein Anhänger einen platten Reifen habe. Er sehe nichts, wandte der Fahrer ein. Ich kenne das, entgegnete ich, spätestens in einer halben Stunde stünde er irgendwo und müsste das mühsam alleine beheben. Auf unserem Betriebsgelände ließ ich den Anhänger abkuppeln und sagte dem Fahrer, dass er ihn in einer Stunde wieder holen könne.

Dann rief ich den Firmenchef an und erklärte ihm, dass einer seiner Anhänger auf unserem Gelände stand und wir natürlich tun würden, was möglich war. Allerdings konnte ich nichts versprechen. Nachdem er mir die schlimmsten Dinge angedroht hatte, legte er auf. Eine halbe Stunde später erschien er im Büro und legte das Geld vollständig auf den Tisch. Sogar als Kunde blieb er mir erhalten.

Cordes hatte amüsiert zugehört. »So etwas machen Sie seit damals öfter?«

»Immer wieder, auf die verschiedensten Arten. Einmal hat mir sogar der Gerichtsvollzieher das Geld überwiesen. Ich hatte ihm zugesetzt, weil er einen Freihandverkauf zu früh abgebrochen hatte. Das wollte er nicht auf sich sitzen lassen, er sei in seinem Bezirk der Beste, sagte er. Er fuhr noch einmal zu dem Schuldner und trieb das Geld ein.«

»Sie lassen sich also jedes Mal etwas Neues einfallen?«

»Wie es die Situation erfordert, reine Handarbeit, keine Fertigware.«

»Wird das auch bei Freysinger reichen?«

»Bei jedem ist ein schwacher Punkt zu finden.«

Die Steaks waren verzehrt, Cordes nahm einen Schluck von seinem Roten, Ich hatte nicht gefragt, was es heute war. Mit dem Montepulciano hätte ich ihn nicht so beeindruckt wie Ilse Reiter.

Er begann aber, sich um seinen Zeitplan Sorgen zu machen. Mit seinen Fragen hatte er mir die Gelegenheit verschafft, umständliche Methoden zu erklären. Diese Umständlichkeit half seiner Sache nicht voran. Cordes war einer der strategisch denkenden Menschen, die es verstanden, die Energien anderer für ihre eigenen Zwecke freizusetzen. Diese Begeisterten stellten dann alle Kräfte in seine Dienste, bis sie erledigt waren und ausgetauscht wurden. Auch ich schätzte ihn richtig ein.

In mir breitete sich ein gutes Gefühl aus. Ich bestellte beim reglos daneben stehenden Kellner ein zweites Pils. Das tat ich zu Mittag nie, aber wenn das jetzt klappte, konnte ich am Nachmittag die Entspannung genießen.

Der Kellner brachte ein neues Glas und eine Flasche. In einem guten Lokal würde das Einschenken eines Pils lange dauern, aber das gab es hierzulande nicht. Hierzulande füllte man rasch auf und legt einen Zentimeter Schaum als Dekoration darüber.

›Pils dauert zwanzig Minuten‹, hatte vor vielen Jahren warnend die Wirtin in einem Lokal am Bodensee gesagt, als wir spät abends nach stürmischer Bootsfahrt angelegt und ihre Kneipe betreten hatten. Weil wir in Straßenkleidung erschienen waren, hatte sie uns bewirtet, Gäste in Ölzeug hätte sie abgewiesen. Sie mochte keine Gummistiefel und gelbe Mäntel in ihrem Lokal. Es war neun Uhr gewesen und schon dunkel, der Wind hatte einem den Regen fast waagrecht ins Gesicht gefegt. Ich hatte in Ruhe meine Pfeife anzünden können und an die Fahrt im Sturm gedacht, die mich der Bootseigner selbst machen ließ. Eine Nachtfahrt bei steifem Wind und hohen Wellen, das war ein Vergnügen gewesen. Pils verknüpfte ich seit damals mit diesem Abend.

Ich schenkte mein Pils selbst langsam ein.

Cordes sagte nichts, ich war sicher, dass er jetzt nur rechnete. Um Freysinger war nicht schade, aber dass ich den Scharfrichter spielte und ihn für ein Honorar in den Konkurs schickte, das traute er mir sicher nicht zu. Wenn derselbe Umstand als Nebeneffekt einer sinnvollen Tätigkeit entstand, dann war das etwas anderes. Einen Anlass hatte ich ihm aufgelegt. Bei dem Umfang seines Vorhabens rechnete sich eine Investition zweifellos.

Er brauchte nicht lange.

»Gut, folgender Vorschlag«, sagte er, »ich kaufe die Forderung der alten Dame, vorausgesetzt, dass Sie sie finden, und dass Freysinger binnen 14 Tagen ausscheidet. Wie Sie das machen, ist Ihre Sache, das Geld hole ich mir im Konkurs zurück. Ihr Nachteil wird das nicht sein, das können Sie mir glauben. Einverstanden?«

Ich trank das köstliche, kalte Pils in einem Zug aus, stellte das Glas ab und stand auf.

»Einverstanden«, sagte ich, »meine Anwältin wird mit Ihrem Anwalt sprechen.«

Cordes lächelte, er notierte etwas auf einem Zettel und gab ihn mir. Ich verließ den Container.

*

Zurück auf der Oberfläche steuerte ich die Rathausgarage an. Ich wollte mich am Ort des vormittäglichen Geschehens noch einmal umsehen. Das Handy hatte ich abgeschaltet. Sobald es wieder eingeschaltet war, klingelte es. Girotti war dran. Ich stellte fest, dass er schon zweimal angerufen hatte. Er würde es noch einmal tun, denn er hatte inzwischen sicher sein Zimmer betreten und den Verlust festgestellt. Girotti ging mir nicht verloren, ich musste die neue Situation durchdenken.

Aus dem Gespräch mit Cordes ergab sich nun ein Auftrag, den Katja formulieren und abschließen konnte. Ich hatte damit ein näher liegendes Problem zu lösen. Wenn der

Auftrag ausgeführt und zu einer Zahlung an die Betrogene und zur Zahlung meines Honorars führen sollte, musste Freysinger aus dem Spiel ausscheiden, und zwar vollkommen. Wie das geschah, blieb mir überlassen.

Gegen Freysinger hatte ich bis jetzt nur einen schlechten Eindruck vorzubringen, der sicher begründet war. Um ihn aus der Bahn zu werfen, war das zu wenig, ich brauchte eine handfeste Verbindung zu einer Handlung, mit der er jemand Schaden zugefügt hatte. Freysinger wäre nicht so weit gekommen, wenn er nicht gewusst hätte, wie man Minenfelder umgeht, wie man Spuren vermeidet oder verwischt.

Leute wie der betrogene Magister Oberhuber halfen nicht weiter. Wenn die inzwischen verstorbene Helga Rofner ihren Kunden eine private Kasse betrügerisch als Investmentfonds aufgeschwatzt hatte, was konnte Freysinger dafür? Rofners Tod kam ihm jedenfalls sehr gelegen.

Girotti hatte selbst Dreck am Stecken, dem glaubte niemand.

Brauchbare Beweise für die Verstrickung Freysingers würden sich nur über interne Korrespondenz oder Kopien interner Vorgänge erbringen lassen. Dafür brauchte ich jemand von innen, das bedeutete Social Engineering. Die beste Adresse dafür war die persönliche Sekretärin Freysingers, die bot jedoch die größten Schwierigkeiten. Meistens sind das integre Persönlichkeiten, die man nicht einfach so anzapfen kann. Dennoch wollte ich genau da ansetzen. Es war der schwierigste Weg, der aber die größten Chancen bot.

Der Weg dorthin führte über Ilse Reiter. Mit der hatte ich mich gut verstanden, und die könnte bald Hilfe brauchen. Dafür sorgte der Pitbull ohne mein Zutun. Das kaputte Umfeld Freysingers, der sich ohne Not einer Angriffsfläche mit Namen Enikö ausgesetzt hatte, war mein Verbündeter. Die dralle Enikö konnte ihn zu Fall bringen.

Ich nahm Girottis nächsten Anruf an.

»Signor Girotti.«

»Signor Prokop«, antwortete er ruhig, »wir müssen reden.«

Am liebsten hätte ich ihm gesagt, dass er die Stadt verlassen sollte, und zwar vor Sonnenuntergang. Mangels brauchbarer Anhaltspunkte war mir das unguided missile Girotti aber vorerst lieber als ein leeres Spielfeld.

»Wir müssen?«

»Signor Prokop, Sie haben etwas, was mir gehört.«

»Wenn das so wäre, Signor Girotti, dann hätte ich eine gute Position und Sie eine schlechte. Worüber sollte ich dann reden?«

Nach einer kurzen Pause, in der er einen Fluch hinunterschluckte, sagte er wütend: »Ich will mein Eigentum zurück.«

»Jeder will irgendetwas. Sie haben bei mir ganz schlechte Karten.«

»Signor Prokop«, sagte er und würgte fast dabei, »ich brauche Geld.«

»Mag sein. Ich bin keine Bank, aber für eine nützliche Information kann ich etwas bezahlen. Sie wissen, was ich suche, und die Information muss substanziell sein.«

Simone hatte, wenn auch ohne Absicht, seine Bargeldreserve mitgenommen. Girotti war in einer schlechten Lage. Mit ihm vernünftig zu reden, war aber aussichtslos. Nicht umsonst hatte er in einem zentralen und teuren Hotel eingecheckt. Er hatte nicht die Absicht, die Stadt zu verlassen. Ab heute würde er es billiger gehen müssen, aber wenn er schon da blieb, konnte er auch etwas Nützliches für mich tun.

»Signor Prokop, Sie sind ein Unmensch.«

»Rufen Sie mich jederzeit an, wenn Sie etwas für mich haben.« Ich trennte die Verbindung. Er verstand nichts, er tat sich nur selbst leid. Leute seines Schlages hatte ich zur Genüge kennengelernt. Von mir hatte er nichts zu erwarten. Ich stellte mein Auto in die Kurzparkzone und ging hinunter in die Garage.

Girottis SUV war weg, beim BMW weiter hinten machte sich ein Mann zu schaffen. Er trug einen Overall und füllte Luft in den Reifen. Das machte er mit einer der mobilen Druckluftbehälter, wie man sie an den Tankstellen findet. Es reichte nicht. Ein Behälter stand daneben, der war offensichtlich bereits leer. Der Mann stand auf, ich gesellte mich dazu.

»Zu wenig Luft?«, fragte ich mitfühlend.

»Verdammter Mist, ich wusste nicht, dass es zwei Reifen sind«, fluchte der Overall.

»Zwei Behälter sind auch für einen Reifen zu wenig, da musst du noch öfter kommen.«

»Habe ich gleich gesagt«, murrte er.

Ich schüttelte verständnislos den Kopf und fragte: »Wie ist denn das passiert?«

»Jemand hat ihm die Luft ausgelassen.«

»Nicht zu fassen«, sagte ich, »man ist wohl nirgends mehr sicher.«

Ein wenig Entspannung wollte ich mir zu Mittag gönnen. Ich ging hinauf, die Passage weiter in Richtung Altstadt und überlegte. Freiwillig würden wir wohl keinen der ungebetenen Mitspieler loswerden. Sogar wenn ich die Macht hätte, sie fortzuschicken, irgendwann trifft man wieder aufeinander. Meistens spielt sich alles im selben Kreis ab.

Ich ging an der Dogana vorbei zum Park am Inn, durch

dessen alte Buchen am Nachmittag so schönes Licht fiel. Das hohe Gras, das zu dem Bild gehörte, gab es in der fortgeschrittenen Jahreszeit nicht mehr. Jedes Mal, wenn ich an diesem Park vorbeikam, dachte ich, dass ich hier fotografieren musste. Dann hatte ich nie die Kamera mit, wie jetzt. Von der Stadtregierung schien niemand den Park zu bemerken oder sie telefonierten dabei. Wenn ihnen die mächtigen Bäume aufgefallen wären, dann wäre anderntags das Gartenamt ausgerückt, um sie abzuschneiden und durch junge Kümmerlinge zu ersetzen.

Nachdem ich eine Runde durch den Park spaziert war, das Licht beobachtet hatte und sicher sein konnte, dass mir niemand folgte, ging ich durch den Franziskanerbogen zur Maria-Theresien-Straße und weiter zu Ilse Reiters Copy Shop. Am Marktgraben hatte ich noch eine sehr gute Flasche Chianti besorgt, oberhalb des Montepulciano angesiedelt.

Im Copy Shop hing das Schild ›Komme gleich‹. Ilse Reiter fand ich im Café. Sie betrachtete die Tüte, die ich in der Hand hielt, mit einem breiten Lächeln und brach mit mir auf.

VIII

Ich begleitete Ilse Reiter in die Rumpelkammer, weil ich das Glas sehen wollte, das sie mir zudachte. Die Vorsicht war überflüssig, denn sie wusch beide Gläser hinreichend aus. Klar glänzten sie danach noch immer nicht, aber sie ließen sich verwenden. Ich folgte ihr zurück, betrachtete ihre Beine in den Stiefeletten und ging auf ihre spöttische Frage ein, ob ich heute keine Ausdrucke brauchte. Natürlich brauchte ich welche und ließ ein Bild ausdrucken, auf dem Rita einen Schuh an- oder auszog. Was es genau war, wusste ich nicht mehr, diese Geste wurde von Frauen ja gern angewendet.

»Ist das eine schöne Frau«, sagte Reiter und legte die Ausdrucke vor mir auf den Tisch.

»Meine Nachbarin«, erklärte ich und überspielte mein schlechtes Gewissen.

Ilse Reiter hatte die Eigenschaft, die Schönheit einer anderen Frau rückhaltlos anzuerkennen, obwohl von ihrer eigenen Schönheit noch ein wenig übrig war. Sie beschämte mich, und mit der Flasche Chianti tat ich ihr dahingehend keinen Dienst. Mich tröstete, dass sie damit etwas Besseres bekam, als sie sonst trinken würde. Wir stießen an, ich nahm nur einen kleinen Schluck.

»Da sind wir also wieder«, sagte sie und stellte das Glas ab, »und der Wein ist noch besser als beim letzten Mal.«

»Mehr als die beiden Sorten kenne ich sowieso nicht«, gab ich zu, »obwohl französische Namen sehr imposant klingen, etwa Châteauneuf du Pape dix-huit-cents quatre-vingt-quatorze.«

»Der Jahrgang würde Ihnen nicht mehr schmecken, der muss schon reines Pulver sein.«

»Keine Ahnung, ich habe es nur einmal irgendwo gehört. Welches Jahr ist das?«

»Das ist 1894.«

»Oh.«

Sie füllte ihr Glas nach, ich wehrte ab, dann hob sie es und sagte: »Ilse.«

»Paul«, sagte ich und stieß an.

Sie sah mich nachdenklich an. »Ich könnte mich mit dir gut unterhalten, aber deshalb bist du nicht gekommen.«

»Nein, bin ich nicht. Hektik muss deshalb aber auch nicht ausbrechen.«

Ilse schob das Glas ein Stück weg, holte den Aschenbecher hinter dem Kalender hervor und zündete eine Zigarette an. Das Rauchverbotsschild half nicht gegen die dicke Luft. Ich holte die Pfeife hervor und schloss mich an. Mit Ilse konnte ich mich unterhalten wie mit einem Freund, rauchen, trinken, reden. Das fiel mir leicht, denn ankommen wollte ich hier herinnen nirgends.

Ihre großzügig aufgeknöpfte Bluse, die Falte zwischen den noch immer vollen Brüsten führte mich nur zur Frage, wie Ilse vor zehn Jahren ausgesehen haben musste, bevor sie den Rosé zu ihrem ständigen Begleiter erwählt hatte. Ich stellte mir vor, wie sie damals einen langen Gang zu mir herunterkam, sich an den Tisch setzte und ein wenig nach vorn beugte. Der Anblick ihrer Beine beim Herankommen, in eleganten Schuhen statt der ausgelaufenen Stiefeletten, die prachtvolle Auslage und ihr Lächeln mussten eine beeindruckende Präsenz ergeben haben. Die meisten männlichen Besucher hätte sie damit gewonnen. Doch davon war nicht mehr viel übrig, aber etwas von meiner Rekonstruktion hatte sie gespürt.

»Es war kein Fonds, was Helga Rofner verkauft hat«, begann ich, »Freysinger und Rofner haben es nur so dargestellt. Es war Betrug, von Anfang bis zum Ende, nichts weiter.«

»Kein Fonds? Betrug? Das gibt es doch nicht.«

»Leider schon. Die beiden haben sich eine fremde Sache zunutze gemacht, die für etwas anderes gedacht ist, und eigentlich alle betrogen. Freysinger ist nicht mehr im betreffenden Aufsichtsrat und hat praktisch alle Spuren verwischt. Helgas Tod war jedenfalls kein Schaden für ihn, im Gegenteil.«

Ilse nahm einen langen Schluck. »Ich kann mir nicht vorstellen, dass er sie umgebracht hat«, sagte sie dann.

»Dass es ihm nützt, erkennt man aber mit freiem Auge.«

»Ja, es nützt ihm, und ich habe vergessen, zu Hause nachzusehen. Ich habe nicht geglaubt, dass du wiederkommst.«

»Ich will dem Kerl das Handwerk legen und zwar gründlich. Wenn ich ihn aus dem Verkehr ziehen kann, dann wird sich Enikö neue Jagdgründe suchen müssen und ihren Stecher mitnehmen. Das ist auch für dich kein Nachteil.«

»Er wird sie von dem Fall abziehen, etwas anderes ist es für ihn nicht, wenn es nichts mehr zu holen gibt. Ich wüsste aber nicht, wie das gemacht werden könnte. Das musst du mir auch nicht schmackhaft machen, ich helfe dir sowieso.«

»Ich will es dir aber schmackhaft machen, aus zwei Gründen.«

»Also gut, warum?«

Ich erklärte ihr, dass sie von allen als Zwischenstation verwendeten Personen die Einzige war, über die zwei Einzahlungen gelaufen waren. Damit war sie auch die Einzige, bei der man annehmen konnte, dass sie eingeweiht und nicht lediglich ohne eigenes Wissen missbraucht worden war.

Für die Behörden kam sie zumindest als Auskunftsperson infrage, daher war sie für Freysinger ein Sicherheitsrisiko.

Nach meinem Besuch bei Freysinger, das behielt ich allerdings für mich, war er sicher die Liste der Relaisstationen durchgegangen und hatte seine Schlüsse gezogen. Nach dem Fehlschlag von heute Vormittag, das behielt ich auch für mich, hielten sie zweifellos Ausschau nach einem größeren Hammer.

Ilse hatte verstanden. Es war nicht gut, für einen Verbrecher als Sicherheitsrisiko zu gelten. Sie wollte nun den zweiten Grund hören, aber ich wollte vorher etwas über den Pitbull erfahren. Sie wusste etwas, Helga Rofner hatte ihr einiges erzählt.

Anfangs hatte es Helga nicht wahrhaben wollen, dass Freysinger sie abserviert hatte. Vor dem Sommer war die Kriegskasse gefüllt worden, die Besitzer diskutierten die ins Auge gefassten Anschaffungen. Das verstand Ilse aber erst jetzt, Helga Rofner hatte geglaubt, dass der Fonds nun zu investieren begann. Dass man sie jetzt hinauswarf, kränkte sie tief.

Zur gleichen Zeit erschien Enikö auf der Bühne und Freysinger begann, sich lächerlich zu machen. Der Pitbull war oft dabei, und gelegentlich trug Enikö eine große Sonnenbrille oder auch bei großer Hitze lange Ärmel. Der Grund war dann eine Verletzung durch einen Tennisball oder etwas in der Art. Er hielt sie also mit Prügel auf der Linie.

Ich war sicher, dass sie ihrem Begleiter keine Träne nachgeweint hätte, wenn er ihr abhandengekommen wäre, aber das Problem musste sie allein lösen. Es wäre auch nutzlos, Freysingers Geld wäre sie rasch losgeworden und hätte bald den nächsten Freund derselben Art.

Zu meiner Überraschung erfuhr ich jetzt, dass Freysingers

Sekretärin die dritte aus dem Bunde war, denn Ilse, Helga und Maggie, die Sekretärin, hatten in derselben Versicherung gearbeitet. Sie hieß Margret, in der Kurzform Maggie. Die Einzige, die es nach dem Kahlschlag in der Versicherung wirklich geschafft hatte Fuß zu fassen, war Maggie.

Die Freundschaft von Helga und Maggie hatte durch die Sache mit Alpine Securities gelitten, war jedoch nicht zerbrochen. Als Freysinger Helga gegen die Enikö austauschte, schlug sich Maggie auf ihre Seite. Das war auch der Grund für die Mails, die Maggie an Helga weitergeleitet hatte und die dann auch Ilse zu sehen bekam. Maggie musste sich inzwischen in einem beträchtlichen Zwiespalt befinden. Helga Rofners Tod musste auch ihr nahe gehen.

Ich sah jedenfalls den Spalt und meine Chance. Das musste ich sehr behutsam angehen.

»Dann sind wir ja mittendrin«, sagte ich, »der erste Grund mir zu helfen, ist, dass du über kurz oder lang in ihr Fadenkreuz kommst. Die können sich keine losen Enden leisten. Freysinger hat sich ohne Not exponiert, das verzeihen ihm seine Kollegen nicht. Die brauchen Diskretion und werden ihm zusetzen.«

»Ich verstehe, kann es noch schlimmer kommen? Gibt es wirklich noch einen Grund?«

»Leider. Auch jemand von außen wurde hineingezogen und ist nun auf Freysinger sauer. Diese Person ist mächtig und nicht zimperlich. Das bleibt nicht ohne Folgen.«

Den Namen Cordes behielt ich für mich, Ilse konnte damit nichts anfangen und manchmal war mir doch an Diskretion gelegen. Ich schenkte uns beiden nach.

»Die Lage ist aber nicht aussichtslos, im Gegenteil«, setzte ich fort, »wenn ich Freysinger rechtzeitig neutralisieren kann, wird Enikö mit ihrem Typen weiterziehen. Alpine

Securities wird unauffällig filetiert, wenn sie wie vorgesehen leer geräumt ist und du kannst wieder ruhig schlafen.«

Ilse zündete eine neue Zigarette an, die alte glomm im Aschenbecher. Ich nahm die Chianti-Flasche und behielt sie in der Hand.

»Was meinst du mit neutralisieren?«, fragte sie.

»Eigentlich meine ich finalisieren. Ich muss ihn aus dem Rennen werfen, und zwar vollständig. Am Rand der Pleite steht er sowieso, aber man weiß nie, wie lange so einer durchhält. So oder so steht er hinter dem Tod von Helga, ich weiß nur noch nicht wie. Das wird sich zeigen.«

»Glaubst du wirklich, dass die mir etwas antun wollen?«

»Ich will mir das gar nicht vorstellen. Wenn sie es aber schon einmal getan haben, warum sollten sie es nicht ein zweites Mal tun? Es kommt darauf an, wie sich die Sache entwickelt. Worauf sollen wir warten? Wenn wir schneller sind, behalten wir die Initiative.«

Ilse schüttelte sich, ich schenkte jetzt nach.

»Wofür brauchst du mich? Wofür ist der Chianti?«

»Er kann dein Leben retten und bringt mich voran. Er hilft uns beiden. Aber ich brauche dich, das ist richtig.«

»Verdienst du etwas daran, wenn das klappt?«

»Dann verdiene ich gut daran, deshalb tue ich es.«

Der Inhalt der Flasche neigte sich dem Ende zu. Ilse nahm einen tiefen Schluck und stellte das Glas hart auf den Tisch. »Du bist wenigstens ehrlich. Was soll ich tun?«

»Jetzt wird es schwierig, aber es gibt nur diesen Weg.«

»Du hast dir alles genau überlegt, wie? Auch den Jahrgang da?«

»Der Jahrgang ist Zufall. Ich brauche Maggie. Sie sitzt dort, wo die Fäden zusammenlaufen. Ich brauche die und keine andere.«

»Maggie? Spinnst du?«

»Maggie, und niemand sonst. Ich muss ins Herz der Finsternis, und da sitzt Maggie.«

Ilse sah mich mit einer Mischung aus Staunen und Abscheu an und stand auf. Mit dieser Abwehrreaktion hatte ich gerechnet, nur nicht so früh. Ich hatte geglaubt, mich anschleichen zu müssen, dabei waren sie Freundinnen.

»Das tut sie nie«, sagte sie und schüttelte heftig den Kopf.

»Unter normalen Umständen ist das aussichtslos«, stimmte ich zu und blieb sitzen, »ihr drei wart Freundinnen, und eine ist jetzt tot. Die zweite wird bald in Gefahr sein. Dann kam Enikö, und das kann sie nicht verzeihen. Niemals.«

Ilse sah mich an, ich wartete. Von dem ursprünglichen Kreis der drei Freundinnen war sie die Sanfte, die sich in den Rosé geflüchtet hatte, um zu überleben. Zu nahe an der Realität, das war nicht der Platz, an dem sie gedieh. Maggie würde sie nicht im Stich lassen. Ich kam darauf zurück.

»Wir waren bei Maggie«, erinnerte ich.

Ilse schüttelte den Kopf.

»Bei Maggie. Sie hat gesehen, wohin es führt. Sie kann nicht länger neutral bleiben, sie muss Stellung beziehen. Ich glaube auch, dass sie so weit ist.« Ich legte meine Karte auf den Tisch und stand auf. »Ruf mich an, falls etwas passiert. Und rede mit Maggie, gleich morgen, besser noch heute. Ich möchte, dass wir uns gemeinsam treffen.« An der Türe blieb ich noch einmal stehen.

»Es könnte sich ausgehen«, sagte Ilse, »Freysinger ist ein paar Tage weg, er fährt zu einem Kongress, glaube ich. Ich rede mit Maggie.«

»Ausgezeichnet. Dann ist der Pitbull auch beschäftigt, da kann er ungestört auf der Mutter arbeiten.«

»Was?«, prustete sie.

»Auf der Mutter arbeiten, ein Ausdruck aus der Rocker-Szene. Der Bursche hat sicher schon Schwielen an den Händen.«

Ich öffnete die Tür.

»Du hörst von mir«, sagte sie.

*

Ich saß mit Katja vor dem Achtzylinder mit der aufgeklappten Motorhaube. Er war mit glitzernden Trinkgläsern aller Art umgeben. Oberhalb des Achtzylinders zeigte ein digitaler Thermometer 11 Grad Außentemperatur, 2 Grad im Kühlschrank. Die Bar im Oilers war voll, im neuen Hangar dahinter hatte die Band eben eine Pause eingelegt.

Die Lautstärke hätte noch etwas geringer sein können, aber da ließ sich nichts machen. Deswegen verstand ich auch nicht, was Andrea, die Kellnerin, und Katja witzelten. Andrea tippte die Bestellung ein und verschwand in der Menge.

»Was hat sie jetzt wieder gesagt?«, fragte ich Katja.

»Du liest ewig in der Speisekarte und bestellst dann doch dasselbe.«

Ich berichtete Katja vom Gespräch mit Cordes in der Baugrube und dem Auftrag, den sie nun mit seinem Anwalt ausverhandeln und abschließen konnte. Was immer sie mit ihm vereinbarte, sollte mir recht sein. Dafür gab ich ihr den Zettel, den ich von Cordes erhalten hatte.

Katja bezweifelte, dass Simone die Richtige war, einerseits, um die alte Dame zu finden, andererseits, um dann mit ihr zu reden. Sie bezweifelte auch, dass sie der Situation überhaupt gewachsen war.

Ich wusste längst, dass sie nicht zu uns passte und schüttelte unwillkürlich den Kopf. Die Art, einen von oben herab zu behandeln, wie damals, als ich sie kennengelernt hatte, entsprach sicher ihrer Grundausrichtung. Gegenüber Girotti hatte sie sich völlig untergeordnet, nach außen hin aber souverän gegeben. Die Dankbarkeit nach der Befreiung war dem Augenblick geschuldet, und heute hatten wir durch eine unbedachte Handlung von ihr einen schönen Vorteil realisiert. Das hätte aber leicht schiefgehen können. Sich dauerhaft auf das Glück zu verlassen, war keine brauchbare Option, schon beim nächsten Mal würde es wahrscheinlich wirklich schiefgehen. Wir konnten auch nicht ständig bereitstehen, um ihr zu Hilfe zu eilen.

Simone wusste auch nichts von dem Glück, das der Betrogenen widerfahren konnte, falls wir Erfolg hatten und die Sache zu einem guten Ende brachten. Das, fand ich jetzt, war unser Glück.

Katja verlangte, Simone abzuziehen. Falls wir die alte Dame ausfindig machten, die von Girotti betrogen worden war, mussten wir nämlich erst einmal Gelegenheit finden, ungestört mit ihr zu reden und ihr Vertrauen zu gewinnen. Schon das würde nicht einfach werden. Dann musste man sehen, wer ihr Geld nun haben wollte, denn es waren sicher Kosten aufgelaufen. Ich wollte jedenfalls kein Geld beschaffen, das erst wieder jemand anderer kassierte.

Der andere Stein des Anstoßes war Ulrich. Dass Katja ihn nicht mochte, wusste ich. Ich wandte gegen ihre klaren Argumente nichts ein. Eines seiner Zufallsergebnisse war Cordes, mit dessen Anwalt sie nun abschließen konnte. Auf den Zufall würde ich weiterhin nicht verzichten können, weil sich die Dinge nie so schlüssig entwickeln, wie sie sollen. Das Team zu straffen, konnte aber nicht schaden.

Inzwischen waren unsere Shrimps da und die Band nahm

wieder Aufstellung. Ich sagte Katja zu, Simone abzuziehen, dann legte die Musik los und wir beschränkten uns aufs Essen.

Am Heimweg wollte Katja keine Musik mehr hören. Die Band war gut gewesen, aber laut, und es gab einen weiteren Aspekt an der Sache, über den zu reden war.

Meine Suche nach einem Mörder, für dessen Existenz es nach wie vor nur Vermutungen gab, jedoch keinen einzigen Beweis, hatte unerwartet zu einer kaufmännisch interessanten Perspektive geführt. Diese Perspektive musste geschützt werden. Wenn jetzt noch etwas danebenging, war es doppelt ärgerlich. Ich kannte Katja nicht als Zuschauerin, sie zögerte nie, Hand anzulegen. So ein Moment war wiedergekommen.

Die alte Dame, deren Name mir nun nicht einfiel, kam möglicherweise unerwartet wieder zu ihrem Geld. Damit wurde sie ebenso unerwartet für viele in ihrer Umgebung interessant, denn Geschick und Menschenkenntnis hatte sie im Umgang mit Geld nicht bewiesen.

Ulrich durfte auch nichts davon erfahren. Allein meine Prämie würde ihn nerven, und er würde alles versuchen, um an das Geld der Betrogenen heranzukommen.

Freysinger konnte vorzeitig ausscheiden. An Gläubigern, die zur Unzeit einen Konkursantrag stellen konnten, mangelte es nicht. Das war ein Risiko.

An ihr würde es nicht liegen, sagte Katja. Den Vertrag hätte sie in den nächsten Tagen unter Dach und Fach. Dass mir der Name der alten Dame nicht einfiel, machte nichts, ich hatte Simone ja der Obhut von Agnes übergeben und die legte zuallererst eine Akte an, wie es nicht nur bei uns üblich war. Da stand alles drin, in der Papier-Akte wie im Computer.

Zu Hause setzte ich mich an den Computer, um die Mails

anzusehen, während Katja im Bad war. Die Schritte ihrer Holzpantoffeln wanderten vom Bad zum Sofa. Ich drehte mich um und sah, wie sie Inverboindie streichelte. Für die kurze Strecke hatte sie ihre Holzpantoffel angezogen, aber nur die. Sie sah gut aus.

Ich schichtete im Kamin Spanholz auf und legte drei Scheiter drüber, dann zündete ich an und schenkte in zwei Gläser Dalwhinnie ein.

»Hast du in der Akte nachgesehen?«, wollte sie wissen, nachdem wir angestoßen hatten.

»Das ist morgen auch noch wahr.«

»Schau nach.«

Ich schaute nach, und wie ich befürchtet hatte, war da nichts. Es gab keine Akte dazu, nichts. »Ich habe nachgeschaut«, sagte ich und fuhr den Computer herunter.

»Ja, dann«, sie ließ Inverboindie los, der sich auf den Rücken drehte, kraulte ihn noch einmal und kam zu mir.

Ich schaltete das Licht aus, das Feuer flackerte bereits.

*

Es hatte geklungen wie mein Handy. Gleich darauf kam es noch einmal, es war tatsächlich mein Handy. Ich war kurz eingenickt. Katja schlief friedlich neben mir, das Display des Handys leuchtete. Ich stand auf und ging hin.

»Mist«, sagte ich unwillkürlich laut, »zwei Stunden alt, und die hier vier Stunden.«

»Nachrichten von Simone?«, fragte Katja plötzlich hellwach.

»Natürlich.«

Ich rief die erste Nachricht auf und las laut vor: ›bin mit einer freundin im hofgarten, gute nacht‹.

Die erste SMS war gegen neun Uhr am Abend abgesendet worden, die zweite gegen elf Uhr in der Nacht und kurz: ›hilfe‹, lautete sie.

Es passierte nicht zum ersten Mal, dass ich Nachrichten verspätet erhielt, aber das war folgenschwer. Wir zogen uns rasch an und brachen auf. Katja verständigte Franco und auch Ulrich. Auf der Fahrt zum Landestheater telefonierte Katja andauernd. Wir kamen durch die leeren Straßen rasch voran und erreichten den Platz nach zehn Minuten.

Ich hielt an der Stelle mit dem Glaswürfel, der das Restaurant beherbergte. Der Platz war so leer, wie ihn die späte – oder frühe – Stunde erwarten ließ. Vorbote des Unheils war der geparkte Streifenwagen. Ein Polizist hörte sich an, was ich zu sagen hatte, und beschied uns zu warten.

Wir taten wie befohlen eine halbe Stunde lang und redeten wenig. Nach einer Weile fuhr Ulrich vorbei, ohne von uns Notiz zu nehmen. Endlich erschien ein Kriminalbeamter. Er sah den Streifenbeamten an, der wies zu uns. Ich sagte dem Kriminalisten, dass wir einen Hilferuf unserer Bekannten Simone Morawetz erhalten hatten und deshalb hier seien.

»Ich habe die unangenehme Nachricht, dass Frau Morawetz tot ist«, sagte er. »Wie haben Sie den Hilferuf erhalten?«

Ich zeigte ihm die beiden Nachrichten auf dem Handy. Er las jede so gründlich, als wäre sie sein Pensionsbescheid.

»Warum schreibt sie Ihnen, dass sie sich mit einer Freundin trifft?«, fragte er. »Sagt sie Ihnen alles, was sie gerade vorhat?«

Katja übernahm die Erklärung. Sie stellte sich als meine Freundin und Rechtsanwältin vor und beschrieb kurz, dass ich für Simone und einen gewissen Massimo Girotti, Simones früheren Partner, eine missglückte Finanzinvestition untersuchte. Herr Girotti sei sehr eifersüchtig, weshalb wir

Simone unterstützt hatten, von ihm los zu kommen. An einen Mord hätte aber keiner gedacht, und wir beide trauten Girotti das auch nicht zu.

Der Polizist schüttelte den Kopf. An einen Eifersuchtsmord dachte er offensichtlich ebenso wenig.

»Die Nachrichten sind verspätet gekommen«, setzte er fort, »was Sie aber nicht hinderte, unverzüglich aufzubrechen, mitten in der Nacht, und die Polizei zu informieren. Sie haben den Hilferuf als schwerwiegend eingeschätzt, warum?«

»Die Polizei habe ich gerufen«, sagte Katja, »auf dem Weg hierher. Wir hätten das auch um elf Uhr getan, wenn die Nachricht früher gekommen wäre.«

Ich zuckte die Achseln und sagte nichts. Mich beschäftigte etwas anderes. Katja erfuhr inzwischen, dass Simone noch einen Notruf zur Polizei absetzen hatte können, die Hilfe war allerdings zu spät eingetroffen.

»Es besteht kein Zweifel, dass es Frau Morawetz ist?«, fragte ich den Polizisten. »Ist sie eindeutig identifiziert, mit einem Ausweis oder so? Keine Verwechslung möglich? Ich will es einfach nicht glauben, es gab doch keinen Grund, sie umzubringen.«

Der Beamte sah mich wieder nachdenklich an. »Nach dem Foto im Führerscheinakt ist sie es. Genau wissen wir das morgen, da wird sich aber nichts mehr ändern. Sonst noch etwas?«

Ich ging nicht auf sein Abtasten ein und überlegte, ob ich fragen sollte. Ich musste es wissen. »Wie ist es passiert? Was war die Todesursache?«

»Ein Messerstich.«

»Ein Stich«, wiederholte ich mechanisch nach einer Sekunde und betonte das *ein*.

Katja hängte sich bei mir ein und drückte den Arm fest. Mach ihn nicht neugierig, hieß das. Der Beamte wirkte nicht weniger nachdenklich.

»Nur ein Stich in den Hals, sie war sofort tot, wollten Sie das wissen?«

»Wo ist es passiert?«

»In der Nähe des östlichen Tors. Reicht das?«

»Das reicht«, sagte ich.

Es reichte tatsächlich, Eifersucht und Girotti schieden damit aus. Die Messerattacken endeten meistens in einem Gemetzel, das ich immer als besonders abstoßend empfand. Meine Erklärung dafür war, dass man selten gleich ernsthaft traf, und deshalb so lange zustach, bis die Augen brachen und man den Blick des Opfers nicht mehr ertragen musste. Darum ging es hier nicht, die Tötung war gezielt erfolgt, mit kalter Berechnung. Das erfordert Technik und deren Beherrschung. Mit einem Stich von rechts unten nach links oben lassen sich Halsschlagader und Luftröhre zugleich durchtrennen und das Opfer augenblicklich und lautlos sterben. So oder ähnlich, jedenfalls mit präzisem Ablauf, musste es sich abgespielt haben.

Affekt schied aus sowie alle anderen für mich bis auf den Pitbull. Über den wusste ich noch immer nichts, nur, wie er auf Francos Pranke reagierte. Das musste sich schleunigst ändern.

Der Polizist war mit den Visitenkarten zufrieden, nachdem er unsere Ausweise gesehen hatte. Wir verließen den Ort.

»Das Tor war zu dieser Zeit schon geschlossen, das musste sie übersehen haben«, nahm ich laut einen Gedanken auf.

»Du konntest nicht aufhören zu fragen«, stellte Katja fest, die ihre eigenen Gedanken verfolgte, »du hast ihn neugierig gemacht und die andere Hälfte nicht erzählt.«

»Auch er hat mir nicht einmal die Hälfte erzählt.«

»Warum sollte er?«

»Ja, warum. Eigenartig ist es doch, warum läuft sie in den dunklen Teil?«

»Vielleicht hatte sie keine Wahl.«

»Okay, aber warum war der Polizist so schnell zufrieden?«

»Vielleicht weiß er mehr als du. Dann hat er keinen Grund zu fragen.«

Ich sagte nichts und überlegte. Katja interessierte sich nicht für die Umstände, nur dafür, was sich daraus ergab.

»Du musstest es wissen, oder?«

»Ob Simone etwas bei sich hatte? Natürlich. Wenn die das Foto aus dem Führerscheinakt brauchten, um sie zu identifizieren, dann hatte Simone nichts bei sich gehabt. Dann weiß die Polizei nicht, was der Mörder wirklich wollte.«

»Dann ist es kein gutes Zeichen, wenn er zufrieden wirkte, nicht wahr?«, stellte Katja ungerührt fest.

Ich schüttelte den Kopf, es war kein gutes Zeichen. Der Mord hatte einen Grund. Ein einzelner Messerstich in den Hals mit Todesfolge konnte Zufall sein, eher aber das Werk eines Profis. Was rechtfertigte diese Hinrichtung?

Die Polizei wusste gar nichts, davon war ich überzeugt, nicht nach zwei Stunden. Sie brauchten mir nur zuzusehen, was ich weiter unternahm, dann erfuhren sie mehr, und das ohne Anstrengung.

»Du meinst den Beutel aus Girottis Hotelsafe?«, fragte Katja. »Den hatte Simone offensichtlich nicht dabei.«

»Genau den meine ich. Nur, was ist daran so wichtig? Außer Girotti kann der niemand gefährden, und Girotti war es nicht, denken wir, oder?«

Ich fuhr langsam die Karl-Kapferer-Straße hinunter.

Hinter dem geschlossenen Tor zum Park war Licht. Katja schwieg beharrlich.

»Was denkst du gerade?«, fragte ich. »Bin ich mitschuldig?«

»Du hast sie immerhin schön eingespannt.«

»Integriert, würde ich sagen. Ihre Probleme hatte sie schon im Gepäck, als ich sie kennenlernte.«

An der Kreuzung musste ich halten, ein Auto fuhr dicht auf. Franco saß drin. Er bedeutete mir weiterzufahren. Von Ulrich kam eine SMS, er hätte nur Polizei gesehen und von Franco erfahren, was passiert war. Franco hatte die gesamte Hardware gesehen, die am Tatort aufgebaut wurde. Ulrich fuhr nach Hause, für den Fall, dass jemand statt der Anrufe etwas Gröberes versuchte. Das verstanden wir.

Vor meinem Haus fand ich einen Parkplatz, Franco stellte sein Auto vor den Rapoldipark. Katja wollte noch ein wenig an der frischen Luft bleiben, die nun ziemlich frisch war.

Wir gingen gemeinsam in den Park, zu der Bank, die vor der Brücke ein wenig abseits vom Weg stand. Im dunklen Wasser trieben einige Enten, den Kopf in das Gefieder gesteckt, und schliefen. Sie ließen sich nicht stören.

Das Gebüsch ringsum rauschte im Wind, am Himmel zeigten sich einige Wolken, sonst war es dunkel und still. Katja schnorrte eine Zigarette von Franco. Ich hatte ihn nie rauchen sehen, heute hatte er was dabei.

Ich berichtete Franco, was wir erfahren hatten. Um sein Gesicht zu sehen, war es zu dunkel, er knirschte mit den Zähnen. Er selbst war vorbeigefahren, als er die Polizei erblickt hatte und hatte sich auf die Suche nach ihrem Auto gemacht. Das fand er in der Kapferer-Straße. Für viele war das der Platz, an dem sie die Gebühren der Garage sparen konnten, denn in der Universitätsstraße am oberen Ende des Parks war nie Platz. Das Tor an der Kapferer-Straße könnte noch offen gewesen sein, als sie in den Hofgarten gegangen war. Jedenfalls hatte er eine Scheibe eingedrückt und das Auto untersucht. Im Wagen war nichts.

Katja klopfte Franco anerkennend auf die Schulter und sah mich an. Ihre Augen funkelten im schwachen Licht.

*

Agnes staunte, weil ich gleichzeitig mit ihr im Büro erschien. Ich berichtete ihr von den Ereignissen der Nacht und begann anschließend, die Akte mit dem Fall Henriette Kuppelwieser aus dem Gedächtnis zu rekonstruieren. Glücklicherweise war mir der Name beim Frühstück wieder eingefallen, denn die Akte war tatsächlich nicht angelegt worden.

Dann stopfte ich eine Pfeife und kostete den Amontillado. Es war lange gut gegangen, sich mit mächtigen Feinden anzulegen. Wir waren ihnen immer näher gekommen und wussten inzwischen einiges über sie. Mit Näherkommen allein war aber nichts getan. Dass wir uns nicht sicher fühlen sollten, hatten sie gestern gezeigt. Ich fragte mich, ob das die eigentliche Botschaft war, oder zumindest ein Teil davon.

Auch Simone konnte sich mit ihren Nachforschungen exponiert haben. Sie und Girotti hatten als Einzige der Betrogenen Gegenmaßnahmen ergriffen. Vielleicht wollte jemand, dass das aufhörte. Auf jeden Fall war Simones Tod eine Überreaktion, jemand verlor die Nerven. Der Pitbull hatte keinen Grund, Simone umzubringen, nur sein Finanzier Freysinger kam in Betracht. Nach meiner Arbeitshypothese hatte er den Befehl dazu gegeben. Da gab es nur eines, was zu tun war: den Druck auf ihn zu erhöhen.

Ich rief Ulrich an. Wir tauschten uns kurz über die Nacht aus, dann kam ich zur Sache.

»Wir müssen uns auf das Finale vorbereiten.«

»Optimist.«

»Klar. Es könnte sein, dass wir Freysinger vorzeitig vom Spielfeld schicken müssen.«

»Was hast du vor? Strategiewechsel mittendrin?«

»Negativ, alles läuft weiter wie besprochen. Ich will nur sichergehen, dass wir ihn loswerden, falls etwas Unvorhergesehenes passiert. Das weiß man vorher nie.«

»Du verdienst, wenn er ausscheidet, verstehe.« Ulrich hatte immer im Auge, was und woran andere verdienten. Da konnte ich ihn gleich mit der Nase darauf stoßen.

»Nein, ich arbeite gern umsonst. Aber Ernst beiseite. Finde jemand, der einen Konkursantrag stellt, aber löse nichts vorzeitig aus.«

»Interessante Wendung. Das wird nicht verborgen bleiben, das ist dir doch klar?«

»Mach es dringend, nutze deine Kontakte.« Ich sah ihn grinsen, als er auflegte. Natürlich war es gut, gegen Freysinger mehr in der Hand zu haben als einen leeren Notizblock, wie ich bei meinem Besuch. Wir mussten dafür sorgen, dass er sich nicht auf eine Sache allein konzentrieren konnte.

Es war jetzt zehn Uhr, ich rief Franco an. Das dauerte eine Weile, der musste ja Schlaf nachholen.

Ich bat ihn, um zwei Uhr bereit zu sein. Am Vormittag war es mir im Park zu gefährlich. Da war sicher noch immer Polizei da, die mir Beute abjagen konnte. Am Nachmittag aber wollte ich den Park absuchen, ob Simone etwas verloren, weggeworfen oder versteckt hatte, Sicher war auch am Nachmittag noch jemand da. Ich brauchte Franco als Fernsicherung, falls etwas passierte. Er sollte sich in Sichtweite von mir bewegen und notfalls eingreifen. Auf jeden Fall musste er sicherstellen, dass ich ungehindert wegkam, falls ich etwas fand und mir jemand das Gefundene abspenstig machen wollte. Das konnte die Polizei sein oder der Pitbull, oder sonst jemand. Die Beute gehörte mir.

*

Katja ärgerte sich über die Penne, die sie bestellt hatte. Sie sahen auch wirklich nicht gut aus, nur ziemlich rot. Ich selbst war von den Carbonara inzwischen zu den hausgemachten gefüllten Nudeln übergegangen, die brachten sie gut hin. Außer denen und der Pizza, da waren wir nun einig, konnte man den Rest vergessen. Dennoch war uns das lieber als die byzantinischen Rituale der Oberklasse. Der Platz hier war nett und die Wirtsleute herzlich. Das Publikum kam her, um zu essen, und nicht, um gesehen zu werden.

Vor Jahren hatten wir einmal in Rapallo Quartier genommen, in dem Grand Hotel, in dem der deutsch-russische Friedensvertrag nach dem Ersten Weltkrieg unterzeichnet worden war. Wir fühlten uns wie in Schloss Dracula, allein im großen Haus, der Schlossherr irgendwo. Sie hatten sich im Termin geirrt, das Hotel öffnete erst einige Tage später. Dennoch ließen sie sich nicht lumpen. Das Frühstücksbuffet endete weit hinter dem Horizont, obwohl nur Katja und ich da waren. Nichts fehlte. Abends standen so viele Kellner um uns, wie ich noch nie zugleich gesehen hatte. Jeder Handgriff wurde uns abgenommen. Sie ließen uns Gäste ihren Fehler nicht spüren, das fanden wir beeindruckend. Allerdings, intimer war es uns lieber.

Katja hatte mit dem Anwalt von Cordes gesprochen. Sie verlor keine Zeit, um die Sache voranzutreiben. Schon morgen wollte sie den Entwurf diskutieren und bereits vor dem Wochenende abschließen. Die Dinge begannen, sich zu beschleunigen. Der Fall sollte nicht ohne uns zu Ende gehen, wenn sich eine unerwartete Wendung ergab, wie das so schnell geschehen konnte.

Nach dem Essen fuhr Katja in die Kanzlei, ich zog einen Parkschein und ließ das Auto im Saggen stehen. Der Hofgarten war nur wenige Minuten entfernt, der Anmarsch durch die ruhigen Alleen angenehm, und ich sah in Muße, was sich rings um mich tat. Überraschungen gab es auf die Art nicht. Als ich durch das östliche Tor den Park betrat, sandte ich Franco eine Nachricht. Er bestätigte sie unverzüglich. Franco hatte sich am Pavillon zu den Schachspielern gesellt.

Ich hielt mich in der Mitte des Parks und nahm den Weg zum Pavillon. Der Mord musste gleich links vom Eingang passiert sein, da fanden sich noch Spuren von Autoreifen und einem Fleck, den man beseitigt hatte. Auf den freien Wiesen war nichts, das man übersehen hätte können.

Gleich hinter der Abzweigung zum Pavillon hielt ich an und holte meinen Gelatine-Filter hervor. Ich verwendete ihn nur, um damit gesehen und eventuell angesprochen zu werden, die Farbenpracht des Herbstes war zu schön für den Filter. Die zwei Bäume links und rechts des Pavillons leuchteten orange in der Sonne, auf der dunklen Wasserfläche des Weihers regte sich kein Hauch. Die angrenzenden Büsche strahlten gelb. Ich ließ die Hand mit dem Filter sinken und schaute gebannt auf das Laub davor. Da schlängelte sich etwas aus dem Wasser ins Buschwerk. Es musste tatsächlich eine Schlange sein, und die war fast einen Meter lang. In all den Jahren hatte ich hier nie eine gesehen.

Ich ging weiter zu den Schachspielern und gesellte mich

zu Franco. Wir traten einen Schritt zurück, um so zu tun, als ob wir das Spiel kommentierten, ohne die Spieler zu stören. Vielleicht würde mich jemand dann auch später wegen der umständlichen Handhabung des Filters ansprechen, wenn ich hier deutlich Gesprächsbereitschaft zeigte. Der Gelatinefilter hatte schon manchen Unbeteiligten belustigt.

»Wenn du etwas finden willst, dann höchstens im Gebüsch an der Mauer«, sagte Franco leise und betrachtete aufmerksam den gefährdeten schwarzen Läufer am Spielfeld.

»Sehe ich auch so«, antwortete ich und schüttelte fast unmerklich den Kopf, der Läufer war bald fällig, »ich probiere aber vorher, ob am Platz vorn jemand anbeißt.«

Franco warf einen Blick auf den kleinen Papprahmen in meiner Hand. »Was hast du da für ein Ding?«

»Einen Gelatinefilter Kodak Nr. 90.«

»Toll. Muss man das haben?«

»Ich möchte nicht ohne ihn weggehen«, grinste ich.

»Vergiss es. Die Punks dort rechts könnten auch etwas gefunden haben.«

»Kann sein. Ich gehe erst hinauf und dann die Mauer entlang herunter. Am Rückweg rede ich sie an. Sobald ich mit der Suche durch bin, verlasse ich den Hofgarten vorn beim Spielplatz und verschwinde in der Altstadt.«

»Nicht in der Menge untertauchen, da siehst du nicht, wer dich anrempelt. Wir sind nicht allein. Da ist noch jemand, der etwas sucht. Ich kriege es heraus, sobald er sich auf deine Spur setzt.«

»Na fein, wird schon schiefgehen.«

»Man wird dir folgen, sobald du etwas aufhebst oder annimmst, vergiss das nicht.«

Der schwarze Läufer wurde kassiert, Franco nickte grimmig. Ich ging weiter, am Pavillon vorbei, um am Platz davor stehen zu bleiben und die große Buche durch den Filter anzusehen. Ich bot an, ein italienisches Touristenpaar mit dessen Kamera zu fotografieren und tat das umständlich. Dann schaute ich wieder die Buche an. Eine junge Frau, die sich den Papageien gewidmet hatte, die gern in den Bäumen um den Pavillon saßen, warf einen amüsierten Blick auf den Filter. Ich schickte einen ebensolchen Blick zurück.

»Einmal durchsehen?«, fragte ich und trat einen Schritt auf sie zu. »Die meisten geben einen Euro.«

Sie lächelte breiter und sah erneut zum Filter. Ich ließ sie gratis durchsehen, sie konnte ein Lachen nicht verhindern und schüttelte den Kopf.

»Was ist denn das?«

»Ein Gelatinefilter, Kodak Nr. 90.«

Sie gab ihn zurück, nun hielt sie mich sicher für völlig verrückt.

»Einmalig«, sagte sie spöttisch. »Was sehen Sie darin, was man so nicht sieht?«

»Er dämpft die Farben, man kann sich damit eine Schwarz-Weiß-Aufnahme besser vorstellen. Ich habe mir die Buche darin angesehen.«

»Die Buche?«

»Ja, dort hinten. Sie sieht fast aus wie ein überdimensionierter Busch, aber es ist eine Buche. Sie zeigt noch kein Zeichen einer Verfärbung.«

»Das ist eine Buche?«

»Ja, wahrscheinlich das vollkommenste Exemplar, das man finden kann.«

Sie sah kritisch hinüber und wiegte den Kopf.

»Man sieht es im späten Licht, wenn die charakteristischen Ebenen im Laub herauskommen. Es ist mir selbst erst vor Kurzem aufgefallen.«

»Interessant«, sagte sie, »könnte stimmen.«

»Hier gibt es überhaupt die interessantesten Dinge«, setzte ich fort, »beim Eingang hinten scheint etwas los gewesen zu sein.«

Sie wurde ernst. »Haben Sie nichts davon gehört? Da ist gestern jemand umgebracht worden.«

»Gehört schon. Da hinten war das? Grauenhaft.«

Ich spürte, wie sie Luft holte, obwohl ich zum Pavillon zurückgeblickt hatte, und wandte mich wieder ihr zu.

»Sie wirken so betroffen«, sagte ich. »Waren Sie abends hier? Waren Sie in der Nähe?«

Sie nickte.

»Sie waren doch nicht in Gefahr, oder?«

»Ich bin mit meinem Freund eine Runde spaziert. Die Frau kam uns entgegen und ging hinunter zum Tor.«

»Oh, wie sieht man das im Nachhinein? In dem Moment dürfte ja keine Gefahr bestanden haben.«

»Interessant, was Sie da sagen. Aber es stimmt, im Nachhinein ist es ein eigenartiges Gefühl.«

»Das glaube ich Ihnen aufs Wort. Wie hat die Frau auf Sie gewirkt, hat man sie verfolgt?«

Meine Gesprächspartnerin sah mich immer eigenartiger an.

»Überhaupt nicht. Sie hat uns aufmerksam angeschaut.«

Ich drehte den Filter zwischen den Fingern, er war nicht mehr als ein quadratisches Stück Folie, in dunkelgelber Farbe, zehn mal zehn Zentimeter, in einem simplen Papprahmen. Kein Wunder, dass er jeden belustigte. Die Frau war im Moment nicht belustigt.

»Nicht ungewöhnlich«, erklärte ich, »wenn man im Dunkeln jemanden trifft, sieht man eben hin.«

»Wir hatten eher den Eindruck, dass sie jemanden sucht.

Sie bog zur Mauer hin ab, zum Tor muss sie erst später gekommen sein.«

»Das klingt ja fast schaurig«, kommentierte ich.

»Wir sind dann auch gegangen, es waren noch Leute im Park, die man nie genau sah, es wirkte auf einmal einfach ungemütlich.«

Das war genug, bevor sie sich genau merkte wie ich aussah. Es war schon zu spät.

»Sie interessieren sich für Buchen«, stellte sie nicht ohne Sarkasmus fest.

»Nicht direkt, nur im späten Licht, das macht alles so plastisch.«

»Das ist es für mich jetzt auch. Soll ich mit der Polizei reden? Die suchen Zeugen, aber wir waren eigentlich keine.«

»Reden Sie mit ihnen, kann nicht schaden.«

»Soll ich sagen, dass mich schon jemand ausgefragt hat?«

»Ich bin nicht wichtig«, sagte ich, »auf Wiedersehen.« Ich wandte mich ab und ging zum Tor am Spielplatz, um die Runde an der Mauer fortzusetzen. So genau ich auch suchte, ich fand nichts. Ich ging die seitlichen kleinen Wege ab, hinter dem Brunnen, nichts lag am Boden, nichts hing in den Büschen.

Auf dem Weg zurück fiel mir auf, wie meine Schuhe auf dem harten Boden des Weges knirschten. Diesen Weg hatte ich auch schon im Dunkeln zurückgelegt. Man sah hier nichts mehr außer dem matten Widerschein des Wegs, rechts und links herrschte die undurchdringliche Dunkelheit der hohen Bäume. Wer abseits in der Wiese ging, blieb völlig unbemerkt, aber selbst war man weit zu hören.

Ich erreichte die Abzweigung zum Pavillon. Einige Schritte weiter sah man nachts wieder die Straßenbeleuchtung jenseits der Mauer. Im Schatten der Mauer lag undurchdringliche Schwärze, auch das östliche Tor kam erst später in Sicht.

Ich landete bei den Punks, die an der Abzweigung zum Pavillon lungerten. Plastikflaschen mit Säften standen herum. An einem sah ich den Beutel, er hatte ihn um die Schulter gehängt. Der Beutel war leer.

»Sieht aus wie der Beutel, der jemandem gehört, den ich kenne«, sagte ich zu ihm, »aber derjenige bist definitiv nicht du.« Ich musterte den Beutel an seiner Schulter, er sah mich verständnislos an. »Außerdem wirkt er so leer«, setzte ich fort.

»Bist du sicher?«, fragte der Punk sanft.

»Dass er leer ist? Ja.«

»Gegen Finderlohn kannst du ihn bekommen.«

»Finderlohn? Für den leeren Beutel?«

Er deutete mit dem Kopf lässig zum Papierkorb. Ich blickte flüchtig hin, da steckte Girottis Material drin. Man hatte die Papiere fest zusammengerollt, um sie in den vollen Papierkorb hineinzubekommen.

»Klar, und er Beutel war dort im Papierkorb. Erzähl das jemand anderem.«

»Wenn dir das mehr wert ist, er war drüben beim Pavillon.«

Das hörte ich gern. Schon der Papierkorb war weit vom späteren Tatort entfernt, und dort wäre er nicht unentdeckt geblieben. Im Gegenteil, wenn er noch immer da lag, dann hatte man ihn längst durchsucht und wieder hingelegt, um zu sehen, wer ihn suchte. Vielleicht hatten ihn wirklich die Punks zuerst gefunden. Nun musste ich sie loswerden.

»Hast du das in den Papierkorb hineingestopft?«, fragte ich ihn.

»Habe ich als ehrlicher Finder für dich aufbewahrt, alles da.«

»Hast du den Beutel gefunden?«

»Was kratzt dich das?«

»Da waren noch schöne Landschaftsbilder dabei, mit Brücken und so, und Zahlen drauf, hast du sicher schon gesehen. Die sind nicht da.«

Die drei sahen mich verständnislos an, bis der Erste verstand. »Geld?«

»Bingo. Ziemlich viel, nebenbei, ein paar tausend Kröten.«

Die anderen Punks, die weiter unten neben dem Tor in der Mauer standen, waren nun auch aufmerksam geworden. Der den Beutel getragen hatte, blickte zu den beiden hinunter.

»Dann hole es dir doch, kannst dich bedienen«, riet ich ihm.

Die beiden abseits Stehenden setzten sich in Bewegung, erst langsam, dann schneller, zum Tor in der Mauer, um das Weite zu suchen. Die Gruppe um mich folgte unverzüglich.

Die waren weg. Das Headset hatte ich noch auf, so konnte ich unauffällig Franco anrufen.

»Zielwechsel«, sagte ich, »wenn du den Weg an der Mauer entlang gehst, im Papierkorb steckt die Rolle mit Papieren von Simone. Die Punks sind eine Weile weg, ich gehe zum Palmenhaus und ziehe die Aufmerksamkeit auf mich. Sieh zu, dass du mit den Papieren wegkommst. Im Notfall vernichten, das haben wir alles noch einmal.«

Langsam ging ich weiter zum Palmenhaus. Wenn Simone diesem Weg gefolgt war, dann musste sie hier vorbeigekommen sein. Von hier aus waren es etwas über hundert Meter zu der Stelle, an der sie von ihrem Mörder erwartet worden war. Ein Stich in den Hals, hatte der Kriminalbeamte gesagt. Der Mörder kam von vorn, hier war ihr offenbar niemand gefolgt.

Ich war sicher, dass Simone bis hierher eine Chance gesehen hatte, davonzukommen. Noch in der Mitte des Parks hatte sie auf die beiden Nachtschwärmer ruhig gewirkt. Vielleicht hatte sie damit gerechnet, festgehalten und durchsucht zu werden, und wollte, dass nichts bei ihr entdeckt würde.

Dass sie den Beutel so früh weggeworfen hatte, mochte auch ein Zeichen sein. Ich brauche es nicht mehr, hatte es vielleicht bedeuten sollen. In dem Fall musste da noch etwas anderes sein.

Ich hatte nun das Palmenhaus erreicht und danach kam nichts mehr. In der Nähe des Tores lauerte der Mörder. Bis zum Palmenhaus sah er von dort aus nicht. Das war auch nicht notwendig, er brauchte nur in der Nähe des Tores zu warten. Wenn er sich auf der anderen Seite des Parks parallel zu ihr bewegt hatte, dann wusste er, wo sie sich begegnen würden.

Umständlich stopfte ich eine Pfeife und schaute mich dabei genau um. Was mir nach einer Weile auffiel, war ein abgerissenes Etikett an einer Pflanze. Es wirkte, als ob jemand die Hälfte diagonal abgerissen hätte, um es später zusammenzusetzen, wie ein altertümliches Erkennungszeichen. Damit war mir klar, dass ich hier sicher beobachtet wurde, denn das musste aufgefallen sein. Was es tatsächlich bedeutete, sah ich erst nach einer ganzen Weile. Es fiel selbst mir nicht gleich ins Auge.

Ich ging zielstrebig zur Pflanze und brannte mit dem Feuerzeug den Kunststofffaden durch, an dem das Etikett hing. Es war heiß und fiel mir aus der Hand. Als ich mich bückte, um es aufzuheben, gelang es mir, unauffällig den kleinen Speicherchip einzustecken, der am Boden lag.

Jetzt musste ich nicht mehr unauffällig sein, im Gegenteil. Ich blickte mich um, faltete das halbe Etikett und steckte es ein. Dann rief ich Franco an. »Ich verschwinde durch das Tor am Palmenhaus. Ich verziehe mich zum Löwenhaus, ciao.«

Nun waren sicher einige hinter mir her. Mit schnellem Schritt ging ich den Rennweg hinunter und überquerte die Straße im dichten Verkehr weit vor dem Schutzweg. Bei der Haltestelle der Hungerburgbahn am Löwenhaus zog ich ein Ticket aus dem Automaten und stellte mich auf die Plattform. Nun wartete ich. Das war alles improvisiert, so hatte ich mir das nicht vorgestellt. Der Speicherchip musste wertvoll sein, damit hatte ich nicht gerechnet, deshalb gab es auch keinen vorbereiteten Fluchtweg. Ihn jetzt noch loszuwerden, an einen freundlich lächelnden Kriminalbeamten, das war ein Albtraum.

Ich stellte mich nach vorn zum Gleis und betrachtete die Seile der Bahn. Eines war dicker, damit konnte ich hier bleiben und warten. Denn das hieß, dass ein Wagen in der Station Congress stand und auf die Fahrt hinauf zur Hungerburg wartete. Genauso gut hätten beide dünn und in Bewegung sein können, dann käme der nächste Wagen nämlich von oben und würde mich in die Stadt bringen, wo mich die Verfolger nur vom Bahnsteig abzuholen brauchten.

Die Seile rührten sich nicht. Zwei durchtrainiert wirkende Männer kamen die Treppe herauf, sie trugen Fahrräder, die sie neben sich abstellten. Sie wirkten nicht wie die hier üblichen Mountain-Bike-Kids, was vielleicht auch der Tatsache geschuldet war, dass sie keine Mountain-Bikes hatten. Die beiden beachteten mich nicht. Endlich begannen die Rollen zu surren, die Bahn war losgefahren. Die erste Etappe war kurz.

Der gelbe Wagen kam aus dem Tunnel herauf und hielt an, die Absperrung versank, die Türen gingen auf. Ich hatte versucht, mir die Zeit genau einzuprägen, die dabei verstrichen war. Ich wartete, bis alle eingestiegen waren und betrat ein Abteil weiter vorn. Ich war allein. Die Türen schlossen sich. Sowie die Absperrung des Perrons wieder hochfuhr, verlor ich keine Zeit mehr.

Ich steckte den Chip in mein Handy. Er enthielt nur eine einzige Word-Datei. Der Wagen fuhr an, ich hatte die Datei auf das Handy kopiert, als die Brücke zu Ende war und es hinunterging zum Tunnel. Es blieb nur wenig Zeit bis zur Haltestelle Alpenzoo.

Ich benannte die Word-Datei um nach pipeline.wav. Wir waren nun im Tunnel, es ging steil nach oben. Ich kopierte das entsprechende Musikstück vom Handy auf den Chip. Der war damit so nachhaltig zerstört, als hätte ich ihn mit dem Shredder zerlegt. Es wurde hell, nun kam die Brücke und gleich die Haltestelle. Ich steckte das Handy ein und behielt den wertlos gewordenen Chip in der Hand.

Die Absperrung versank, die Türen öffneten sich. Ich hatte mich nicht vom Sitz gerührt. Einige Fahrgäste waren ein- und ausgestiegen, hier war um diese Zeit wenig los.

Die Absperrung glitt wieder hoch, ich saß noch immer. Als sich die Türen bewegten sprang ich auf und kam gerade noch rechtzeitig heraus. Das Signal ertönte, der Wagen setzte sich in Bewegung. Den Blick zu den beiden Radfahrern konnte ich mir nicht verwehren. Sie wirkten, als wären sie wütend. Den Chip warf ich über die Brüstung, wo er in die Tiefe segelte und im Gebüsch verschwinden musste. Dass er nun wertlos war, sah man ihm nicht an.

Ich fuhr mit dem Lift hinunter und schaltete das Handy ab.

Den Weg zurück nahm ich zu Fuß in Richtung Mühlau über die Spazierwege im Wald.

*

In Mühlau, neben dem Koreth, bestellte ich im Café am Platz ein Bier. Die Papiere im Hofgarten hatte ich nicht angerührt, Franco musste sie inzwischen gesichert haben.

Mit den Unterlagen konnte ich die Besitzerin finden, sofern sie noch lebte. Das ließ ich am besten Agnes am Telefon erledigen. Bevor der Kontrakt mit Cordes unter Dach und Fach war, redete ich mit Henriette Kuppelwieser besser nicht. Keine Hoffnung erwecken, noch konnte vieles schiefgehen.

Der spannende Augenblick kam nun. Irgendwann musste ich mein Peilgerät wieder aktivieren, mit dem mich jeder finden konnte. Ich schaltete mein Handy wieder ein und rief ein Taxi. Falls mich jemand suchte, wovon ich jetzt wohl ausgehen musste, sollte er mich in Bewegung finden. Während der Fahrt in die Stadt las ich die Notizen, die Simone gestern in meinem Büro angefertigt hatte, als sie so beschäftigt gewesen war, dass Agnes keine Akte anlegen konnte.

Ich verwende bewusst kein Smartphone. Diese Dinger senden alles und jedes und das ständig an irgendwelche Empfänger rund um den Globus, der vom Gerät Besessene hatte keine Chance, das zu unterbinden. Jede Anwendung, die nicht installiert war, konnte nicht nach Hause telefonieren. So konnte ich Simones Notizen lesen und sicher sein, dass nur ich sie las. Simone hatte ein Gedächtnisprotokoll angelegt, in dem ich ein interessantes Treffen fand. Nun wusste ich, was ich von Maggie brauchte.

Ich ließ mich bei meinem Auto absetzen und fuhr in die Innenstadt. Der Copy Shop war leer wie gewohnt, also suchte ich einen Parkplatz etwas abseits und ging ins Café am Eck.

»Ilse kommt gleich«, sagte der Wirt.

Um mich hinzusetzen, war die Umgebung zu wenig einladend. Ich deutete in Richtung ihres Ladens, ging langsam zurück und nahm auf den Stufen Platz, bis sie erschien. Dass ich heute keine Flasche Rotwein dabeihatte, nahm sie mit Ironie zur Kenntnis. Wir setzten uns.

»Heute komme ich mit einer schlechten Nachricht«, begann ich, »und sie ist sehr schlecht.«

»Was ist passiert?«

»Die zweite Tote, es ist gestern in der Nacht geschehen.«

»Oh Gott, ein Selbstmord?«

»Das Opfer ist eine Anlegerin, deren Einzahlung über dich gelaufen ist, und auch das war definitiv kein Selbstmord.«

Ilse vergrub den Kopf in ihren Händen, ich wartete, bis sie sich ein wenig gefangen hatte.

»Ich muss den Pitbull finden, ich meine, den Bruder der Enikö«, setzte ich fort, »ich brauche Name und Adresse, sonst geht das weiter, und ich brauche etwas, um Freysinger zur Strecke zu bringen.«

»Du brauchst Maggie?«

»Genau die, und wir haben nur mehr wenig Zeit.«

»Und die Polizei? Warum gehst du nicht dorthin?«

»Warum machst du das nicht?«

Ilse schüttelte den Kopf.

»Mit einer Ahnung kann ich nicht zur Polizei gehen«, setzte ich fort, »sicher vernehmen sie ihn, aber wenn er vorgesorgt hat? Ich kann mich nicht darauf verlassen, dass er einen Fehler gemacht hat. Wenn er nach der Vernehmung herausspaziert, taucht er unter und kein Mensch findet ihn mehr. Er darf nicht ungestraft davonkommen.«

»Und was mache ich jetzt?«, wollte Ilse wissen.

»Bring mir Maggie, und pass auf dich auf. Vor allem, bringe sie mir schnell, du hast meine Nummer.«

»Dabei war ich schon gespannt, welchen Wein du heute mitbringst«, versuchte sie einen Scherz.

»Den musst du dir verdienen. Die nächste Flasche gibt es, sobald wir etwas zu feiern haben.«

Ich hatte Ilse nicht gesagt, was ich von Maggie brauchte. Das war zum Teil auch Aberglauben. Was sie nicht wusste, machte sie nicht wichtig. Wenn Maggie das Gewünschte liefern konnte, bedeutete das nicht weniger als das Ende Freysingers.

*

Katja blieb abends in ihrer Wohnung. Die wollte auch bewohnt sein, meinte sie, und so könne sie die Vereinbarung mit Cordes fertig textieren. In Gefahr wähnte sie sich nicht, und ich sie auch nicht. Ein Mord passierte nicht alle Tage, allenfalls man lebt in Mexiko an der Grenze. Ich hatte den Abend mit Inverboindie allein. Als Franco kam, setzten wir uns auf ein Bier ins Park-Café.

Ich erzählte ihm kurz von Simones Notizen. Manches war ihr wieder eingefallen, anderes hatte sie am Telefon erfragt. Jedenfalls hatte es ein Gespräch zwischen Freysinger und Girotti gegeben, bei dem Freysinger die Rückerstattung versprochen hatte. Natürlich hatte Freysinger nie daran gedacht, das Versprochene zu halten. Als ihnen das klar geworden war, waren sie über Empfehlung Castellos auf mich gekommen. Wenn Maggie mir dazu eine Mail oder eine Gesprächsnotiz aus dem Computer liefern konnte, besaß ich einen Beweis für seine direkte Verstrickung. Damit konnte ich belegen, dass er die interne Kasse missbraucht hatte und dass er über die seltsamen Zahlungsflüsse Bescheid wissen musste. Danach brauchte es keinen

Konkursrichter mehr, seine Peers, also seine Standesgenossen, würden ihn richten.

Allerdings gab es noch einen Anwalt, den Henriette Kupelweiser, die Betrogene, eingeschaltet hatte, um wieder an ihr Geld zu kommen. Der Anwalt hatte vorher den Verkauf der Wohnung abgewickelt. Das Geld aus dem Verkauf hatte er ein Jahr lang auf seinem Treuhandkonto liegen lassen, bevor er es endlich auszahlte. Obwohl Henriette Kuppelwieser dadurch erhebliche Probleme bekommen hatte, beauftragte sie ihn wieder. Er hatte drei Monate nichts unternommen und später eine Honorarnote über 15.000 Euro gestellt. Ich war schon gespannt, was auf die alte Dame noch zukommen würde.

»Was heißt das für die Kuppelwieser?«, wollte Franco wissen, als wir zurückgingen.

»Werden wir sehen. Falls sie einen Platz in einer Seniorenresidenz gekauft hat, was nicht unwahrscheinlich wäre, musste sie dort vermutlich wieder ausziehen und hat nun zusätzliche Forderungen am Hals.«

Sobald ich den Fall abrechnen konnte, würde ich Franco etwas aufdrängen müssen, aber jetzt passte es mir gut, wenn ihn der Zorn bei der Stange hielt. Der motivierte besser als jede Zahlung.

In meiner Wohnung begrüßte ich Inverboindie, vollzog die von ihm erwarteten Rituale am Kühlschrank und machte mich an die Überprüfung meiner Fotochemie. Die nächste Session mit Rita sollte ja in analoger Qualität stattfinden. Ich entdeckte im Labor tatsächlich noch eine original versiegelte Flasche Ilford-Entwickler, damit war die Session gerettet.

IX

Die Musikanlage plärrte wieder lauter. Wenigstens gab es bei unseren Italienern nicht die unsäglichen Fernsehapparate im Lokal, die von allen Seiten auf die Gäste dröhnten und auf die doch keiner achtete. Die Musik war so schon lästig genug. Im Moment passte es aber, so konnte uns keiner zuhören.

Wir hatten uns heute beide für Pizza entschieden. Das dauerte länger als erwartet. Katja nutzte die Gelegenheit.

Sie fand es unpassend, dass ich gestern einen demonstrativen Besuch auf einer Baustelle Freysingers gemacht hatte. Ulrich hatte sie für mich gefunden, sie war ein Millionengrab. Von einer Gewerbezone, die nicht in die Gänge gekommen war, zu einer Reihenhausanlage umgeplant, für die man nicht ausreichend Käufer fand, hatte Freysingers Bauentwicklungsgesellschaft Geld verbrannt, als gäbe es kein Morgen.

Ich hatte mich als Fotograf ausgegeben, der Bilder für den Webauftritt anfertigen sollte und dabei mit den wenigen Arbeitern und Professionisten geredet, die dort anzutreffen waren. Die meisten waren längst weggeblieben. Wenn ich Geld sehen wollte, hatte man mir unverblümt gesagt, solle ich mir woanders einen Job suchen. Wir hatten uns auch beide ausgiebig nach Auftragsstand und Zahlungsmoral erkundigt. Leute, denen das Warten reichte, hatten wir dort genug gefunden. Der Besuch würde nicht unbemerkt bleiben.

An diesem Freitagnachmittag standen zwei wichtige Dinge an. Der juristische Teil betraf Katja, sie hatte die Vereinbarung mit dem Anwalt von Cordes ausverhandelt und traf sich mit ihm, um abzuschließen. Davon wollte ich nichts hören, bis die Unterschriften auf dem Papier waren. Über den zweiten Teil wollte ich nichts sagen, weil er erst gut ausgehen musste. Er betraf mich, es ging um Social Engineering. Das musste klappen, denn sonst besaß ich am Abend zwar einen lukrativen Vertrag mit einem potenten Auftraggeber, hatte aber nicht mehr in der Hand als die Erkenntnisse der letzten Wochen, leider ohne einen einzigen verwertbaren Beweis.

Social Engineering funktionierte im Großen glücklicherweise nicht, sonst hätten die Journalisten mit ihren beharrlichen Weltverbesserungsideen bereits mancherlei Unheil angerichtet. Im Kleinen war es jedoch eine sehr effiziente Methode. Eine groß angelegte Attacke auf ein Netzwerk brachte lange nicht so schöne Resultate wie jemand von innen, der das System kannte und über das richtige Passwort verfügte.

*

Zu Mittag hatte ich mir ein Viertel Chianti gegönnt. Um mich hinterher noch konzentrieren zu können, war es ein Achtel zu viel gewesen. Am Freitag machte das nichts. Mein Job begann später, ich fuhr nach Hause, Katja hatte ihren Termin um drei Uhr.

Ich stellte mich vor die Musikabteilung in meiner Bücherwand und ging die Partituren durch. Nach kurzer Suche entschied ich mich für die Sechste, zu der Beethoven notiert hatte, mehr Ausdruck der Empfindung als Malerei, und von der ich eine schöne Aufnahme mit Furtwängler am Pult besaß. Pfeife, Whisky und Partitur bereitgelegt konnte es losgehen. Verglichen mit Cyprien Katsaris, der die Symphonie am Klavier spielte, lebendig und brillant, war Furtwängler sehr langsam, aber schwebend leicht und unvergleichlich schön. Da kam ich beim Lesen der Partitur auch leichter mit.

Um fünf Uhr war es so weit. Ich schaltete das Handy ab, ließ den Wagen zu Hause und ging zu Fuß durch den Rapoldipark und dann entlang der Sill in den Saggen. Nach einer Viertelstunde war ich an der Bahndirektion und blieb eine Weile an der Haltestelle der Linie 1 stehen, um mich umzusehen. Alles schien gut zu sein.

Maggie kam um halb sechs. Ich erkannte sie von Weitem, in der Claudiastraße war wenig Verkehr und auch am Gehsteig wenig los. Fahrzeuge oder Passanten musste man da nicht vereinzeln, sie traten dort meistens einzeln auf. Maggie betrat das Friseurgeschäft, etwa 150 Meter weiter unten. Ilse hatte sie mir beschrieben, etwa eins sechzig groß oder knapp darüber, schlank, ungefähr 60 Jahre alt, gut erhalten, brünettes, kurzes Haar, auberginefarbener kurzer Mantel. Aufrechte Haltung, rascher Schritt, sie war es.

Ich wartete noch einige Minuten, und als nichts weiter geschah, setzte ich mich in Bewegung. Den Laden betrat ich durch ein anderes Haus von der hinteren Seite. Hier, im rückwärtigen Teil, war kein Betrieb mehr. Die Belegschaft war vor Jahren reduziert worden, man fand mit den Räumlichkeiten vorn an der Straße das Auslangen. Während der normalen Geschäftszeit verirrte sich niemand nach hinten. Ich hatte mir den Platz für eine Viertelstunde von meiner Friseurin Erika ausgebeten. Dieses Treffen musste absolut geheim bleiben, schon wegen der Sicherheit Maggies. Maggie durfte auf keinen Fall mit mir zusammen gesehen werden.

Sie saß in einem Friseurstuhl und hatte eine Illustrierte aufgeschlagen. ›Prinzessin Mette-Marie, ist ihr junges Glück in Gefahr?‹, stand da in Balkenlettern,

»Ich bin Paul«, sagte ich und setzte mich zu ihr.

»Ich bin Maggie«, antwortete sie, »Ilse sagt, ihr seid per du, oder?«

»Das sind wir beide auch«, bestätigte ich, »der Rest wird kompliziert genug. Wir haben eine Viertelstunde.«

Maggie legte die Illustrierte weg und sah auf die Uhr. Ich musste zuerst vom Mord im Park erzählen. Den Grund für Simones Tod wusste ich noch immer nicht, aber für mich stand die Verbindung zu Helga Rofner fest. Simone hatte Helga Rofner gekannt und die geschäftlichen Details mit ihr besprochen und abgewickelt. An dieser Stelle erklärte ich Maggie zuerst den Zweck der Kriegskasse, der man mit dem wohlklingenden Namen Alpine Securities den Anschein einer Investmentfirma gegeben hatte. Maggie kannte nur den Namen und einige Korrespondenzen, denn diese Firma hatte ihren Sitz ja nicht am Standort der Kanzlei. Über ihren Schreibtisch waren nur die Honorarnoten Freysingers gelaufen, die er für Sitzungen verrechnet hatte, sagte sie. Freysinger hatte dann gemeinsam mit Helga Rofner den Namen von Alpine Securities missbraucht, um das Geld Ahnungsloser über diese Firma einzusammeln. Das Geld hatte er behalten, Helga Rofner waren nur Peanuts verblieben. Maggie wirkte ziemlich distanziert. In der ganzen Kanzlei schien man wenig über diese Firma zu wissen, und auch wenig darüber wissen zu wollen.

»Nun kommen wir zu den beiden Toten, und dazu, wie die beiden mit Ilse Reiter zusammenhängen«, sagte ich.

Maggie nickte.

»Helga Rofner hat nicht nur unter falschen Vorspiegelungen Geld eingesammelt, man hat auch die Einzahlungen verschleiert. Sie liefen über Unbeteiligte, die mit einer Ausnahme nichts davon wussten, worum es wirklich ging.«

Ich wartete einen Moment, Maggies Miene drückte Missbilligung aus. Sie musste auch davon gehört haben, hatte es aber wohl nicht wahr haben wollen. »Die Ausnahme ist unsere Ilse Reiter«, setzte ich fort, »über Ilse liefen sogar zwei solcher Zahlungen. Damit steht fest, dass sie wenigstens teilweise informiert war, was wirklich ablief. Spätestens beim zweiten Mal musste sie Fragen gestellt haben, und sie hat auch Geld dafür bekommen. Das kann ich beweisen.«

»Oh«, sagte Maggie, »Mist. So eine Scheiße. Wie konnte sie nur so blöd sein.«

»Wie? Das ist ganz einfach, denke ich. Sie hat das Geld gebraucht. Helga Rofner wusste das und hat ihre schlechte Lage ausgenutzt.« Zufrieden stellte ich fest, dass sie jetzt wirklich betroffen war, wenn sie solche Ausdrücke verwendete. Ich sagte nichts und wartete ab.

»Du glaubst, dass Ilse jetzt auch in Gefahr ist?«, fragte sie nach einer Pause.

»Ilse ist jedenfalls die Einzige, die weiß, warum man die Einzahlungen so eigenartig abgewickelt hat, die anderen wurden durch Zufall ausgewählt und haben wirklich keine Ahnung.«

Maggie schüttelte heftig den Kopf. Sie überlegte. Sicher hatte ihr Ilse alles erzählt, nun hörte sie es wieder, diesmal von einem Unbeteiligten. In welcher Lage sich Ilse nun befand, verstand Maggie selbst. Keiner der Mächtigen, von denen jeder etwas zu verbergen hatte, brauchte eine kleine Figur am Rand, die Bescheid wusste.

»Der Chef tut so etwas nicht, da bin ich absolut sicher.«

»Er nicht, und er hat es auch nicht angeordnet oder angeregt, da sind wir uns einig. In seiner Nähe ist aber ein unguided missile, der sagenhafte Bruder der ebenso sagenhaften Enikö. Den halte ich für skrupellos und gefährlich. Ich halte ihn auch für gierig und dumm, und das ist eine sehr gefährliche Mischung.«

»Der? Ja, dem traue ich alles zu«, sagte sie fast erleichtert, »er heißt übrigens Rexhep Frasheri, die Tussi sagt Rex zu ihm. Ich brauche nur an Rex Harrison zu denken, dann dreht es mir schon den Magen um. Ich musste gelegentlich Reisespesen an ihn überweisen.«

»Rexhep Frasheri? Was ist das für ein Landsmann? Albaner?«

»Genau, ich habe dir die Adresse aufgeschrieben.« Sie holte einen Zettel aus der Handtasche. Er wohnte am Wetterherrenweg, das passte zu ihm.

»Wie erklärt sie die verschiedenen Namen?«, fragte ich ein wenig amüsiert.

Maggie unterdrückte ein Kichern. »Erst hat sie gesagt, Enikö Kertesz sei ihr Name nach der Scheidung, später war er dann ihr Halbbruder. Er will das Geld natürlich selbst haben, auf seinen Namen, ihr lässt er nichts.«

»Frau Maggie«, rief eine Stimme von vorn, »es dauert noch fünf Minuten, in Ordnung?«

»In Ordnung«, rief Maggie zurück.

Das war eine Erinnerung gewesen. Ich musste bald zum Punkt kommen. An eine offene Wunde zu rühren, konnte aber nicht schaden.

»Die Enikö kam zur Unzeit«, sagte ich.

Maggie schüttelte angewidert den Kopf. Es musste sie tief getroffen haben, ansehen zu müssen, wie er sich nach all den geschäftlichen Missgriffen auch noch persönlich lächerlich machte. Ältere Herren sind dafür besonders empfänglich, gleiches Verhalten gab es jedoch zuhauf bei jüngeren Jahrgängen.

»Die hat ein Selbstbewusstsein«, stellte Maggie irritiert

fest, »er wollte sie sogar zur Prokuristin machen, dann gab es einen Aufstand.«

»Sie kam, als er Helga nicht mehr brauchte«, erinnerte ich.

Das war der Zeitpunkt gewesen, als sich Maggie wieder der alten, aber strapazierten Freundschaft mit Helga besann und ihr die eine und andere Nachricht zukommen ließ.

»Was hat sie nun für eine Funktion?«

»Sie hat ein externes Büro, und eine Visitenkarte mit der Bezeichnung *communication consultant*.«

Ich schmunzelte. Man bezeichnete das als seitliche Arabeske, so ließ sich jeder unterbringen, der sich für wichtig hielt, den man aber nirgends wirklich brauchen konnte. Ich kehrte zur Sache zurück, uns blieb nicht mehr viel Zeit.

»Bei dem Fall Simone Morawetz gibt es noch etwas Besonderes«, setzte ich fort, »sie handelte im Auftrag eines gewissen Massimo Girotti. Und nun kommt es: Freysinger hat im Sommer diesen Girotti persönlich getroffen. Freysinger hat ihm dabei die Rückzahlung der Einlage versprochen. Natürlich dachte er nie daran, dieses Versprechen zu halten. In der Folge wurde ich beauftragt, das Geld wiederzubeschaffen.«

»Nein«, sagte sie und schüttelte den Kopf, »ich denke, ich weiß, worauf das hinausläuft.«

»Ja«, sagte ich, »darauf läuft es hinaus. Ich brauche einen Beweis für das Treffen, eine Mail, eine Notiz, eine Terminvereinbarung, gleichgültig. Ich brauche es aus eurem Computer. Deshalb treffen wir uns hier.«

»Nein.« Sie war vollkommen starr geworden und sah ins Leere.

»Ja«, konterte ich, »ich brauche einen authentischen Nachweis, der ihn mit einem Geschäftsfall tatsächlich in Verbindung bringt. Den Geschäftsfall habe ich, den Beweis musst du beschaffen. Niemand außer dir kann das.«

Maggie schob die Illustrierte noch weiter weg und fasste den Stuhl an den Lehnen. Jetzt wollte sie nur weg, schnell und so weit weg wie möglich.

»Ich habe heute die Bauruine im Stubai angesehen. Da muss ordentlich Geld hineingeflossen sein, nicht wahr?«

»Millionen«, sagte sie, »eine nach der anderen. Ein Fass ohne Boden.«

»Wie lange geht das schon so?«

»Fünf Jahre. Es lief schon im ersten Jahr aus dem Ruder.«

»Da kommt was zusammen. Das hat er alles aus der Kanzlei herausgezogen, die muss völlig ausgeblutet sein. Die Kosten des Baus waren sicher nicht alles, oder?«

»Natürlich nicht. Haftungen für Partner, Schadenersatzklagen von Mietern, nachträgliche Behördenauflagen und so weiter. Kaum ist ein Loch zu, schon geht das nächste auf.«

»Zahlt er die Gehälter pünktlich?«

»Schon, das Weihnachtsgeld wird sich noch ausgehen. Für den Jänner sieht es aber schlecht aus. Du fragst wegen meinem Gehalt? Du meinst, ich zögere, weil ich mir selbst den Job wegnehmen würde? Da kann ich dich beruhigen, ich gehe in Pension, das ist es nicht.«

»Ich wusste es. Es ist eine Frage der Loyalität.«

»Genau. Ich bin loyal.«

»Das weiß ich, und deshalb verlange ich es auch von dir.«

»Du verlangst es. Verlangst du da nicht etwas mit einer eigenartigen Begründung?«

»Nein. Er hat die Kanzlei mit seiner Bauruine an den Rand des Abgrunds gebracht. Was er jetzt tut, um sie zu retten, bringt sie endgültig um. Wenn er ausscheidet, kann die Kanzlei überleben, ohne ihn. Du bist deinen Kollegen und euren Kunden gegenüber loyal. Das zählt.«

Ich stand auf.

»Frau Maggie, wir sind so weit«, rief Erikas Stimme. Maggie stand auch auf.

»Zwei Menschen sind tot, und eine dritte kann es bald sein«, sagte ich leise, »der Anstand verlangt, Partei zu ergreifen. Du hast keine Wahl.«

Maggie blieb stehen und schüttelte wieder den Kopf. »Partei ergreifen? Du meinst, die Seiten wechseln.«

»Es ist die richtige Seite.«

Sie schüttelte wieder den Kopf. »Was willst du mit ihm machen?«, fragte sie dann. »Ihn ruinieren, vor Gericht bringen?«

»Nein, ich werde etwas tun, was viel schlimmer ist.«

»Was ist noch schlimmer?«

»Mit dem Beweis zwinge ich ihn zum Rückzug von seinen Ämtern und Posten, und zwar mit seinem ganzen Anhang, einschließlich seiner Tochter.«

»Kein Gericht?«, setzte sie erleichtert hinzu.

»Nicht durch mich. Für seine Peers ist er nur *dead man walking*. Die setzen auf seinen Untergang. Die sind genau so schlimm wie er, nur geschickter. Die öffentliche Hinrichtung bleibt ihm bei mir erspart.«

Maggie sagte nichts.

»Vor Gericht will ich stattdessen den Albaner sehen«, sagte ich, »der ist mein Favorit für die Gewalttaten. Der kommt dran, wenn Freysinger aus dem Spiel ist. Das ist ein Versprechen.«

»Du musst mir ein paar Tage Zeit geben«, sagte sie leise, und dann laut nach draußen: »Ich komme, Frau Erika.«

»Pass auf dich auf.« Ich nahm den Hinterausgang, durch den ich gekommen war.

Nun blieb mir fast eine Stunde bis zum Treffen mit Katja. Ich spazierte die Viaduktbögen entlang stadteinwärts, da konnte ich gleich in der Werkstatt über das Winterlager für mein Motorrad reden. Einige Fahrten sollten noch drin sein, bevor ich sie einlagerte. Dann schlug ich den Weg zum Griechen ein. In der Museumstraße, die natürlich ein Umweg war, schaltete ich das Handy wieder ein. Franco meldete sich zuerst. Ich berichtete, dass die Vorbereitungen gut vorankamen und dass der Pitbull ein Albaner namens Rexhep Frasheri sei. Wir brauchten für das Endspiel also einen Albaner und einen geeigneten Raum.

Um halb sieben traf ich beim Griechen ein. Katja saß schon im Garten, in dem es nicht mehr wirklich warm war. Es gab aber genug Unentwegte, denen das nichts ausmachte. Ich bestellte Retsina und sah Katja erwartungsvoll an. Sie gab mir eine schmale Akte.

Der Vertrag war zehn Seiten lang und eine Menge Arbeit gewesen, Textbausteine hatte sie da nicht verwenden können. Ich gratulierte ihr, sie schmunzelte und erinnerte mich, dass es mein Geschäftsabschluss war. Das Abkommen ließ mir Freiheit, wie ich es zu Ende bringen wollte. So müsste ich ihn nicht umbringen, meinte sie, denn im Notfall würde ich das ohne zu zögern tun.

*

Wir redeten am Wochenende nicht mehr darüber. Am Montag war mit einem Mittagessen bei Cordes zu rechnen, er wollte sicher wissen, wie es weiterging. Das war früh genug, sich wieder mit der Sache zu befassen. Wir gingen am Samstag hinauf zum Lanser See, an dem nun nichts mehr los war, zum See, den uns die ortsansässige Seeräuberfamilie geklaut hatte. Am Abend gab es Steaks zu dritt, für die Speckbohnen sorgte diesmal Rita. Am Sonntag geschah nichts, und am Montag erörterte ich mit Agnes den Stand ihrer Nachforschungen im Fall Henriette Kuppelwieser. Da kam eine schlechte Nachricht.

Am Telefon meldete sich Maggie. Ihr Ton war geschäftlich, leicht distanziert, der Ton, mit dem sich das Vorzimmer des Chefs meldet. Ich hatte selbst abgehoben und den Lautsprecher eingeschaltet.

»Prokop.«

»Vorzimmer Magister Freysinger«, meldete sich Maggies Stimme, »spreche ich mit Herrn Prokop persönlich? Paul Prokop?«

»Der bin ich, was kann ich für Sie tun?«

»Ich verbinde mit Dr. Freysinger.«

Agnes sah mich fragend an, ich zuckte die Achseln. Die resolute Stimme der Herzspenderin legte los.

»Kornelia Freysinger hier. Herr Prokop, Sie erinnern sich an unser letztes Gespräch?«

»Ich denke, schon.«

»Gut, dann muss ich Sie nicht daran erinnern, was Sie damals behauptet haben. Ein Haus wie das unsere wird so etwas nicht folgenlos hinnehmen. Ich ...«

»Natürlich«, unterbrach ich sie ruhig, sagte aber nichts weiter.

»Wir räumen Ihnen die Gelegenheit ein, das mit einer Ehrenerklärung aus der Welt zu schaffen. Unser Anwalt erwartet Sie um 10:30 Uhr hier in der Kanzlei. Wenn Sie sich am Empfang melden, werden Sie direkt zum Chefzimmer geführt.«

»Na gut«, antwortete ich knapp, »ich werde um 11:30 Uhr bei Ihnen sein. Guten Tag.«

»Habe ich das richtig mitbekommen?«, fragte Agnes entgeistert. »Spinnen die jetzt vollkommen?«

Ich suchte die Nummer von Ilse Reiter und rief an, niemand meldete sich. Das war zu erwarten gewesen, entweder schlief sie noch oder sie saß im Café am Eck. Was hier aber vor sich ging, das war mir klar.

»Ein Putsch«, erklärte ich Agnes, »es sieht nach einem Putsch aus. Ich habe das zwei Mal miterlebt. Einmal versuchte der Sohn, den Vater während seines Urlaubs loszuwerden, und beim anderen Mal war es die Ehefrau, die sich ins Chefbüro setzte, als der Gatte auf einem Segeltörn war.«

»Unglaublich, die Herzspenderin – so sagst du doch – hat den Laden übernommen?«

»Sieht danach aus. Offensichtlich sitzt sie im Chefsessel. Zumindest hat sie Chefbüro gesagt, jetzt ist sie Chefin.«

Inzwischen hatte ich über Google Maps den Namen des Cafés gefunden und rief dort an. Ich fragte nach Ilse, der Wirt sagte, das sei zu früh, gegen elf Uhr wäre es besser. Ich bat, auszurichten, dass sie anrufen solle. Er fragte nicht, wen.

Ich überlegte. Diese Aktion kam zur Unzeit. Maggie war damit nicht nur beschäftigt, sondern auch unter Kontrolle. Ilse hatte gesagt, dass Freysinger für einige Tage zu einem Kongress verreist war. Das wäre die Gelegenheit gewesen, ungestört Dokumente zu durchsuchen, und die schied unerwartet aus.

»Warum gehst du hin?«, fragte Agnes. »Der Schuss geht für Freysinger doch nach hinten los.«

»Weil sie dumm genug ist, das tatsächlich zu tun«, sagte ich, »das bringt meinen ganzen Zeitplan durcheinander.«

»Aber du gewinnst doch auf jeden Fall. Ich habe Katja schon angerufen, die Vereinbarung mit Cordes ist unter Dach und Fach. Was macht es schon aus, wenn die sich selber umbringen?«

Ich schüttelte nur den Kopf. Das passte mir nicht, dadurch

geriet lediglich alles außer Kontrolle, jedenfalls außer meiner Kontrolle. Das nächste Jahr verstrich damit unter vorbereitenden Schriftsätzen der Anwälte. Das Einzige, was zunahm, waren die Kosten der Anwälte. Wenn sich das Problem nicht abwenden ließ, dann musste ich …

»Du willst den finalen Rettungsschuss vermeiden?«, fragte Agnes. »Katja hat mir gesagt, dass dir die Vereinbarung ziemlich freie Hand lässt, wie du es zu Ende bringen willst.«

»Cordes wünscht ihm den Konkurs, und vielen anderen wäre es recht. Ich will aber nicht den Scharfrichter spielen, weder für die noch für andere. Ich will einen sauberen Weg gehen.«

Das Telefon läutete, Agnes nahm an und sagte ein paar Mal Ja.

»Das war die Vorstandsassistentin. Sie sagte, der Termin um 11:30 Uhr ginge in Ordnung und du brauchst nichts mitzunehmen. Alles Erforderliche liege für dich bereit. So eine Frechheit. Soll ich absagen?«

Ich schüttelte den Kopf. Dann holte ich mir einen Espresso und setzte mich wieder zu Agnes.

»Wie hat sie geklungen?«

»Wer?«

»Die Stimme am Telefon. Was hast du herausgehört? Wie stellst du dir sie vor?

Agnes warf mir einen argwöhnischen Blick zu. »Na ja, also ganz normal. Ruhig, ausgeglichen, souverän.«

»Das dachte ich mir.«

»Was soll das jetzt wieder? Wie soll sie denn klingen? Die Frau ist Profi.«

»So eine wie du?«

»Was sonst?«

»Gut. Nehmen wir an, Katja wäre eine Nervensäge, eine Wichtigtuerin oder etwas in der Art. Ganz still, stelle es dir einfach vor. Ich fahre weg, sie kommt her und übernimmt das Regime, so richtig zackig. Wie fühlst du dich?«

»Wie ich mich fühle? Hast du einen Psychiaterfilm gesehen?«

»Sag es mir einfach. Auch einen Kaffee?« Ich stand auf und nahm auch ihre Tasse mit. Was sich da anbahnte, war zu schön, um wahr zu sein. Natürlich folgte sie mir, um den Kaffee selbst zu machen.

»Gelegentlich muss man den Standpunkt wechseln«, grinste ich, »zum Nachdenken.«

»Ich werde verrückt«, sagte Agnes, »natürlich wäre ich wütend. Da war aber fast eine Spur Genugtuung in der Stimme. Die kennt dich doch nicht, die kann dir ja nichts Böses wünschen, oder?«

»Es war dieselbe wie vorhin am Lautsprecher?«

»Klar, also, was ist da los?«

»Du dickes Ei«, sagte ich fassungslos, »das war die Herzspenderin. Ich hätte bis zu diesem Augenblick nicht geglaubt, dass die jemals zu etwas nütze ist, und jetzt das? Nicht zu fassen.«

»Hörst du nicht zu? Es war dieselbe Dame, und für die lege ich meine Hand ins Feuer, für meine Ohren übrigens auch.«

»Ich weiß schon, dass du mit Maggie geredet hast. Aber die Herzspenderin hat den Vorfall ausgelöst. Die hat mit ihrem putschartigen Vorgehen nicht nur Maggie düpiert, die macht sich im Moment gerade eine Menge Feinde in dem Laden.«

»Maggie wer? Du kennst sie?«

»Maggie ist die Chefsekretärin. Ich habe …«

»Du hast dich an sie herangemacht? Wie alt ist sie?«

»Zehn Jahre älter als du und 20 Jahre älter als Katja.«

»Ihre Stimme klingt nach 40.«

»Lassen wir das. Kann dich dein Mann ab und zu abholen? Dein Sohn ist auch ein kräftiger Bursche, wenn der gelegentlich auf einen Kaffee bei dir vorbeischaut?«

»Spinnst du jetzt?«, sagte sie und überlegte. »Ach, alles Notwendige liegt für dich bereit? So läuft der Hase. Du bringst ein Paket mit, das tickt?«

»Wenn alles gut geht, ja. Der Pitbull wird auf das fehlende Paket angesetzt, sobald sie kapiert haben, was passiert ist. Der hat aber lieber Frauen als Gegner, wie Franco meinte. Wenn ein paar Männer sichtbar um dich sind, bis das vorüber ist, kann das nicht schaden.«

Ich wehrte ihren Einwand ab. Ob männlicher Schutz zeitgemäß war, kümmerte mich im Moment nicht, ich wollte sie unversehrt behalten.

Der Putsch der Herzspenderin, erklärte ich Agnes, war ein Geschenk des Himmels. Obwohl ich mich redlich bemühte hatte, Maggie umzudrehen, konnte ich mir doch nicht sicher sein, ob es tatsächlich geklappt hatte. So etwas musste ihr trotz allem mächtig gegen den Strich gehen. Nach allem, was geschehen war, gab aber das Verhalten der Tochter den Ausschlag. Das konnte sie nicht hinnehmen.

Ich konnte Maggie jetzt nicht sagen, dass beide Putschversuche, die ich erlebt hatte, unverzüglich nach der Rückkehr des Chefs kläglich gescheitert waren. Das würde auch hier nicht anders sein. Im Moment musste es für Maggie lediglich so aussehen, dass der Chef, dem sie sich verbunden fühlte, abgelöst war.

Wir redeten noch über Henriette Kuppelwieser. Agnes hatte sie gefunden, aber bislang nicht mit ihr gesprochen.

Aus den Notizen Simones wusste ich, dass sie den Anwalt im Genick hatte, und da sie erst vor Kurzem im Altenheim eingezogen war, war sie vermutlich mit weiteren Forderungen konfrontiert. Agnes erbot sich, den Kontakt zu ihr aufzunehmen. Wir mussten auch da vorsichtig sein, denn sobald Geld im Spiel war, fanden sich viele, die es haben wollten.

*

Ich parkte mein Auto in der Tiefgarage und fuhr mit dem Lift nach oben. Hier brauchte ich keine Vorsicht walten zu lassen, denn Freysinger war weg und die Herzspenderin stellte keine Bedrohung dar, allenfalls für die eigene Firma und meinen Zeitplan. Pünktlich um 11:30 Uhr stand ich am Empfang und drei Damen blickten mich mit eisigen Gesichtern an. Eine führte mich den Flur hinauf, dann ums Eck, am Vorzimmer vorbei zum Thronsaal. Sie öffnete die Türe und ließ mich eintreten.

Rechts von mir gab es in gebührender Entfernung eine große Sitzgruppe, mindestens 15 Meter weiter begann der Schreibtisch Freysingers in der Ausdehnung des Landedecks eines Flugzeugträgers. Dahinter breitete sich die obligate Bücherwand aus. Links war nichts, bis auf eine eckige Säule, zwei Meter von der Wand entfernt. Hinter dem Schreibtisch saß die Herzspenderin, davor stand ein Mann um die 40, nicht ganz groß, mit dunklen Haaren und dunklem Anzug. Er wirkte wie der Sieger in einem Tom-Cruise-look-alike-Bewerb. Tom lächelte tough, aber freundlich.

Die Tür schloss sich, ich blieb stehen und sagte: »Prokop, Paul Prokop.«

Weil nichts geschah, blieb ich weiterhin stehen und lächelte. Ich hoffte inständig, dass sie mir nicht die Hand reichte, denn ich würde mich nicht von der Stelle rühren. Endlich stand sie auf und kam hinter dem Flugdeck hervor.

»Setzen wir uns«, bot sie an, ich nahm auf der Couch Platz.

Tom sah sie kurz an, sie nickte, dann wandte er sich an mich. »Sie wissen, worum es geht. Ich denke, es hat keinen Sinn, die Behauptungen abzustreiten, die Sie hier vorgebracht haben.«

»Nicht im Geringsten«, bestätigte ich.

»Sie nehmen das auf die leichte Schulter«, diagnostizierte er freundlich, aber eine Spur ernster.

»Keinesfalls, die Äußerungen sind schwerwiegend.«

»Herr Prokop, die Sache ist in der Tat schwerwiegend. Woran liegt es, dass Sie nicht den Eindruck eines Mannes machen, der diese Erklärung unterschreiben wird?«

Er nahm ein Blatt aus einer Akte und schob es zu mir. Ich sah es nicht an.

»Weil es so ist«, sagte ich.

Nun folgte eine präzise Aufzählung aller Paragrafen, nach denen ich mich ins Unrecht gesetzt hatte, einschließlich der aktuellen Judikatur und der zu erwartenden Strafen. Tom war auf Draht. Einen Kommentar zur aktuellen Rechtsprechung hätte er aus dem Stegreif diktieren können. Ich sagte nichts.

»Sie haben diesen Termin wahrgenommen, obwohl Sie die Erklärung, die Ihnen angekündigt war, nicht unterschreiben wollen?«

»Das ist korrekt.«

Nun war Tom ratlos, obwohl er sich das nicht anmerken ließ. Er war ein Wirtschaftsanwalt, zweifellos ein brillanter. In einer Streitverhandlung wollte ich von ihm aber nicht vertreten sein. Das war nicht seine Welt.

»Ich fürchte, dann kann ich nichts mehr für Sie tun.«

»Das verlangt auch niemand, aber besten Dank für Ihre Bemühungen«, sagte ich und entschuldigte mich, um auf meinem Handy nachzusehen. Die erwartete Einladung von Cordes war da. Ich lehnte mich zurück und überlegte. Was konnte in dieser kurzen Zeit schon passieren? Nichts, außer dem Abfassen von Schriftsätzen. Die konnten jedoch hinterher überall wieder auftauchen, um die Diskretion war es damit geschehen. Ich musste den Stier bei den Hörnern packen.

»Sie sind ja schneller als Lucky Luke«, wandte ich mich an Kornelia, »das Denken scheint aber nicht Ihre Stärke zu sein, und Planung wohl auch nicht.« Ihr Gesicht versteinerte sich, Tom übernahm wieder. Ich wandte mich an ihn. »Sie wollen diese Sache doch nicht wirklich im Aktenlauf bei den Gerichten sehen?«, fragte ich kühl. »Das geht doch unweigerlich die Runde. Sehen Sie mich an und bestätigen Sie mir, dass das Ihr Ernst ist?«

»Zu den genannten Vergehen addieren Sie jetzt noch einen Erpressungsversuch, das ist Ihnen doch klar?«, konstatierte Tom und lächelte weiterhin.

»Haben Sie schon einmal daran gedacht, dass meine Vorhaltungen stimmen können? Nicht der Hauch eines Zweifels, dass doch etwas dran ist?«

»Mit Absurdem geben wir uns nicht ab«, erklärte er. »Sie zeigen keine Einsicht, richtig?«

»Sie werden verlieren, Herr Anwalt. Wenn Sie verloren haben und der Schaden weithin bekannt ist, werde ich darauf hinweisen, dass Sie Ihre Klientin nicht über die Risiken informiert haben, dass Sie nicht einen einzigen Versuch unternommen haben, meine Ausführungen zu überprüfen. Das ist ein Versprechen.« Ich stand auf, hier war nichts zu retten.

»Wir können und werden bezeugen, was Sie hier gesagt haben«, sagte Tom und stand auch auf. Kornelia saß nach wie vor reglos da.

»Mag sein, aber ich kann beweisen, was ich behauptet habe.« In der offenen Türe wandte ich mich noch einmal um. »Das haben Sie nicht gewusst, nicht wahr?« Ich schloss die Türe. Wo blieben die Unterlagen von Maggie, wie sollte ich die nun erhalten? Die Chefsekretärin erschien immer bei so einem Gespräch. Maggie fehlte auffallend.

Die Türe zum Vorzimmer stand halb offen. Eine der Damen, die ich am Empfang gesehen hatte, setzte sich eben auf den Platz, der Maggies Platz sein musste. Ich ging weiter. Am Empfang fragte ich nach der Chefsekretärin.

»Kann ich etwas ausrichten?«, fragte die Dame, die von der Herzspenderin beim letzten Mal als Gitti angesprochen worden war.

»Ich wollte sie etwas fragen«, sagte ich.

»Frau Maggie hat sich nicht wohl gefühlt, sie ist schon gegangen, worum geht es?«

»Nicht so wichtig. Ich dachte, sie hätte sich eventuell getäuscht, es gab gar nichts zu besprechen.«

Gitti schüttelte den Kopf, ich wartete die Antwort nicht ab. Am Empfang lag nichts, das aussah, als ob es jemand abholen würde, und hier hätte ich es wohl nicht erhalten. Am Lift warf ich noch einen Blick zum Empfang, sie hatten mich bereits vergessen.

In der Garage wartete am Lift ein älterer Herr, der einen Wagen mit Aktenordnern bei sich hatte. Er war etwas kleiner als ich, wirkte drahtig und aufmerksam, und sprach mich sofort an.

»Herr Prokop, nehme ich an?«

»Prokop, ja.«

»Ich habe etwas für Sie.«

Er gab mir einen Karton, lächelte freundlich und schob den Karren in den Lift. Ich konnte nichts mehr sagen, der Lift ging zu, und ich steuerte schleunigst mein Auto an.

*

In der Baugrube von Cordes hatte man begonnen, zu betonieren. Sein Container stand nach wie vor da, wie der obligate Wagen seines Restaurants. Ich stellte mein Auto so ab, dass ich es durch das Fenster im Auge behalten konnte.

Cordes war in aufgeräumter Stimmung. Wir unterhielten uns über Politik und auch über die Leute, die ihr Geld machten, indem sie andere behinderten. Die große Kreuzung, die seit zehn Jahren geplant wurde und deren Realisierung nach der Wahl weitere zehn Jahre warten müsste, hatte inzwischen vielen Leuten ein schönes Einkommen beschert. Um dieses Geld hätte man sie längst zwei Mal bauen können, schmunzelte er. Vielleicht ging sich ein drittes Mal aus, bevor man sie zu Grabe trug. Die lieben Freunde seiner Gattin sollten ruhig weiterhin an einem Kadaver nagen und das Geschäft verlernen, während er Projekte realisierte, die dann Ertrag abwarfen.

Über unseren Vertrag hatten wir kein Wort gewechselt. Der Mann im weißen Jackett servierte den Espresso. Ich warf einen Blick zu meinem Auto.

»Könnte Ihr Lieferwagen etwas für mich mitnehmen?«, fragte ich, als wir aufgestanden waren.

»Aber gern.«

Weißjacke trat unaufgefordert zum Tisch.

Ich drückte auf einen Knopf an meinem Autoschlüssel, die Heckklappe schwang auf. »Es ist der graue Karton. Ich komme nicht mehr ins Büro und möchte ihn nicht im Auto lassen. Vielleicht könnten Sie ihn morgen zu Mittag bei mir abliefern lassen, mit einem Essen für vier Personen? Branzino und Corvo Bianco fallen mir da spontan ein.«

Weißjacke nahm meine Karte entgegen und holte den Karton aus dem Kofferraum. Cordes begleitete mich vor den Container.

»Ist da für mich etwas drin, in dem Karton?«

»Eine bestens eingeführte Steuerberatungskanzlei, zum Preis von einem Euro. Sind Sie interessiert?«

Er lächelte sein unergründliches Lächeln, das ganz leicht zu einem sarkastischen werden konnte. Im Moment blieb es nur unergründlich.

»Ich steige in keine Geschäfte ein, von denen ich nichts verstehe.«

»Diesmal sollten Sie es tun. Um genau zu sein, ich rechne fest damit. Sie müssen die Firma ja nicht behalten.«

Cordes sah mich nachdenklich an. »Ein Euro, das ist ein ziemlich hoher Preis«, wandte er ein.

»Es ist nicht so schlimm, wie es aussieht. Das negative Humankapital buche ich vorher aus. Die Firma selbst ist gesund, in ein paar Jahren wirft sie wieder Erträge ab. So lange müssen Sie sie aber nicht behalten.« Mit dem negativen Humankapital hatte ich Freysinger und seinen Anhang gemeint, er lächelte breiter.

»Wie viel muss man einschießen, Ihrer Schätzung nach?«

»Vermutlich nichts, Ihre Garantie dürfte der Bank genügen.«

»Ohne die geht der Laden aber den Bach hinunter.«

»Definitiv ja, vermutlich schon im Jänner, wie ich aus informierten Kreisen hörte. Ich bin aber sicher, dass es in einigen Jahren wieder gut aussieht.«

»So weit sind Sie schon gekommen? Habe ich zu früh unterschrieben?«

»Ich denke nicht, so läuft es in geordneten Bahnen ab. Kann ich mit Ihnen rechnen?«

»Ich überlege es mir. Vielleicht fällt mir ein Interessent ein. Wann soll das geschehen?«

»Noch in dieser Woche. Meine Anwältin wird mit Ihrem Anwalt sprechen.«

Ich sagte nichts mehr dazu und verabschiedete mich. Er hatte noch immer sein Lächeln aufgesetzt, aber ich war sicher, ein schwaches Kopfschütteln bemerkt zu haben.

Zufrieden fuhr ich die Rampe hinauf. Der wertvolle Inhalt des Kartons war jetzt irgendwo, dort, wo ihn niemand vermutete, falls sein Fehlen zu früh auffiel.

*

Ilse war nicht im Café. Der Wirt zuckte die Achseln. Ich ging hinunter zu ihrem Copy Shop. Die Luft drin war unerwartet klar, Ilse saß hinter ihrem Tisch. Auf dem Tisch war gar nichts, auch kein Weinglas.

»Hallo, Ilse«, sagte ich.

»Paul, heute ist es schlecht. Es kommt gleich jemand mit einem Großauftrag, da werde ich ein paar Tage beschäftigt sein. Nächste Woche?«

»Das ist ja erfreulich«, stellte ich fest und wurde etwas lauter.

»Nichts für ungut?«

»Überhaupt nicht«, sagte ich nun laut und setzte mich, »rauchen wir eine.«

»Sei mir nicht böse, aber das Schild gilt auch für dich.« Sie wies auf das große Rauchverbotsschild an der Wand.

»Beeindruckend«, sagte ich nun noch lauter, holte mein Handy hervor und rief Franco an. »Franco, ich bin im Copy Shop, wie schnell kannst du hier sein?«

Franco hatte geschlafen und murmelte etwas Unverständliches.

»In fünf Minuten? Ausgezeichnet, bis dann.«

In fünf Minuten ging gar nichts, eine halbe Stunde würde er brauchen. In der Rumpelkammer bewegte sich plötzlich etwas, der Pitbull kam hervor. Er sah mich höhnisch an, ging jedoch weiter zur Tür. Wen ich unter Franco verstand, das schien er sich vorstellen zu können.

»Jetzt reicht es, du Schwein«, schrie ich und erreichte ihn gerade noch so, dass ich ihm ein Bein stellen konnte.

Der Pitbull krachte zu Boden, war aber blitzschnell wieder da und hielt mir ein Messer entgegen. Es war nichts weiter als ein langes Küchenmesser, ein hässlich langes Küchenmesser, aber es zeigte auf mich.

»Was machst du jetzt?«

»Warte es ab«, empfahl ich, langte mit der Hand nach hinten und zog den Stuhl nach vorn.

»Er hat mein Handy«, sagte Ilse mit gepresster Stimme.

»Ausgezeichnet, das ist Raub, dann buchten sie ihn ein. Erst reden aber wir mit ihm. Franco ist gleich da, dann haben wir ihn von beiden Seiten.«

Der Pitbull langte in die Tasche und warf das Handy auf den Boden. Er ging zur Tür und steckte das Messer ein. Ich traute meinen Augen nicht, er steckte das scheußliche, lange Ding einfach am T-Shirt vorbei unter den Hosenbund. Jeder andere würde, wenn er schon so verrückt war, das im Zeitlupentempo tun, um es nicht im Bauch zu haben, an der großen Arterie, wo die kleinste Verletzung genügt, um in Minuten auszubluten. Er steckte es in den Hosenbund, wie jemand einen Kugelschreiber in die Brusttasche steckte.

»Ich scheiße auf euch und die Bullen, ihr könnt mir gar nichts tun«, sagte er höhnisch und war draußen.

Ilse sank auf den Sessel und sagte kein Wort mehr. Nun war keine Zeit mehr zu verlieren.

Ich rief Franco noch einmal an und bat ihn, ein paar Flaschen Wein mitzubringen, es müsste nichts Besonderes sein, nur eine gute Flasche Chianti sollte dabei sein. Dann rief ich Katja und erzählte ihr, was vorgefallen war.

»Kennen wir jemand in der Klinik, Suchtmittelbereich oder so?«

»Ich verstehe, ich mache mich schlau, es ist dringend.«

»Nicht gleich, aber gegen fünf Uhr wird jemand völlig weggetreten sein, abgefüllt bis zum Rand. Ilse Reiter müsste dort schon bekannt sein, diesmal ist es besonders schlimm. Dann ist sie für ein paar Tage in der Klinik und außer Reichweite des Messerhelden.«

»Okay, Prost. Pass auf, dass sie dich nicht auch mitnehmen.«

»Keine Sorge, ich bin dann nicht mehr da.«

Ilse hatte inzwischen die aktuelle Flasche und zwei Gläser geholt und eine Zigarette angezündet. Der Blick, den sie mir zuwarf, hatte etwas von Inverboindies wohligem Ausdruck, den er aufsetzte, wenn er mich veranlassen wollte, zum Kühlschrank zu gehen. Katzen machten das vorher, hinterher hatte man keine Bedeutung mehr für sie.

»Das wird dir zu minder sein?«, fragte sie und bot mir die Flasche an.

»Gleich kommt etwas Besseres, bring dich in Stimmung. Trinken verlängert das Leben.«

»Ja, und es ist besser so als die Polizei.«

»Die nützt uns nichts. Die sperrt ihn ein, der Staatsanwalt lässt ihn wieder laufen.«

Ilses Handy meldete sich. Gleich wurde mir klar, dass Maggie dran war. Sie käme in die Klinik, sagte Ilse fast euphorisch. Man wollte sie schon früher einweisen, wegen Burn-out, dabei warf sie mir einen fast triumphierenden Blick zu.

»Möchtest du mit Maggie reden?«, fragte sie dann.

»Vergiss die Ziege«, polterte ich lautstark, dass sie es hören musste, »erst versetzt sie mich, und heute war ich drin und sie war nicht da. Die kann mir gestohlen bleiben.« Ich hörte nicht weiter zu. Maggie hatte mich verstanden, und Ilses Stimmung war so gut wie seit Langem nicht mehr. Franco kam mit ziemlich vielen Getränken. Zwei Flaschen Bier waren dabei, er mochte keinen Wein. Eine öffnete er, nur um sie unverzüglich in den Ausguss zu schütten, von der anderen nahm er einen Schluck, um anzustoßen. Ich vergönnte mir ein Achtel Chianti, wir sahen Ilse staunend zu, wie sie unbeschwert ein Glas nach dem anderen leerte. Dass sie einiges vertrug, wusste ich inzwischen.

Nach einer Stunde gab ich Katja grünes Licht. Wir verabschiedeten uns und sagten, dass wir in der Nähe blieben, bis der Notarzt kam. Ich hängte das Schild ›Komme gleich‹ in die Tür und ließ sie angelehnt. Ein letzter Blick zeigte die Reste eines Gelages, das jeden überzeugen musste.

Franco und ich unterhielten uns an der Haltestelle der Straßenbahn, wo wir alles im Blick hatten. Als die Ambulanz vorfuhr, sagte ich erleichtert: »Meum est propositum, in taberna mori.«

»Sprich Deutsch«, knurrte Franco unwillig.

»Mein Begehr und Wille ist, in der Kneipe sterben«, übersetze ich.

»Tss«, zischte Franco und schüttelte den Kopf.

»Wo mir Wein die Lippen netzt, bis sie sich verfärben«, setzte ich vergnügt fort.

»Spinn dich aus, ich schlafe mich noch aus.«

Franco wechselte die Seite, um die Straßenbahn zu erreichen.

*

Ilse war in Sicherheit, so schnell kam sie von dort nicht mehr weg, wo man sie jetzt hinbrachte, und so schnell, dessen war ich sicher, wollte sie auch nicht weg. Es konnten gut und gern ein paar Wochen daraus werden, dann war alles vorbei. Maggie hatte sich selbst aus der Schusslinie genommen. Ein anderer Grund als Empörung über das anmaßende Verhalten der Herzspenderin fiel mir nicht ein, aber der Effekt war derselbe. Beide Sekretärinnen hatten sich in den Fällen, die ich miterlebt hatte, krank gemeldet, um zu Hause ihre Wunden zu lecken.

Freysinger würde in zwei Tagen wieder da sein, falls er nicht wegen der Vorgänge in seiner Firma vorzeitig zurückkehrte. Ich glaubte aber nicht, dass er einen Kongress überstürzt verließ. Ich erwartete eher, dass er Gelassenheit zeigte und nach seiner plangemäßen Rückkehr die aufmüpfige Tochter an die Luft setzte. Damit nahm er mir einen Teil der Arbeit ab.

Der Karton mit Unterlagen aus seiner Firma konnte morgen nach dem Branzino durchforstet werden, danach musste mein Arsenal gut bestückt sein.

Es war jetzt fünf Uhr, die Zeit, in der Martha Cordes üblicherweise ihre nachmittäglichen Treffen erledigt hatte. Es gab da einen Zweifel auszuräumen, der mir in der letzten

Zeit gekommen war. Ein Anruf zu Hause brachte den Sohn ans Telefon, der nach einigem Widerstreben einen Rückruf seiner Mutter auslöste. Sie schlug das Sacher als Treffpunkt vor. Ich erreichte sie noch vor dem Eingang, damit konnten wir eine Runde im Burghof spazieren. Das reichte vollauf.

Nach der Unterhaltung wusste ich mehr über Alpine Securities. Die Wahrheit war noch viel einfacher, als ich je hätte kombinieren können. Es war wirklich eine Investmentfirma, allerdings völlig privater Natur. Dabei ging es nicht um Kapitalanlagen, sondern um Beteiligungen. Bei einem Treuhänder fragt sich ständig jeder, für wen er die Anteile hält. Bei einer Investmentfirma fragt man allenfalls nach der Performance. Die geben Berichte heraus, mit Grafiken, halbenglischem Kauderwelsch, Branchenmix, Gewichtungen, Entwicklung von Währungen und allem möglichen, womit hinterher keiner weiß, was eigentlich geschah. Genauso gut konnte man die Rückseite einer Müslipackung lesen.

Die wirklichen Interessen der Leute, die das Geld einschossen, blieben damit verborgen. Eigentlich war Alpine Securities nur eine Isolierschicht. Was immer ich in dem Karton fand, es würde helfen. Freysinger hatte die Interessen der Leute, die ihn in den Vorstand berufen hatten, auf jeden Fall unterlaufen. Wenn hier Nachforschungen in Gang kamen, war es um die Diskretion geschehen. Da brauchte sich nur einer irgendwo angeschlichen haben, indem er heimlich Anteile aufkaufte. Wenn das vorzeitig publik wurde, dann war das Ziel verfehlt und sein Geld in einer Sackgasse blockiert. Die Teilhaber an Alpine Securities würden Freysinger das nie verzeihen, wenn sie es erfuhren. In dieser Stadt war er damit erledigt.

Die Bühne konnte für den letzten Akt eingerichtet werden.

Mit Beobachtung rechnete ich inzwischen ständig. Wenn jemand da war, hatte er mich eine Viertelstunde mit Martha Cordes im Burghof spazieren gesehen. Die Hofburg bot ein unendliches Labyrinth an Gängen, das wir in der Kindheit oft abgegangen waren. Inzwischen war vieles nicht mehr zugänglich, aber eine Weile verbrachte ich damit, Wege zu erkunden. Nach 20 Minuten verließ ich die Burg und überquerte den Rennweg.

Ich ging hinüber zum Glaskasten vor dem Theater, wo ich noch ein Treffen vereinbart hatte. Der Mann, mit dem ich verabredet war, war Maskenbildner. Dessen Künste brauchte ich in den nächsten Tagen.

X

Dienstag

Es war Dienstagmorgen, ein sonniger Tag im Herbst. Die Tage wurden zusehends kürzer, die Nächte kälter. In dieser Jahreszeit konnte man sich nicht richtig anziehen. Was am Morgen passte, war zu Mittag unerträglich warm.

Der Himmel strahlte in kaltem Blau, am Glungezer in der Ferne lag noch kein Schnee. Eine Fahrt mit dem Motorrad über die Pässe sollte sich vor den ersten Schneefällen noch ausgehen. Die Sonne trocknete gegen Mittag den Tau, der sich in der Nacht gebildet hatte. Der Asphalt blieb jedoch den ganzen Tag über kalt. Über das Hahntennjoch, das einem zu dieser Zeit wieder allein gehörte, dann das menschenleere Lechtal hinauf, da konnte man einige zehn Minuten fahren, ohne jemandem zu begegnen. Im normalen Tiroler Talbewohner rief das bereits das Gefühl des Abenteuers hervor. Allerdings geschah das nicht mehr in dieser Woche. Noch vor dem Freitag musste ich den Fall zu Ende bringen.

Jetzt, um neun Uhr am Frühstückstisch, leuchtete die Sonne grell auf das Display meines Laptops. Der Kontrast war schwach, nur der Staub auf der Tastatur kam gestochen scharf. Das störte mich heute nicht. Zur Feier des Tages hatte ich ein zweites Croissant aufgetaut.

Der Kreis hatte sich geschlossen. Auch wenn Maggies Karton noch nicht geöffnet war, am Ergebnis zweifelte ich nicht mehr. Was nun geschehen musste, zerfiel in zwei Teile.

Der erste Teil betraf Freysinger. Heute Nachmittag machte Agnes Überstunden und ging die uns zugespielten

Akten durch. Darin musste der Beweis zu finden sein, dass Freysinger nicht nur fern vom Tagesgeschäft im Aufsichtsrat gesessen war, sondern direkt mit Helga Rofner zusammen gearbeitet, Geld eingesammelt und für sich behalten hatte. Viele Leute zeichnen alles auf, auch das, was sie besser nicht aufzeichnen sollten. Leute aus dem Rechnungswesen konnten ohne Aufzeichnungen gar nicht leben. Was sie nicht aufzeichnen sollten, das notierten sie fein säuberlich separat.

Allerdings hatte Maggie gestern Vormittag nicht die Zeit gehabt, diese Akten zusammenzustellen.

Die Vermutung lag nahe, dass die Herzspenderin belastendes Material für die Vernichtung vorbereitet hatte. Wir mussten uns darauf einstellen, den Karton durchzusehen und zurückzugeben, bevor sein Fehlen auffiel.

Die Herzspenderin hatte den Putsch von langer Hand vorbereitet, ihre Maßnahmen ergaben durchaus Sinn. Das kam aber um Jahre zu spät, ihre Firma rettete sie damit nicht mehr. Die gehörte praktisch schon Cordes, Katja arbeitete bereits mit seinem Anwalt an den Papieren. Ich konnte am Abend den Brief an Freysinger schreiben. Er enthielt ein Angebot, das Freysinger nicht ablehnen konnte.

Das war der erste Teil, der zweite Teil betraf den Pitbull. Er durfte nicht unbehelligt davonkommen. Seine Chancen standen gut, nach dem Untergang Freysingers einfach vergessen zu werden. Ich rief Ulrich an und legte ihm eindringlich ans Herz, in den nächsten Tagen den Pitbull zu überwachen. Wir mussten wissen, wo er sich aufhielt und was er tat.

Nach dem Telefonat mit Ulrich duschte ich und fand hinterher Inverboindie am Frühstückstisch. Er lag in der Sonne, am Rücken, die Pfoten angewinkelt, und beachtete mich nicht. Ich ging hinunter ins Büro, ohne mich zu verabschieden.

Rita betrat eben den Flur. Es war fast zehn Uhr. Normalerweise kehrte sie früher zurück, wenn sie morgens auf einen Berg hinaufrannte, aber es wurde jetzt später hell. Ich fragte nicht, welcher Berg, wir hatten ja genug davon, und für Rita spielte es keine Rolle. Ich empfand das als Fotograf wie den Missbrauch des Berges als Sportgerät. Je höher, desto besser, hatte sie einmal gesagt, weiter oben sehe ich keinen mehr. Wir vereinbarten für den Donnerstag, im letzten Büchsenlicht, noch eine Fotosession. Am Donnerstag würde viel los sein, und alles war wichtig, da kam mir eine Beschäftigung recht, die nur der Lebensfreude diente.

Ich checkte im Büro ein und fragte meine Friseurin Erika, ob ich den stillgelegten Raum noch einmal haben könne. Erika sagte zu und versprach, die Türe hinten aufzusperren. Dann bat ich Agnes, von ihrem privaten Handy aus Maggie anzurufen. Das klappte, ich vereinbarte den Treff und erinnerte sie, das Handy beim Verlassen ihrer Wohnung abzuschalten.

Auf dem Weg in den Saggen besorgte ich einige vorbezahlte Handys. In den Zeiten der umfassenden Beschnüffelung und Vorratsdatenspeicherung konnte man nicht vorsichtig genug sein. Der Pitbull lief noch frei herum, vielleicht war er der Polizei noch nicht aufgefallen. Sicher aber war ich aufgefallen, mit dem Absetzen des Notrufs und meiner Suchaktion im Hofgarten. Bei dem, was nun geschehen musste, brauchte ich keine Beobachter. Die Vorstellung, dass jemand bequem vom Schreibtisch aus verfolgte, wo ich mich mit wem traf, und dabei problemlos nach und nach alle Beteiligten kennenlernte, war ein Albtraum. Wer von mir etwas wollte, der sollte es sich in altbewährter Handarbeit beschaffen.

Im Hinterzimmer plauderte ich ein wenig mit Erika, bis Maggie erschien. Erika ließ uns allein und verabschiedete sich mit vielsagendem Blick.

Ich gab Maggie eines der Handys und sagte ihr, unter welcher Nummer sie Agnes erreichen würde. Agnes machte in diesen Tagen Überstunden und war meine Schnittstelle zu Maggie. Was ich von ihr brauchte, waren zeitnahe Informationen aus der Kanzlei. Ich musste über die Aktionen der Herzspenderin, bei diesem Ausdruck schmunzelte Maggie jedes Mal, informiert sein. Einiges erfuhr ich sofort.

Maggie telefonierte sowieso ständig mit der Kanzlei, weil laufend jemand etwas brauchte und die Aushilfe nicht informiert war. Sie hatte auch zahlreiche ermunternde Anrufe von Kollegen erhalten.

Im Vorzimmer wurde sie von Anita vertreten, einer der Damen aus dem Empfang. Von Anita hatte sie den Karton mit Akten bekommen. Der Karton stammte tatsächlich aus einem Posten, der für die Vernichtung bestimmt war. Maggie versprach, die Rückgabe zu arrangieren.

Ich erfuhr, dass Enikö den Chef zum Kongress begleitet hatte. Der Chef hatte bislang kein Wort über den Putsch verlauten lassen, allerdings war er durch Maggie über alles informiert. Morgen, am Mittwoch, kamen er und Enikö zurück. Maggie wusste auch, dass Freysinger seine Geliebte in dieser Woche nicht mehr sehen würde. Er hatte nun genug offene Flanken, und in der Firma kam die Dame denkbar schlecht an. Ich bat Maggie um Telefonnummer und Adresse von Enikö, denn ich hatte mit ihr zu reden.

Erika erschien wieder und hatte zwei Tassen Espresso dabei. Sie stellte sie ab, sah Maggie an, die gar nicht gut wirkte, und dann mich.

»Alles in Ordnung?«

»Könnte nicht besser sein«, sagte ich prompt, denn aus meiner Sicht war es so.

»Wirklich?«, fragte sie und blickte Maggie an.

»Aber ja«, versuchte Maggie ein Lächeln und legte ihr die Hand auf den Arm.

Ich warf einen Zuckerwürfel ein und rührte um. Maggie lächelte Erika an, die wieder an ihre Arbeit ging.

»Nun wird es ernst«, sagte ich.

Maggie trank den Espresso in einem Zug aus.

»Morgen lasse ich dir einen Brief zukommen. Ich möchte, dass du ihn Freysinger gibst, sobald er wieder im Büro ist. Vermutlich wird er dann nach Hause gehen und für den Rest des Nachmittags wegbleiben.«

Sie sah mich an und nickte.

»Darin steht, was ich über ihn weiß. Er kann am Donnerstag die Firma zum Preis von einem Euro abtreten, damit ist er seine Schulden los. Der Notar kommt gegen elf mit den Anwälten zu ihm. Alle Papiere sind dann ausgefertigt. Er verlässt die Firma vor Mittag als freier Mann. Gefällt ihm das nicht, holt ihn am Freitag die Polizei.«

Maggie schüttelte sich.

»Du ersparst ihm mit dem Brief die Polizei, es ist ganz einfach. Die Jänner-Gehälter sind damit auch gesichert, denn einen Käufer für die Firma habe ich. Du tust also ziemlich vielen einen Dienst.«

Der Löffel musste nun bald unten aus der Kaffeetasse hervorkommen. Maggie rührte verbissen darin herum.

»Am Nachmittag, obwohl du den Brief schon in der Früh fertig hast? Er soll vorher noch seine Tochter hinauswerfen können, oder?«

»Natürlich, diesen Job soll er selbst erledigen. Ich habe

versprochen, die Firma ohne Freysinger und seinen Anhang zu übergeben.«

»Da fehlt aber noch …«

»Enikö schicke ich fort, und ihren sogenannten Bruder bringe ich ins Gefängnis. Tabula rasa.«

*

Kurz vor zwölf Uhr hielt der Wagen von Cordes' Restaurant vor meinem Büro. Ich sah durch das Fenster zu, wie Weißjacke ausstieg und die Seitentüre aufschob.

Er begann im Besprechungszimmer aufzutischen. Alle Rituale, denen ich sonst konsequent auswich, liefen ab. Er richtete den Branzino an und servierte. Als der Corvo Bianco eingeschenkt war, zog ich das weiße Tuch von der Warmhalteplatte, die überzählig gewirkt hatte. Da stand der graue Karton von gestern.

Agnes unterschrieb und entließ ihn mit großzügigem Trinkgeld, Katja kam gerade rechtzeitig an. Damit waren wir vollzählig, denn Franco musste schlafen und der Branzino hätte ihn so wenig begeistert wie der Corvo Bianco. Morgens hatte Agnes ihm wenigstens einen Vorschuss aufdrängen können, was ich bislang vergessen hatte. Wir konnten nun den Fall Henriette Kuppelwieser besprechen.

Agnes war auf meine Anregung, dass ihr Sohn sich gelegentlich im Büro sehen lassen könnte, gleich eingegangen. Für den ersten Kontakt mit Henriette Kuppelwieser war er ihr als der richtige Kandidat erschienen. Wir waren uns einig, dass wir nicht lange planen wollten, stattdessen einfach improvisierten und uns auf das Anfängerglück verließen. Wiederholen konnten wir nichts, ein Versuch musste ausreichen. Meine Sorge war, dass zu den Leuten oder Institutionen, die von ihr bereits Geld wollten, rasch welche hinzukommen konnten, wenn wir unvorsichtig vorgingen.

Nach kurzem Überlegen waren uns so viele Probleme bewusst geworden, dass wir sie einfach beiseiteschoben und Agnes ihren Sohn Max ins Altersheim schickte, um die alte Dame anzusprechen. Er erzählte jetzt davon.

Er hatte überlegt, Blumen mitzubringen, es dann aber bleiben lassen. Henriette Kuppelwieser war rasch gefunden. Sie lebte allein in ihrem Zimmer und freute sich über jede Abwechslung. Da sie gesund und mobil war, hatte er mit ihr einen Spaziergang gemacht und sie in ein Café eingeladen. Dort hatten sie sich eine Stunde lang unterhalten und dann getrennt, sie war allein zurückgegangen.

Henriette Kuppelwieser war nicht misstrauisch. Jetzt brachte es auch nichts mehr, meinte sie, denn bei ihr sei nichts mehr zu holen, und jeder wisse das. Das Geld, das sie Girotti gegeben hatte, würde sie nicht wiedersehen. Der Anwalt, der sie erst monatelang hatte warten lassen, um dann für das Nichtstun eine stolze Honorarnote zu stellen, schien sich aber Hoffnungen zu machen und ließ regelmäßig nach ihr fragen. Ihrer Zimmernachbarin ging es schlechter. Die saß im Rollstuhl und kam nicht mehr allein hinaus. Ihr Anwalt hatte eine noch stolzere Honorarnote gestellt und sich zu deren Sicherstellung gleich im Grundbuch eingetragen. Ihr Haus konnte ihm keiner mehr wegnehmen, er brauchte nur mehr abzuwarten. Auch zu der kam kein Besuch mehr.

Wir vereinbarten, dass Max Henriette Kuppelwieser beim nächsten Mal zu uns ins Büro bringen würde, wo Agnes das erste Gespräch übernehmen sollte. Der würde sie vertrauen, und Agnes würde alles notieren, was zu beachten war. Ich überlegte, wie viel ich Cordes zumuten durfte, denn Freysinger hatte ja nur die 220.000 erhalten. Für das, was Girotti vorher abgezweigt hatte, war Cordes nicht verantwortlich. Katja sagte, dass mir die Vereinbarung freie Hand ließ. Damit war alles klar, die Betrogene sollte alles wiederbekommen. Cordes holte das schon aus Freysingers Nachlass heraus, da machte ich mir keine Sorgen.

Nach dem Essen blieb Agnes da. Ich gab ihr die Liste der Kunden, die ich aus Rofners Computer erstellt hatte.

Diesen Personen hatten Freysinger und Rofner vorgemacht, dass Alpine Securities eine normale Investmentfirma sei. Die Einzahlungen waren dann über Unbeteiligte gelenkt worden und niemals im Fonds angekommen. Die Handvoll Gesellschafter kannten sich untereinander, da wären diese Beträge unweigerlich aufgefallen. Man hätte rasch Fragen gestellt, wer hier mitnaschen wollte. Wer in diesen Kreisen Geld locker machte, der tat das nicht für die bloße Aussicht auf Rendite, der wusste, dass er ein Vielfaches zurückbekam.

Agnes musste die Akten nach Schriftstücken durchsuchen, auf denen die Namen von der Liste auftauchten. Sobald Freysingers Name darin erschien, besaß ich den ersehnten Beweis, dass er davon wusste und dass er am Betrug beteiligt war.

*

Kurz vor drei Uhr ging ich unter den Kolonnaden am Uhrturm beim Bahnhof durch. Mein neues Handy klingelte, Agnes war dran. Maggie hatte berichtet, dass Kornelia Freysinger um vier Uhr das Büro Enikös schließen wollte. Die verlor wirklich keine Zeit. Es befand sich am Grabenweg, ganz in der Nähe von Freysingers Kanzlei. Ich bestätigte, dass ich es schaffen würde, dabei zu sein. Es konnte nicht schaden, das mitzuerleben.

Ich steuerte nun das Lokal an, das neben dem Uhrturm lag. Tische standen noch davor, an denen niemand saß. Drin war auch wenig los. Rechts vom Eingang saßen drei Gäste, eine Frau und zwei Männer. Ich suchte eine Frau und einen Mann. Die Frau stand auf und kam rasch heraus. Sie war ziemlich groß, hatte dunkle Haare und war überhaupt nur schwarz gekleidet. Sie wirkte nicht freundlich.

»Bist du Paul?«, fragte sie, als sie vor mir stand.

»Paul Prokop«, sagte ich, »du bist Melissa?«

»Meli«, antwortete sie und winkte den beiden, »bleiben wir heraußen.«

Wir setzten uns. Die Sonne schien noch herab, aber es war ziemlich frisch. Meli schien das nichts auszumachen. Sie sah aus wie 40, vielleicht war sie aber nicht einmal 30 Jahre alt. Franco hatte mir erzählt, dass sie Kellnerin sei. Sie hatte mit ihrem Freund Sokol eine Garçonnière gemietet, in der Anlage, wo Franco als Hausmeister nach dem Rechten sah. Sokol war Albaner, und um so jemanden hatte ich gebeten. Der andere war für mich im Moment nur das fünfte Rad am Wagen.

Die beiden verließen den Eingang und wandten sich zu uns. Der eine war fast eins neunzig groß und wirkte ein wenig unbeholfen. Seine aus der Form geratenen Jeans machten mit den Turnschuhen keinen vorteilhaften Eindruck. Ein T-Shirt und eine schlechte Jacke vervollständigten das Bild. Das musste ein Bekannter von Sokol sein, der wohl erst angekommen war. Dann war der andere Sokol. Er war etwas kleiner als ich, trug zur Jeans ein schwarzes Sakko, mit offenem Hemd. Sokol war schlank und wirkte beweglich, sein Blick wach. Die beiden hätten nicht gegensätzlicher sein können.

»Das ist Sokol«, sagte Meli und wies auf ihn, »und das ist Paul. Das ist Alban.«

Die beiden setzten sich.

»Hallo«, sagte ich und stopfte meine Pfeife. Eine Pause entstand. Sie wurde durch keinen Kellner gestört, da wollte wohl niemand mehr heraußen Gäste haben.

»Also, du hast etwas für uns«, begann Sokol.

Ich sagte nichts, sah ihn an und zündete meine Pfeife an.

»Darf Alban mitmachen?«, fragte er. »Er kann jeden Cent brauchen, und auf ihn ist Verlass.«

»Ich muss zuerst wissen, worum es geht«, schaltete sich Meli ein.

Sokol winkte ab, ich schüttelte den Kopf.

»Gib ihm dein Sakko«, verlangte ich von Sokol, und von Meli, »und du gibst ihm deine Sonnenbrille.« Die hatte sie hochgeschoben, was ich sowieso nicht leiden konnte. Sie gab sie ihm. Sokol stellte keine Frage und zog sein Sakko aus. Alban passte gar nicht hinein.

»Geh ins Lokal, komm heraus, lehne dich an die Tür und sieh Sokol an, rede kein Wort, klar?«

Sokol half ihm auf Albanisch aus, dann grinste Alban, setzte die Sonnenbrille auf und tat, was ich verlangte. Albans massige Figur lehnte an der Tür, regungslos und drohend. Die dunkle Sonnenbrille nahm den Rest von Ausdruck aus seinem Gesicht. Er brauchte nur ein passendes Sakko und eine neue Hose, und natürlich normale Schuhe, statt der ausgelaufenen Treter. Ich konnte ihn brauchen und winkte ihn zu uns.

»Du bist engagiert«, sagte ich, »500 für den Job, 300 vorher, Rest bei Lieferung, okay?«

»Ja«, sagt er freudig, nachdem Sokol wieder geholfen hatte, ich ließ ihn nicht ausreden, holte drei Hunderter hervor und gab sie Meli.

»Kauf ihm was zum Anziehen, das geht davon ab, der Rest

gehört ihm. Ordentliche Hose, ein Hemd, normale Schuhe, schwarzes Jackett, schwarze Sonnenbrille, klar? Kein Sterbenswort zu irgendjemanden, sonst ist es gelaufen. Dann zieht los.«

»Aber …«

Sokol winkte ab, diesmal energisch. Die beiden standen auf. Sie gingen, ich sah zum Eingang hinüber. Alban hatte wirkungsvoll ausgesehen, jetzt war niemand dort. Es kam auch kein Kellner hervor.

»Du brauchst uns also, um jemand aufs Kreuz zu legen«, begann Sokol, »jemand, an den die Polizei nicht rankommt, stimmt das?«

»Das siehst du richtig. Bis dieser Typ in die Stadt kam, war er nur ein Kleinkrimineller, der seine Freundin ausnahm. Inzwischen buche ich zwei Tote auf sein Konto.«

»Frauen?«

»Genau. Mir hielt er einmal ein Messer vor die Nase.«

»Gleichgültig, nichts als Show. Die Frauen waren Konkurrenten seiner Nutte?«

Sokol war deutlich. Ich musste schmunzeln, genau darauf lief es hinaus.

»Lass ihn weitermachen«, riet er, »es dauert nicht lange, dann ist er selbst tot. Die aus dem Osten, wer hier eben gerade das Geschäft macht, schaffen ihn dir vom Hals. Die sehen da nicht lange zu.«

Ich schüttelte den Kopf, er nickte bekräftigend. Eigentlich hatte er in bestürzender Weise recht. Ab morgen hatte Enikö keinen Wert mehr für den Pitbull. Auch wenn ich Freysinger nicht aufs Abstellgleis schob, für Enikö brachen harte Zeiten an. Was Kornelia gestern begonnen hatte, konnte der Patron nicht einfach rückgängig machen. Der Pitbull hatte sich an Enikös Geld gewöhnt, notfalls würde er sie auf den Strich schicken. Dann passierte genau das, was Sokol ankündigte.

»Willst du den Job?«, fragte ich.

Sokol grinste. Er hatte keine Ahnung gehabt, worum es ging, aber nach Albans Auftritt verstand er mich.

»Du willst ihm Angst einjagen? Mit mir? Ich bin ein Mafioso und Alban mein Soldat? Das bringen wir. Nur Show, keine Verletzten?«

»Genau so, nur Show, bringst du das?«

»Das bringe ich, verlass dich drauf. Ich mache das wie Robert de Niro.«

»Ich denke eher an Joe Pesci im Film *Casino*. Der konnte schon durch den Blick eine Aura der Gefahr um sich verbreiten, dass man ihm nicht leibhaftig begegnen wollte.«

Sokol überlegte kurz, dann glitt ein breites Lächeln über sein Gesicht.

»Jetzt verstehe ich. Ich bin der Böse, du kommst, um ihn zu retten? Du hilfst ihm nur, wenn er plaudert?«

»Genau so.«

»Klar, du brauchst einen Beweis, der vor Gericht hält. Den muss er dir liefern. Prügel würden da nicht helfen, damit kannst du nirgends hingehen.« Sokol wirkte jetzt außerordentlich vergnügt. Auch mir begann die Unterhaltung, Spaß zu machen.

»Wie kommst du ins Spiel?«, wollte er jetzt wissen.

»Meli holt mich. Die hat ja geplaudert, von der stammt der Tipp.«

»Meli? Tipp? Wovon redest du?

Ich verdrehte die Augen. Meli hatte ihm nichts davon erzählt, bei Franco war sie gesprächiger gewesen. Nun erzählte ich es ihm. Rex, der Pitbull, hatte sie in der Bar angebaggert, in der sie arbeitete. Demnächst würde er viel Geld haben, tönte er, und das, was er im Augenblick hatte, saß locker. Einen neuen 7er BMW hatte er schon bestellt.

Jetzt rollte Sokol die Augen. Er verstand ja, dass sie sich an der Bar einiges anhören musste, aber er hatte sie vor nicht langer Zeit von so einem Menschen befreit. Es war nicht schwer gewesen, der nahm auch nur Frauen aus. Der Exmann Melis war Syrer, der sich als Grieche ausgab und unter falschem Namen hier lebte. Er hatte nur Freunde hier, keiner ahnte, wie er wirklich war.

Männer am Rücksitz, das war Melis Tiefpunkt gewesen. Männer am Rücksitz, das hieß, der Beifahrersitz vorn blieb frei. Illegale von Bozen nach Innsbruck bringen, die ihr Mann weitervermittelte. Als Druckmittel verwendete er den gemeinsamen Sohn. Er redete gern vom Urlaub in Griechenland. Meli wusste, dass das Syrien war und sie ihren Sohn nie wieder sehen würde.

Es war ganz leicht gewesen, ihn loszuwerden, sagte Sokol. Ein Gespräch hatte genügt, denn auch der legte sich nicht mit Gegnern an. »Er hat zu viel geredet«, stellte Sokol fest, »ich verstehe, worauf du hinauswillst.«

»Wir verstehen uns. Du bist ein Pate aus eurer gemeinsamen Heimat und erwartest Respekt. Nun hörst du von seinen Geschäften. Du bist enttäuscht, er hätte mit dir darüber reden müssen.«

»Richtig. Details kümmern mich nicht die Bohne.«

»Ein Pate befasst sich nicht mit Details. Respekt zeigen, bedeutet nicht nur zahlen, sondern vorher zu reden, die Genehmigung einzuholen.«

»Meine Rede. Um wie viel geht es?«

»Seine Freundin ist die Geliebte eines Mannes, der viel Geld verwaltet. Es ist nicht sein Geld, aber den Unterschied versteht Rex nicht. Wäre es sein Geld, dann hätte er an die zehn Millionen.«

Sokol blinzelte. »Verdammt, der schuldet mir Millionen?«

»Das ist so eine Art Arbeitshypothese. Was wir tatsächlich tun entscheidet sich in diesen Tagen.«

»Wie bekommen wir ihn? Du willst ihn doch nicht entführen?«

»Er kommt zu uns. Inzwischen fragst du Meli aus, womit er angegeben hat, wenn er an der Bar saß. Wenn es klappt, wie vereinbart 1.000 für dich und 500 für Meli, sonst die Hälfte.«

»Gut. Wann soll es passieren?«

»In dieser Woche. Kümmere dich darum, dass Meli den Kontakt zu ihm nicht verliert. Alles Weitere erfährst du von Franco. Wir haben uns nie gesehen, und dieses Gespräch hat nie stattgefunden.«

»Ich kenne dich nicht«, sagte er, stand auf und gab mir eine Visitenkarte, »ich habe eine kleine Fliesenlegerfirma. Wenn du etwas brauchst, denke an mich.«

»Klar«, antwortete ich und steckte sie ein, »Franco bringt dich kurz vorher zu einem Mann. Wenn der mit dir fertig ist, kennt dich auch Meli nicht mehr.«

»Keine Verletzten, hast du gesagt.«

»Dabei bleibt es auch. Der Mann ist Maskenbildner.«

Sokol lachte schallend.

*

Ich fuhr mit dem Taxi zurück, um ins Auto zu steigen. Es war 15:40 Uhr, mir blieb noch ein wenig Zeit. Agnes winkte mir durch das Fenster zu, ich ging hinein.

»Freysinger und ihr Anwalt werden nicht lange dort sein, um halb fünf wollen sie die Aktenvernichtung überwachen«, sagte sie, »du musst sie aufhalten, so lange es geht. Max kommt gleich und holt den Karton, Maggie hat schon mit dem Peter aus der Kanzlei geredet.«

»Wie sieht es aus?«

»Lass dich überraschen, fahr los.«

Ich fuhr los. Das Auflassen des Büros würde höchstens einige Minuten dauern. Die Entsorgungsfirma war in Hall. 20 Minuten brauchten sie dafür auf jeden Fall.

Kurz vor vier Uhr bog ich in den Grabenweg ein. Ich stellte das Auto in der Wiese ab und lief die Treppen hinauf. Bereits im Gang zeugte ein prächtiges Firmenschild von Enikö, deren Büro im ersten Stock lag. Ich fuhr mit dem Lift hinauf, etwas anderes gab es nicht, und ging über die Brücke zur Tür. Sie stand offen.

Vor mir breitete sich das Entree aus. Hinter einem bogenförmigen Tresen standen zwei Schreibtische, auf einem lagen Bildschirm, Tastatur und einige Papiere. Der andere war leer. Rechts führte ein kurzer Gang weg, mit einer geschlossenen Bürotüre darin, am Ende trennte eine Glastüre den Besprechungsraum ab. An dessen Ende befand sich an der Wand ein großes Display, lose Kabel hingen herab.

Im Gang nach links gab es vier Türen, zwei pro Seite, am Ende eine Glastür zu einem großen Büro. Enikö residierte fürstlich, aber ziemlich allein. 150 Quadratmeter reichten nicht.

Ich ging um den Tresen herum und setzte mich an den Schreibtisch mit dem Computer. Am Ende des Ganges links hörte ich Stimmen, Schritte kamen den Flur herauf. Tom und die Herzspenderin erschienen.

»Ersparen Sie uns jede Erklärung«, sagte Tom lächelnd, »gehen Sie auf der Stelle. Sie ersparen sich damit erhebliche Schwierigkeiten.«

»Die Tür war offen«, versuchte ich seine Anweisung zu übergehen.

Tom wies mit der Hand zur Tür.

»Ich bin mit Frau Kertesz verabredet«, wandte ich ein, »sie verspätet sich nie.«

»Frau Kertesz ist hier nicht mehr, lassen Sie das.«

Ich stand langsam auf, mir war noch nichts eingefallen. »Eigenartig«, sagte ich spöttisch, »da kommt der Suchtrupp, und dabei ist gar nichts hier. Wer braucht denn gar nichts?«

Tom zog demonstrativ sein Handy hervor. Ich ging noch langsamer um den Tresen herum und blieb in der Tür stehen. Die Herzspenderin hatte sich noch unter Kontrolle.

»Die Miete für dieses Büro«, setzte ich ungerührt fort. »Ihr Gehalt zuzüglich Abgaben, Leasingrate für das Auto, Spesen, da werden 20.000 im Monat nicht reichen, wie sehen Sie das?«

»Reichen Sie Ihre Beobachtung bei unserem Controlling ein«, empfahl Tom, »die wissen das zu schätzen.«

Ich war draußen, er zog die Tür zu, mein Blick fiel auf das Türschild. Er sah auf das Schild und dann mich an.

»Das sollten Sie abmontieren, drunten natürlich auch«, grinste ich, »zweifellos können Sie sich ausmalen, welches Theater die heißblütige Ungarin morgen aufführt, wenn sie vor verschlossener Tür steht. Irgendjemand wird ihr glauben, dass sie hineindarf. Dann bekommen sie die Dame mit zehn Pferden nicht mehr heraus.« Ich ging. Als ich mit dem Lift hinunterfuhr, sah ich, wie Tom telefonierte. Die Firmenschilder kosteten ihn sicher noch zehn Minuten, mehr konnte ich nicht tun.

*

Abends saßen wir alle im Park-Cafe. Die Sonne ging unter, es war schon kühl. Die Lichter blieben ausgeschaltet, niemand sollte noch angelockt werden. Der Kellner räumte ab, wir ließen uns nicht stören. Mit einem kraftvollen »Zu spät« begrüßte er den Mann von Agnes, der zu uns stieß, um sie abzuholen.

Die Rückgabe der Akten hatte geklappt, das Ergebnis der Suche lag im Akt. Agnes hatte sich eng mit Katja abgestimmt und alles weggelassen, was über den Fall Girotti hinausging. Diesen Fall konnte ich mit dem Geld von Cordes gutmachen, für den Rest hätte ich Freysinger anzeigen müssen. So wusste ich nichts davon. Mein Raubzug auf Rofners Festplatte würde mir nur unangenehme Fragen einbringen.

Wir brachen auf, ich musste den Brief schreiben. Zuerst holte ich die Festplatte mit den Daten von Rofners Computer aus dem Safe und startete den Shredder. Die Platte wurde zweimal mit Nullen überschrieben, beginnend vom Master-Boot-Record, über die Partitionstabelle zu den Daten, lückenlos. Außer frischen Nullen enthielt sie danach nichts mehr. Das dauerte einige Stunden, und die hatte ich.

Für den Brief brauchte es einige Anläufe, aber gegen zehn Uhr konnte ich ihn unterschreiben.

Ulrich hatte einige Male angerufen, von Enikö fehlte jede Spur. In ihrer Wohnung in der Andreas-Hofer-Straße war Licht gewesen, aber nur der alte BMW des Pitbulls stand in der Nähe. Ihr rotes Cabrio fehlte weiterhin. Sie hätte längst da sein müssen, denn Freysinger war um sieben Uhr zu Hause erwartet worden, wie ich von Maggie wusste. Um halb elf berichtete Ulrich, dass der Pitbull aufgebrochen war und ziellos in der Stadt herumfuhr.

Es gab keine Neuigkeiten beim Frühstück und keine, als ich im Büro erschien. Ulrich kam um halb zehn, ich verpasste ihm eines der Handys, die ich anderntags besorgt hatte. Im letzten Moment wollte ich keine Zwischenfälle mehr erleben, zumindest keine, die sich vermeiden ließen.

Ulrich hatte die Verfolgung des Pitbulls gegen Mitternacht eingestellt. Zu dieser Zeit war festgestanden, dass Enikö in weiser Voraussicht an diesem Abend nicht zu Hause erscheinen würde. Irgendwann hatte er das Warten in der leeren Wohnung nicht mehr ertragen und war losgefahren. Ob man aus Eifersucht auf die Partnerin wartet oder von ihr lebt, macht keinen Unterschied.

Kurz vor zwölf war er in einer Bar sitzen geblieben. Ulrich war davon ausgegangen, dass er bis zur Sperrstunde bleiben würde und hatte abgebrochen. Der Pitbull hatte eine schlimme Nacht hinter sich.

Enikö hatte sich unsichtbar gemacht, sie hob auch heute Vormittag nicht ab. Ich musste sie aber finden, und Ulrich musste die Spur des Pitbulls wieder aufnehmen. Es gab dafür zwei Anknüpfungspunkte, die Wohnung Enikös und seine eigene am Wetterherrenweg. Die Lokale, in denen er sonst herumhing, waren noch geschlossen.

Ich informierte Ulrich über die nächsten Schritte und übergab Agnes den Brief. Später, um elf Uhr würde Max die alte Dame vom Altersheim ins Büro bringen, wo auch Katja erscheinen würde, und zu Mittag war der Brief an Maggie auszuhändigen. Da brauchte ich nirgends dabei zu sein, also brach ich auf, um Enikö zu finden.

Auch Enikö musste eine schlimme Nacht hinter sich haben, und ihr Morgen konnte nicht besser gewesen sein. Sie war abends zurückgekehrt, hatte sich aber nicht in ihre Wohnung gewagt. Dort hätte sie der Pitbull erwartet, um sich wie üblich Bericht erstatten zu lassen. Der Bericht musste nach dem Putsch unerfreulich ausfallen, denn die Herzspenderin hatte sie ja während der Abwesenheit abmontiert. Das bedeutete nicht nur den Verlust vieler Annehmlichkeiten, an die er sich gewöhnt hatte, sondern ihrer Existenzgrundlage. Anderntags fand sie ihr Büro verschlossen und die Schilder entfernt.

Das waren harte Schläge, auf die manchem so schnell nichts einfallen würde. Freunde konnte sie mit ihrer Art nicht gewonnen haben. Die Wahrscheinlichkeit war groß, dass sie einfach aus Erschöpfung Halt gemacht hatte und in einem Café in der Nähe des Büros saß, und das verfügbare Zeitfenster schloss sich zu Mittag.

Ich stellte den Wagen am Grabenweg ab und fand sie tatsächlich an einem Tisch vor dem Lokal bei der Tennishalle. Sie war nicht zu übersehen, die üppigen schwarzen Locken fielen auf ihre Schultern, darunter strahlte ein Kleid in Gelb, mit einem Ton orange darin. Rüschen rahmten ein ansehnliches Dekolleté ein. Wenn Beine gut gelungen waren, blieben sie das auch, sie endeten in Pantoletten, die nicht mehr zur Jahreszeit passten. Enikö erinnerte mich an die Mädchen, die ich am Bahnhof immer vorbeigehen sah, wenn ich mich dort mit einem Freund traf. Von allem eine Spur zu viel, aber sie strahlten Vitalität aus, und Unbefangenheit. Enikös Rubensfigur dagegen strahlte Lebensfreude aus, und Verfügbarkeit. Ich dachte an die in Make-up erstarrte Martha Cordes und stellte mir den Unterschied zwischen Enikö und Freysingers Gattin vor wie den zwischen der strengen Hera und der vitalen Aphrodite. Letztere hatte allerdings auch nicht alles umsonst getan, ähnlich Freysinger, der seine Liebesgöttin von der Firma bezahlen hatte lassen.

Lebensfreude drückte ihre Miene im Moment nicht aus, sie setzte die Sonnenbrille auf, als ich mich näherte.

Enikö war nicht weit gekommen, das Lokal befand sich bestenfalls hundert Meter vor dem Bürohaus. In den wärmenden Strahlen der Morgensonne saßen einige Gäste. Sie hatte eine leere Teetasse vor sich stehen, Zigaretten, Feuerzeug und ihr Handy.

»Frau Kertesz, nehme ich an?«, begann ich, »Prokop, Paul Prokop. Darf ich mich setzen?«

Sie hob den Kopf und sah mich eine Weile an.

»Danke«, sagte ich und setzte mich, »wir müssen reden.«

Hinter der Sonnenbrille sah ich von ihren Augen gar nichts mehr. Sie zündete eine Zigarette an. »Rufen Sie an und machen Sie einen Termin«, sagte sie mit kräftigem Akzent, »so geht das.«

»Einen Termin? Das ist doch lächerlich. Sie haben ja kein Büro mehr, und Ihr Handy ist auch bald tot.« Ein wenig Sadismus konnte nicht schaden. Den war sie von Rex in ganz anderem Ausmaß gewohnt, sonst nahm sie mich vermutlich gar nicht ernst. Sie zuckte zusammen, obwohl sie die Reaktion vermeiden hatte wollen.

»Ich kam zufällig vorbei, als das Büro geschlossen wurde«, setzte ich fort, »Kornelia und ihr Anwalt leisten ganze Arbeit. Der Senior sitzt nun wieder in seinem Büro und feuert vermutlich in diesen Minuten seine Tochter. Was sie getan hat, kann er aber schwer rückgängig machen. Sie stehen auf der Straße.«

»Pah«, sagte sie eisig, »was erlauben Sie sich.«

»So ist es. Sie haben heute im Hotel geschlafen? Ihrem Bruder gingen Sie wohlweislich aus dem Weg.«

»Sie wollten wieder gehen.«

Ich bestellte einen Espresso und für sie dasselbe noch einmal. »Konnten Sie das Hotel bezahlen?«, fragte ich ungerührt. »Ich meine, funktioniert Ihre Kreditkarte noch?«

Jetzt zuckte sie wirklich zusammen. Der Gedanke war ihr also auch schon gekommen, aber es dürfte in der Früh noch geklappt haben. Vermutlich hatte die Herzspenderin das so eingeteilt, dass es nicht gleich am Dienstag zum Eklat kam, als Enikö noch den Patron begleitete.

»Dann gehen Sie nach unserem Gespräch zur Bank und heben damit ab, so viel noch möglich ist«, fuhr ich fort, »Sie werden es brauchen.«

Daran hatte sie nicht gedacht. Sie richtete sich auf. Vermutlich hatte sie nur wenig Bargeld dabei. Dass sie am Ende einer Sackgasse stand, musste ihr klar geworden sein. Mir war klar, dass das nicht die erste Sackgasse in ihrem Leben war.

»Läuft Ihr Cabrio auf die Firma?«, fragte ich weiter.

Die Kellnerin kam rechtzeitig, um ihr mit dem Servieren eine Pause zu verschaffen. Enikö bekam ihre Enten in die Reihe.

»Prokop, sagten Sie? Sie sind das, der Unruhestifter, der überall herumschnüffelt?«

»Paul, versuchen Sie es noch einmal.«

»Paul«, zischte sie leise, »von mir aus, und ich darf den Wagen behalten. Ich habe eine SMS bekommen, von Hartmut persönlich.«

Enikö tippte auf ihrem Handy und drehte es triumphierend zu mir. Ich las die Nachricht Freysingers, überlegte kurz und nickte. »Einverstanden.«

Freysingers Macht reichte bis morgen Vormittag, meine Machtmittel aber bis Freitag, wenn ich den Schlussbericht an Cordes übergab. Das war ein Tag mehr. Bei den Schulden der Kanzlei, für die Cordes geradestehen musste, machten die paar Tausend auch nichts mehr aus. Cordes würde unverzüglich die Bauruine Freysingers in den Konkurs schicken. Damit war das Leck abgedichtet. Dann gab es einen Kassensturz, er installierte einen Statthalter und sah sich in Ruhe nach einem Käufer um. Die gekaufte Kanzlei bezahlte inzwischen alles selbst, angefangen von den Kosten der Bankgarantie bis zu den der Restrukturierung. Am Schluss konnte Cordes einen schönen Gewinn einstreichen, und ich konnte mir die Großzügigkeit leisten.

»Sie können das entscheiden?«, fragte sie spöttisch.

»Ja.«

»Wer sind Sie?«

»Das Ende.«

»Und wer ist Hartmut?«

»Dead man walking. Diese Episode ist vorbei, sie kommt nicht wieder. Es ist aber nicht alles verloren, Ihr Bruder bleibt Ihnen erhalten. Familiäre Bande halten am Längsten.«

Nun war sie nicht mehr spöttisch, nur mehr still. Die Vorstellung musste schrecklich sein. Rex hatte sie schon geprügelt, als sie noch Geld abliefern konnte. Wie es nun weiterging, das wollte sie sich im Moment sicher nicht vorstellen. Eine neue Chance wie Freysinger konnte sie nicht einfach aus dem Ärmel schütteln.

»Was wollen Sie dafür? Ich darf also Geld abheben und mein Auto behalten. Ganz umsonst?«

»Sie verlassen die Stadt.«

»Was? Ich lebe hier.«

»Dann bleiben sie doch, Sie sind nicht allein.«

Enikö nahm die Sonnenbrille ab und putzte sie hingebungsvoll. Ich stopfte mir nun eine Pfeife. Sie war so weit.

Die Saison war zu Ende, die Ernte fuhr jemand anderer ein. An der Erkenntnis kam sie nicht mehr vorbei.

»Toll«, sagte sie und setzte die Sonnenbrille wieder auf, um sie dann doch wegzulegen, »wenn ich bleibe, macht mich Rex fertig, wenn ich gehe, schaffen Sie ihn mir vom Hals. Verstehe ich richtig?«

»Sie verstehen das goldrichtig.«

»Und wenn das Geld fertig ist, das ich jetzt noch abheben kann? Was passiert dann?«

»Sie kommen weg, und das zählt. Wenn Sie Rex in die Hände fallen, kommen Sie nicht mehr weg. Was dann mit Ihnen geschieht, können Sie sich selbst vorstellen. Weil wir gerade von ihm reden, er hat zwei Frauen umgebracht, die ich kannte.«

Enikö sagte eine Weile nichts.

»Wie kommen Sie denn darauf«, sagte sie endlich, »warum ist er dann nicht verhaftet? Und überhaupt, was sollte das mit mir zu tun haben?«

»Spielen Sie nicht die Unschuld vom Lande. Gerade der erste Mord nutzte niemandem außer Ihnen. Helga Rofner starb, als Sie auftauchten und an ihre Stelle traten. Für mich ist das ein starkes Motiv.«

»So ein Mist. Warum erzählen Sie das nicht der Polizei?«

»Das werde ich tun, wenn wir nicht vorankommen. Dann bleiben Sie aber hier, und Sie sitzen nebeneinander auf der Anklagebank. Kein Problem.«

»Erpresser.«

»Paul, sagen Sie Paul.«

Enikö drehte ihr Teeglas in der Hand. Jetzt wirkte sie verzweifelt. Ihre Augen begannen zu glänzen, sie setzte die Sonnenbrille wieder auf. Einen Versuch unternahm sie noch. »Das mit dem Motiv haben Sie erfunden, und nicht einmal gut. Haben Sie für den zweiten ein Besseres? Von dem Sie reden, meinte ich, natürlich.«

»Sie wissen davon, danke für die Bestätigung. Der zweite? Simone Morawetz, sie war Freysinger auf die Schliche gekommen. Sie hat mir die Beweise für seine Betrügereien verschafft. Es war unnötig, sie umzubringen, die Beweise sind in Sicherheit. Dieser Mord sollte Ihnen und Freysinger nützen. Sie hängen mit drin, Sie beide.«

Enikö hielt sich nur noch mit Mühe aufrecht. »Ich wusste nichts davon, wir beide nicht, Rex hat das ganz alleine getan.«

Wenigstens das Teilgeständnis hörte ich gern, Katja glaubte ja noch immer nicht an den Mord. Bei Simone war ich mir sicher gewesen, aber Helga Rofners Tod hätte wirklich Selbstmord sein können.

»Das Gericht wird Sie möglicherweise freisprechen«, setzte ich fort, »ein einem Jahr, oder zwei. Bis dahin sitzen sie in Untersuchungshaft. Ihr Auto ist dann weg, denn da kann ich nichts für Sie tun. Für Ihre Unterbringung ist aber gesorgt, und eine kleine Haftentschädigung wird auch drin sein. Aber, wie man so sagt, auf hoher See und vor Gericht ist man in Gottes Hand.«

Enikö schüttelte sich. »Er kommt immer davon«, sagte sie leise, »Rex ist zu schlau, er hat es immer geschafft.«

»Gut, dann müssen Sie mir helfen, ohne Wenn und Aber. Sie haben genau drei Sekunden.«

»Was muss ich tun?«, fragte sie nach der ersten Sekunde.

Ich bestellte einen dritten Espresso, und weil inzwischen kein Einwand mehr gekommen war, erklärte ich ihr, was sie zu tun hatte. Es war einfach. Sie sollte sich Geld beschaffen und das Quartier wechseln, und zwar so, dass ihr Auto von der Straße weg war. Bis morgen hatte sie sich mucksmäuschenstill zu verhalten und mir ihr Handy zu übergeben. Dafür erhielt sie das letzte von denen, die ich gestern besorgt hatte. Meine Nummer war drin, anzurufen hatte sie nur im äußersten Notfall und sie hatte für mich bereit zu sein. Morgen erhielt sie irgendwann am Nachmittag einen Anruf von Franco. Dessen Nummer war auch eingespeichert und somit erkennbar. Seinen Anweisungen war zu folgen. Noch vor Mitternacht würde der Pitbull verhaftet und sie wieder ein freier Mensch sein.

Ich winkte der Kellnerin und bezahlte. Wir verließen den Gastgarten.

»In welcher Sprache unterhaltet Ihr euch?«, fragte ich, als wir am Gehsteig standen.

»Magyar, Ungarisch.«

»Diese Sprache verstehe ich nicht. Sie werden ihn jetzt anrufen. Wenn Sie dabei etwas sagen, was ihn warnt oder Sie sich sonst etwas einfallen lassen, dann ist der Deal geplatzt, klar? Dann wird Ihr Auto eingezogen, Sie werden verhaftet und kommen vor Gericht. Gegen Rex unternehme ich auch nichts, den haben Sie dann am Hals. Flucht ist zwecklos. Sie werden sich wünschen, dass die Polizei Sie erwischt, bevor Rex Sie findet. Verstehen wir uns?«

»Ja. Was soll ich ihm sagen?«

»Sie sagen ihm, dass Sie noch nicht zurück in der Stadt sind. Sie kommen morgen an und holen nach Mittag den Schlüssel für Ihren Banksafe aus der Wohnung …«

»Ich habe keinen Safe …«

»Das macht nichts. Sie sagen ihm weiters, dass Sie Angst vor ihm haben und nur kommen, wenn er nicht da ist. Bevor Sie die Wohnung betreten, lassen Sie jemand nachsehen, ob sie leer ist.«

»Diese Geschichte glaubt er nicht.«

»An den verborgenen Schatz wird er glauben.«

Ich wehrte die nächste Frage ab und überreichte ihr ihr eigenes Handy noch einmal. Sie rief ihn an, ich verstand nicht das Geringste. Kein Mensch außer einem Ungarn versteht Ungarisch. Nach einer Weile erhielt ich es zurück. Ich nahm den Chip heraus und trat mit dem Absatz drauf.

»Hat es geklappt?«

»Ja, er war sehr freundlich. Wir müssen jetzt zusammenstehen, hat er gesagt, alles wird gut.«

»Gut, dann tauchen Sie jetzt unter. Besorgen Sie das Geld und etwas zu lesen. Sie müssen bis morgen durchhalten, ohne sich zu rühren. Kein Fehler, nichts, bis Sie von mir oder Franco hören.«

»Aber, wenn das funktioniert, dann kann ich ja bleiben?«

»Nein.«

»Keine Chance?«

Ich schüttelte den Kopf und stieg in mein Auto.

*

»Buon giorno, Signor Prokop, tutto bene?«, strahlte der Wirt, heute ganz in Weiß.

»Alles bestens.«

»Perfetto«, er wies uns den Tisch an.

Chianti und Pinot Grigio erschienen ohne Rückfrage. Das passte, heute wollten wir einfach Pizza. Die neue Kellnerin hatte das Radio wieder lauter gestellt. Das Handy hörte ich noch rechtzeitig.

Sokol rief zurück. Ich hatte vorhin Franco nicht wecken wollen und gleich Sokol angerufen. Er brachte gute Nachrichten. Der Pitbull war gestern auch in Melis Lokal vorbeigekommen. Er hatte einen desperaten Eindruck gemacht,

Unsinn geredet, einen Schnaps gekippt und war wieder gegangen. Sie hatte seine Telefonnummer.

Damit konnte ich ihm über Meli eine Nachricht zukommen lassen. Meli sollte aber vorher eine Belohnung verlangen und nicht weiterreden, bevor er nicht wenigstens 500 zugesagt hatte.

Die Nachricht lautete: ›Die Ungarin will noch in dieser Woche abkassieren und sich aus dem Staub machen. Ihr Büro hat sie schon aufgelassen und die Firmenschilder abmontiert. Derzeit hält sie sich in Innsbruck versteckt, weil sie noch auf etwas wartet.‹

Rex würde sie dann bedrängen den Informanten zu nennen. Meli sollte erst Einwände vorbringen und dann sagen, sie wüsste aus sicherer Quelle, dass Enikö ihr Cabrio aus der Firma ausgekauft hatte und am Freitag auf ihren Namen anmelden würde. Danach musste sie das Gespräch auf jeden Fall abbrechen.

Ich hatte Meli als Kontakt zu Enikö ins Spiel gebracht, damit hatten wir den Pitbull an der Angel.

Die Pizza wurde serviert. Katja sah mich nachdenklich an.

»Du verwendest die Enikö als Lockvogel?«, fragte sie. »Weiß sie davon?«

»Im Prinzip ja.«

»Im Prinzip?«

»Ich weiß jetzt aber, dass Helga Rofner ermordet wurde. Es war definitiv kein Selbstmord. Der Pitbull wollte seine Goldader schützen.«

»Aber es reicht nicht, um zur Polizei zu gehen?«

»Nein. Enikö war nicht beteiligt, offensichtlich erfuhr sie es hinterher. Wenn das schiefgeht, sehen wir ihn nie wieder.«

»Du könntest der Polizei den Verdächtigen und das Motiv liefern.«

»Ich will den Beweis liefern. Ein Risiko gehe ich nicht ein.«

Katja bohrte nicht weiter. Ich sah auf die Uhr. Jetzt sollte Maggie den Brief bekommen haben, und Freysinger musste nicht mehr lange darauf warten.

»Wird schon schiefgehen«, munterte sie mich auf.

»Viele Möglichkeiten hat er nicht.«

»Er hat gar keine.«

Katja lenkte mich ab, ich ließ es gern geschehen. Wir redeten über die Jesse Stone Serie, die jetzt auch bei uns zu bekommen war. Tom Selleck hatte sich damit nach dem Magnum-Klamauk ein würdiges Alterswerk geschaffen.

Als wir uns draußen verabschiedeten, sagte ich, dass ich heute und morgen schwer erreichbar sein würde. Allerdings könnte eine Situation eintreten, in der ich anwaltlichen Beistand brauchte. Morgen Abend wären Beweise zu sichern, wenn alles gut ging. Ich konnte das nicht selbst tun, dann waren sie nichts wert.

»Sonst noch etwas?«, fragte sie, als sie ihr Auto aufgesperrt hatte.

»Eigentlich schon. Möglicherweise musst du eine kleine Zusatzvereinbarung mit deinem Kollegen abschließen. Enikös Cabrio muss aus der Firma heraus und auf sie übertragen werden. Das entscheidet sich aber erst morgen Abend.«

Katja lächelte. »Du lässt sie laufen?« Sie wartete keine Antwort ab, stieg ein und fuhr los.

*

Agnes war noch im Büro und machte Journaldienst. Alles friedlich, berichtete sie. Ulrich hatte einen Bekannten auf den Pitbull angesetzt. Dessen Auto stand am Wetterherrenweg, der Pitbull schlief wohl noch. Eine Meli hatte angerufen, sie hatte einem gewissen Rex auf die Mailbox gesprochen. Ich holte Kaffee für uns beide und informierte Agnes über das Team Sokol, wie ich es nannte. Henriette Kuppelwieser war am Vormittag von Max gebracht worden, hatte ungläubig den Ausführungen von Katja zugehört und dann geheult. Da war also alles in Ordnung.

Später telefonierte ich mit Enikö. Ich warnte sie, die Funkstille unbedingt einzuhalten, und zwar in jeder Hinsicht. Wer nicht kommuniziert, erklärte ich ihr, wird nicht entdeckt. Morgen sei alles vorbei, und am Freitag bekäme sie ihre Zulassung für das Cabrio. Nach einer halben Stunde Telefonseelsorge legte ich auf.

Es war kurz nach drei, als Agnes hereinkam und berichtete, dass Maggie angerufen hatte. Die fühlte sich nicht gut. Meine Kapazität als Seelsorger war erschöpft, obwohl mir Maggie unvergleichbar näher stand als Enikö. Agnes hatte aber bereits vereinbart, dass sie bei uns vorbeikommen sollte, um mit ihr zu plaudern. Der Brief war übergeben, weitere Geheimhaltung nicht nötig, zumindest, was die Kanzlei betraf. Freysinger hatte unmittelbar nach Erhalt des Briefes die Kanzlei verlassen. Die Zeit war vergangen, indem Maggie den Brief auf ihrem Schreibtisch angestarrt hatte, bevor sie den Mut fand, ihn zu übergeben.

Nun konnte ich nur noch warten. Die Kanzlei musste an Cordes übergeben sein, bevor der nächste Schritt mit dem Pitbull erfolgte. Wenn das morgen nicht klappte, musste ich Katja grünes Licht für den Konkursantrag geben. Einen Gläubiger, dem das Warten reichte, hatte ich vorbereitet. Dann war ich aber der Scharfrichter, und diese Option gefiel mir nicht.

Viel konnte ich nicht mehr tun, am Abend kam Franco. Mit ihm war der Rest zu besprechen. Ich konnte jedoch Agnes fragen, von welcher Nummer Meli angerufen hatte.

Das tat ich, und Meli hatte Rex schon direkt erreicht. Es hatte bestens geklappt. Der Pitbull war voll darauf abgefahren, er hatte den Köder gefressen. Meli hatte ihm versprochen, morgen mehr herauszubekommen. Mit Halbwahrheiten und Versprechen zu leben, war sie gewohnt, sagte sie, aus dem Überlebenskampf gegen ihren Ex, von dem Sokol sie befreit hatte.

Ich verriet nicht, wo morgen das Ganze ablaufen sollte. Jeder ist einmal 15 Minuten berühmt, hatte Andy Warhol gemeint. Das sollte Melis großer Auftritt werden.

Donnerstag

Nach dem Frühstück rief ich alle an, der Reihe nach. Franco war gut drauf, er hatte eine ruhige Nacht im Büro verbracht und war ausgeschlafen. Sein Feldbett sollte er heute wieder mitnehmen können. Abends war der Pitbull gefasst oder flüchtig. Franco hatte sich gestern noch mit Sokols Team getroffen und war alles genau durchgegangen. Sokol war um elf Uhr mit dem Maskenbildner verabredet.

Meli hatte Rex gesagt, dass sie sich bei ihm melden würde. Er brauchte sie nicht anzurufen, sonst würde sie auflegen und die Sache vergessen. Wenn ihr Informant misstrauisch würde, dann war alles verpatzt.

Ich trug ihr auf, gegen Mittag den Pitbull anzurufen und ihm für den Nachmittag eine wichtige Information anzukündigen. Sie sollte durchblicken lassen, dass die Ungarin ihre Sachen anscheinend längst beisammen hatte. Was sie an der Abreise hinderte, war die Übertragung ihres Autos. Der Wagen hatte einen Wert von mehr als 50.000 Euro.

Meli wiederholte alles, fragte nichts. Sie würde mir Bescheid geben, sobald sie mit Rex geredet hatte. Mir war es wichtig, den Wert des Wagens zu erwähnen, denn der Pitbull liebte diese Marke. Er hatte nie so etwas besessen, und diese Trophäe sollte für ihn in Reichweite liegen.

Ulrich war auf seinem Posten. Der Pitbull war schon frühmorgens aufgebrochen und befand sich nun in Enikös Wohnung. Im Moment hielt ein Freund die Beobachtung aufrecht. Zweifellos suchte der Pitbull den Schlüssel, den es nicht gab. Wir lachten bei der Vorstellung, wie die Wohnung zu Mittag aussehen würde. Enikö würde keine Kaution mehr zurückbekommen.

Der vorletzte Anruf galt Enikö, die hob sofort ab. Sie versicherte mir, sich an alles gehalten und mit niemandem geredet zu haben. Heute Nachmittag würde sie eine Nachricht von mir oder Franco erhalten. Wenn dann alles gut ging, war Rex am Abend verhaftet, sie erhielt am Freitag die Papiere für ihr Auto und konnte gehen. Ich hoffte, dass sie die richtigen Schlüsse zog. Wenn sie den Wagen verkaufte, besaß sie mehr Geld, als viele Familien für ein Jahr zum Leben hatten. Falls sie zurück nach Ungarn ging, reichte es für zwei Jahre.

Den letzten Anruf nahm mir Katja ab.

»Alles in Ordnung?«, fragte sie.

»Sieht gut aus. Ist es so weit?«

»Wir fahren jetzt zu Freysinger. Um zehn Uhr ist die Sitzung. Wir rechnen mit einer halben Stunde. Willst du kommen?«

»Auf jeden Fall. Ich rufe Maggie an.«

»Nicht nötig, melde dich einfach am Empfang, so in einer halben Stunde.«

Ich schaltete mein Handy ab und brach auf. Agnes

wünschte mir Glück. Ich ließ mir Zeit, war aber zu früh bei Freysingers Büro. In der Garage hatte ich Empfang, ich schickte Meli eine SMS und wartete. Sie meldete sich bald.

»Wie war es?«, fragte ich.

»Wahnsinn, der ist außer sich. Er ist zum Büro gefahren, keine Schilder sind mehr da, und die Wohnung ist seit Tagen leer.«

»Kauft er die Geschichte?«

»Voll und ganz. Er hat in der Kanzlei angerufen. So, wie die ihm geantwortet haben, kapiert er, dass sie weg ist. Wie geht es weiter?«

»Hast du ein Auto?«

»Ja, warum?«

»Gut, dann muss ich keines besorgen. Ruf ihn gegen zwei Uhr an und sage ihm, es verzögert sich. Enikö fährt in eine Werkstatt, um die neuen Kennzeichen montieren zu lassen. Der wahre Grund dürfte der sein, dass da wahrscheinlich jemand kommt, mit dem sie abhauen will. Du erfährst aber noch wo, und da bist du dir ganz sicher.«

»Da bin ich aber gespannt, warum bin ich ganz sicher?«

»Weil du für die Ungarin Scout spielen wirst. Sie muss dir ihr Handy geben, dass nichts verraten werden kann. Das ist für die Show, weil er euch beobachten wird. Sie folgt dir dann zur Werkstatt. Das muss spätestens um fünf Uhr sein, weil ab sechs Uhr geschlossen ist. Hinterher würde es dort auffallen. Wo das ist, das sagt man dir aber erst im letzten Moment. Erzähl ihm das so.«

»Verstehe, damit soll er sich sicher fühlen. Nicht in dunkler Nacht irgendwo in der Pampa, das ist die Botschaft?«

»Du verstehst das goldrichtig, ciao.«

Meli lachte und legte auf. Ich verließ mein Auto und ging zum Lift.

In der Rezeption wurde ich so eisig empfangen wie beim letzten Mal. Es machte mir diesmal genauso wenig aus wie früher. Ich sagte »Prokop, Paul Prokop«, und man wies mir einen Platz an und fragte, ob ich Kaffee wollte. Ich verzichtete und spazierte den Gang hinunter. An der Tür mit dem Schild ›MMag. Kornelia Freysinger‹ blieb ich stehen. Dann öffnete ich und ließ die Tür aufschwingen. Das Büro war leer. Die Blicke in meinem Rücken hätten gestochen, wäre ich nur empfindlicher gewesen.

Ich ging weiter, hinunter zur Rumpelkammer, in der mich Freysinger empfangen hatte, und öffnete auch diese Tür. Es sah aus wie damals. Das Seminargeschäft war schon länger zu Ende.

Nach einer Weile rührte sich etwas, das musste die Tür des Thronsaals gewesen sein. Ich kehrte zur Rezeption zurück. Schritte näherten sich, Freysinger erschien, begleitet von einem Mann. Das war wohl sein Anwalt. Freysinger kam mit unbewegtem Gesicht den Gang herunter. Mit derselben Miene hatte er mich in der Rumpelkammer empfangen, vermutlich besaß er nur die eine. Am Ausgang musste er an mir vorbei. Er blieb stehen und sah mich an. Ich sagte kein Wort. Freysinger wandte sich ab und verließ die Kanzlei. Sein Begleiter folgte ihm. Eine der strengen Damen hinter mir schluchzte. Ich setzte mich in Bewegung und ging zum Thronsaal. Katja saß da, umrahmt von drei Herren.

Sie stellte mich als Beauftragten des Käufers vor. Wir schüttelten die Hände, der Notar sammelte seine Papiere und verabschiedete sich. Der zweite war der Anwalt von Cordes, der dritte der neue Geschäftsführer. Maggie kam herein und brachte Kaffee. Ich bat sie, sich zu uns zu setzen.

Katja verlangte den Wortlaut der offiziellen Mitteilung an die Belegschaft. Ich las sie durch und gab sie Maggie. Immerhin war es ein starkes Argument gewesen, dass sie damit den Fortbestand der Kanzlei sicherte. Maggie las bis zum ersten Absatz, legte das Blatt dann weg und entschuldigte sich.

»Danke«, sagte ich zum Geschäftsführer, »viel Glück.« Ich verabschiedete mich auch, der erste Teil war gut gegangen.

*

Nun hatte ich Zeit. Ich musste die Aktion so spät wie möglich auslösen, weil ich damit in den beginnenden Abend geraten wollte. Auf den folgte die Nacht. Auch wenn ich das Vorhaben zügig durchziehen wollte, der Gefangene sollte das Gefühl haben, dass es lange dauern konnte und keine Hilfe in Aussicht war.

Ich fuhr nach Hause. Das Ziel war wieder die Musikabteilung, ich wurde rasch fündig.

Das erste Album von Alan Parsons Project hieß *Tales of Mystery and Imagination*. Es handelte von den düsteren Geschichten Edgar Allan Poes, und eine Nummer darin war *The Cask of Amontillado*.

Die Stimmung dieser Nummer passte so gut wie die eigentliche Geschichte. Der Ich-Erzähler Montrésor lockte seinen Feind Fortunato in den tiefen Keller, um ihn dort lebendig einzumauern. Das Lockmittel war ein Fass Amontillado, das Fortunato als Kenner beurteilen sollte. Diese Geschichte hatte mich schon als Kind fasziniert.

Fortunato war betrunken, sonst hätte er längst gesehen, wo die Sache hinführte. In meinem Fall würde das Fass Amontillado in Gestalt eines roten BMW Cabrios den Pitbull dorthin locken, wo er in seiner Lage nicht hinfahren sollte. Ich hatte auch wie Montrésor vor, den Widersacher lebendig einzumauern, allerdings im Gefängnis.

Montrésor führte Fortunato durch einen Gang, der unter dem Fluss durchlief. An der Stelle, an die wir den Pitbull bringen würden, hatte es etwa hundert Meter weiter etwas Ähnliches gegeben. Da war am Ufer des Inn eine große Metallklappe, die in die Kanalisation führte, in die wir als Kinder gern im Schein der Fackeln vorgedrungen waren. Ob die Klappe noch existierte oder nicht, im Gespräch ließ sie sich als Option unterbringen.

Zuletzt passte das Motto der Familie Montrésor: *nemo me impune lacessit*, niemand möge mich ungestraft kränken. Die nackte und zerschmetterte Helga Rofner in meinem Garten ließ ich nicht ungesühnt.

Nachdem ich das Album abgespielt hatte und guter Dinge war, ging ich hinunter ins Büro.

Rita begegnete mir, sie kam von unten.

»Paul«, sagte sie, »was ist? Hast du vergessen?«

»Überhaupt nicht, ich wollte dich eben abholen.«

Rita lächelte. »Macht nichts, aber nächste Woche geht es bei mir nicht.«

»Mist, dann ist das Jahr vorbei. Das Licht wird knapp, auf der Nordostseite, und kalt wird es auch.«

»Ja, wir wollten ja …«

»… die Szene Phryne vor den Richtern ganz ohne machen.«

Das Bild von Jean-Léon Gérôme, *Phryne vor den Richtern*, zeigte die nackte Phryne vor dem Areopag. Ich hatte die originale Phryne dank Photoshop durch Rita ersetzt, was sehr gut gelungen war. Allerdings hatte Rita auf dem Bild etwas an, und wir wollten uns dem Original nähern.

Aus Ritas Sicht war das gewagt, denn nackt stellte sie sich nicht gern vor das Objektiv. Die Szene wäre für mein anderes Model Margot die Richtige gewesen, die mochte das. Im

Atelier angelangt zog sie sich zuerst einmal aus. Allerdings brachte Margot den unvergleichlichen Ausdruck Ritas nicht herüber. Die Persönlichkeit ist nicht zu ersetzen.

»Du musst mich fotografieren, bevor meine Schönheit verblüht«, erinnerte sie.

»Das schwindende Licht macht mir mehr Sorgen, eine Frau beginnt für mich sowieso erst mit 30. Da bist du endlich drüber.«

»Dann reden wir nicht, machen wir es gleich.«

»Okay, ich hole die Hasselblad und warte im Büro. Nächstes Jahr hast du wieder zwei Kilo weniger.«

»Ach was. Übrigens habe ich mir den schärfsten Badeanzug gekauft, den du je gesehen hast.«

Ich kehrte um, holte den Koffer mit der Ausrüstung und mein Stativ und ging hinunter ins Büro. Jetzt hatte ich nicht mehr zu viel Zeit, ich rief Meli an.

»Wie sieht es aus?«, fragte ich.

»Das geht ab. Er hätte mich fast ins Diskutieren gebracht, aber keine Sorge. Gibt es die Person wirklich, die mitfährt? Kann das ihr Geliebter sein? Zweiter Frühling? Das gibt es doch nur im Film.«

»Das klingt wie Musik in meinen Ohren, natürlich wie gute Musik. Am liebsten würde ich weiter zuhören. Du kannst ihm sagen, dass es um 17 Uhr beginnt. Du wartest beim Supermarkt an der Sillbrücke der Prinz-Eugen-Straße. Du bist bereit in Fahrtrichtung Viadukt. Die Ungarin wird mit ihrem roten Cabrio pünktlich eintreffen. Sie hält hinter dir. Du steigst aus, siehst dich auffällig um. Du hast die Anweisung, sagst du dem Pitbull, unverzüglich abzubrechen, wenn sich jemand nähert. Es gibt keinen Ersatztreffpunkt. Dann lässt du dir das Handy geben und fährst los. Alles Weitere folgt. Klar?«

»Du machst es spannend. Es geht darum, dass er nicht vorzeitig zuschlägt?«

»Genau. Ein gestohlener Wagen bringt bestenfalls ein paar tausend, offiziell verkauft vielleicht 50.000. Diesen Unterschied versteht er. Davon abgesehen ist es sein Traumauto, während er selbst einen alten Schrotthaufen fährt.«

»Sonst erfahre ich noch nichts?«

»So kannst du dich nicht verplappern. Dass bei dem Treff viel zu holen ist, glaubt er doch? Die Ungarin wäre sonst längst über alle Berge. Ist das so angekommen?«

»Voll und ganz, ich glaube es ja selbst schon.«

»Ausgezeichnet, bis später.«

Franco war schon da und plauderte mit Agnes. Ich besprach mich mit Franco, der die Lokalität besorgt hatte, eine kleine Autowerkstatt. Er kannte den Inhaber des Ein-Mann-Betriebs. Wir hatten den Laden heute Nachmittag allein. Um 16:30 Uhr brachte Franco Sokol und Alban dort in Stellung. Da Meli nur wenige Minuten vom Treffpunkt bis zum Ziel brauchte, verfügten die beiden damit über eine halbe Stunde, um sich umzusehen. Dann wussten sie, wie man das Rolltor bediente, wo die Türen waren, wo es Klebeband gab und so weiter.

Wir diskutierten noch einmal, ob Enikö gefährdet war. Über ein Restrisiko ging es nicht hinaus. Rex hatte keine andere Wahl, als am Treffpunkt zu erscheinen, und zwar pünktlich, wenn er Enikös Spur wiederaufnehmen wollte. Weil es dort wegen der Bushaltestellen keine Parkplätze gab, verblieb ihm keine Zeit, um sich vorher in Stellung zu bringen. An Ort und Stelle konnte er nichts ausrichten, also musste er ihr folgen.

Ich erkundigte mich bei Ulrich. Der Pitbull saß in einem Lokal am Innrain und wartete die Zeit ab. Er hatte also verstanden, dass ein zu frühes Erscheinen nur die Gefahr brachte, aufzufallen. Damit konnte Franco Enikö abholen und den Maskenbildner herbestellen.

Es läutete. Agnes öffnete die Tür, Rita stand davor mit zwei Reisetaschen.

»Chic. Dann sehen wir bald, was in den Paketen war?«, fragte sie.

»Ich muss um fünf Uhr zurück sein«, sagte Rita.

Das musste ich auch. Wir fuhren los.

*

Ich ließ Rita aussteigen und quetschte den Wagen an die Hauswand, so knapp es ging. Die Wege in der ehemaligen Weyrer-Fabrik waren knapp bemessen. Schwer bepackt stiegen wir die Stufen zwischen den nackten Betonwänden hinauf, dann durch lange, dunkle Gänge zum Atelier. Ich trug meinen Metallkoffer und das massive Stativ, Rita die zwei prallen Reisetaschen. In einer befanden sich nur Schuhe, sicher an die 40 Paar.

Hinter der Eisentür wurde es gemütlich. Durch die lange Fensterfront, die aus einigen hohen Fenstern mit zahlreichen eingekitteten Scheiben bestand, also altmodisch und ganz natürlich, flutete warmes Sonnenlicht. Es kam schön tief und seitlich, ermöglichte damit plastische Bilder, würde aber nicht lange anhalten.

Als ich die Kamera auf das Stativ montierte und den Drahtauslöser anschraubte, stand Rita vor dem Spiegel der Kommode und pinselte.

»Ich muss den Streifen vom Bikini abdecken«, erklärte sie, zog den Badeanzug hoch und drehte sich um.

Ich verstand. Der Badeanzug ließ den ganzen Rücken frei,

vorn lief er vom Nacken in zwei Bahnen über den Busen herunter. Die Spuren des Bikinioberteils sah man darunter als weißen Querstreifen. Jetzt waren sie praktisch wegretuschiert, aber am Original. Eine Brust rutschte hervor, Rita schob sie wieder zurück.

»Der ist nicht für dich gemacht«, kommentierte ich, »außer hier wirst den nirgends anziehen.«

»Nein«, sagte Rita und betrachtete ihren Ausschnitt, »aber jetzt trinken wir einen Schluck.« Sie hatte eine Flasche Sekt mit und zwei Gläser fanden sich. Wir besprachen die erste Einstellung.

Der Badeanzug war wirklich nicht für Rita gemacht. Sie stellte sich auf, ich maß sie mit dem Spotbelichtungmesser aus und richtete das Bild ein.

»Zieh lieber doch die Schuhe aus«, verlangte ich.

»Ach nein«, schüttelte Rita den Kopf, »dicke Waden.«

»So ein Unsinn, bitte. Schieb sie einfach zur Seite, sie bleiben im Bild.«

So kam sie jetzt wirklich gut herüber, das natürliche Licht von der Seite stimmte. Ritas Blick traf mich auf der Mattscheibe. Manchmal fragte ich mich wer wen fotografierte.

Ich löste aus und spulte nach.

Die erste Serie klappte gut, gerade einmal zwölf Bilder. Die 900, die ich bei hoher Qualität auf die digitale Nikon bekam, brauchte ich nie. Ein Bild zu komponieren und das Bildfeld sauber auszumessen, ließ sich nicht ersetzen, und Rita dabei anzusehen, tat nicht weh. Ich mochte auch keine professionellen Models. Meistens hatten sie dürre Beine, die von Rita waren schöner.

Wir machten nach einem weiteren Sekt die Bilder mit der engen Hose und dem schwarzen BH, die wir im Treppenhaus getestet hatten. Zwei Kilo mehr hätte ich auf ihrer gertenschlanken Figur problemlos vertragen, sie nicht ein Gramm. Bei den Absätzen hatte ich keinen Einwand, weil die im Bild ohnehin nicht übrig blieben. Über der engen, schwarzen Hose und dem schlanken Bauch prangte der schwarze Push-up, ihr herausfordernder Blick fixierte den Betrachter.

Ich spulte einen neuen Film auf und maß das Licht nach. Es ging nicht mehr lange.

»Das war nicht schlecht«, meinte sie.

»Ich denke auch. 15 Minuten haben wir noch. Die letzte Minute machen wir mit den Diva-Holzschuhen.«

»Nur mit denen, meinst du?«

»Natürlich, aber etwas Bein vorher wäre gut, mit der Pelzjacke.«

»Klar, nur mit dem Pelz?«

»Schuhe nach Belieben.«

»Na dann.«

Das war der einfache Teil, mit den Beinen war sie großzügig, wenn sie gerade nicht daran herummäkelte. Ich spulte wieder auf und räumte das Sofa frei, Rita zog die Hose aus und warf sie über den Lehnsessel. Sie zog die Pelzjacke an, hielt sie mit den Armen auf und sah an sich herunter.

»Der BH muss weg, oder soll ich den weißen nehmen?«

»Der muss weg, und der Slip auch.«

»Wie du meinst.«

BH und Slip flogen auf die weggelegte Hose, und ich machte mit der Nikon einige Aufnahmen, während sie die Schuhe anprobierte. Rita lächelte, das machte uns beiden Spaß. Sie rekelte sich zehn Minuten lang auf dem Sofa und fühlte sich immer wohler, ich richtete das Objektiv nur auf ihr Gesicht aus.

»Nummer zwölf, die letzte vor dem Wechsel. Du siehst gar nicht forsch aus.«

»Wie denn?

»Verträumt, das ist so selten, dass …«

»Mach schon.«

Ich machte, ein Bild war doch noch übrig. Der verträumte Blick, den ich so selten bei ihr sah, war noch da. »Das Lächeln entsteht im Herzen, oder wo immer der Mittelpunkt des Körpers ist, und tritt frei an der Oberfläche, dem Gesicht, zutage«, sagte ich.

»Schön, wer sagt das?«

»Hemingway. Im Roman *Über den Fluss und in die Wälder.*«

»Aha. Klingt aber wirklich schön.« Sie streifte den Pelz zurück und warf einen prüfenden Blick nach unten, ob ein Rest der Jacke noch dort lag, wo ihre langen Beine begannen. »So?«

»Genau so.«

Ich löste aus, nahm das Magazin ab und wechselte den Film. Rita stand auf und betrachtete die Ansammlung von Schuhen am Boden.

»Und jetzt …«, sagte ich, »das letzte Büchsenlicht.«

»Meinst du wirklich?«

»Klar.«

»So ganz ohne etwas … Ich weiß nicht, wie ich mich hinstellen soll.«

»Zieh die Divas an, dann los.«

»Okay«, sagte sie, warf den Pelz auf den Stuhl und schlüpfte in die Diva-Holzschuhe.

Die Sonne ließ nur mehr eine einzige Stelle im Raum übrig. Ich platzierte Rita vor dem Sonnenfleck.

»Nun mach schon.«

»Ich habe keine Eile«, grinste ich.

»Also, gleich oder …«

Sie breitete die Arme aus, ich löste aus, und noch einmal.

»Perfekt«, sagte ich.

Rita ging zu ihren Klamotten und begann, sich anzuziehen, ich zerlegte die Hasselblad und verstaute sie. Meine Zeit war knapp geworden, auch Rita musste zurück.

»Paul«, sagte sie.

Ich wandte mich zu ihr. Sie hatte die enge, schwarze Hose wieder an, in der man nichts von ihren gelungenen Beinen sah. Den BH hatte sie mit dem Verschluss nach vorn gedreht und knöpfte ihn eben zu. Ihr Busen, der für den Badeanzug zu klein war, passte ihr gut. Die großen, dunklen Brustwarzen ergaben einen Kontrast, den ich gern in einem Schwarz-Weiß-Bild verarbeitet hätte.

Sie hatte den Verschluss zu, drehte den BH um, fasste die Träger und schenkte mir wieder ihren herausfordernden Blick. Ich nahm die Nikon und drückte ab. Mit einem Ruck war der BH oben, ich löste noch einmal aus und sah mir das letzte Bild an. Es zeigte die Spur Zufriedenheit, der noch auf ihrem Gesicht lag.

*

Kurz nach vier Uhr waren alle da. Enikö stakte herein, freundlich begrüßt von Agnes. Eniközs dralle Rubensfigur wurde heute von einem roten Kleid zusammengehalten, ihr ansehnliches Dekolleté rahmten die obligaten Rüschen nur mühsam ein, die schwarze Mähne wogte mehr als ihr Busen, und das beginnende Doppelkinn kaschierte sie mit vorgeschobenem Kopf.

Franco folgte kurz darauf. Er hatte einen Parkschein für das Cabrio besorgt. Es läutete noch einmal, ein jüngerer Herr mit einem Pilotenkoffer trat ein. Ich führte ihn und Enikö ins Besprechungszimmer.

»Sie wird präpariert«, erklärte ich Agnes.

»Weiß Katja von all dem?«

»Nein, wozu. Sie hält sich aber bereit, entweder, um uns zu retten, oder besser, um das Ergebnis auszuwerten.«

Ich sah auf die Uhr. Nun war alles am Laufen. Franco brach auf, um sich mit Sokol und Alban zu treffen. Für keine Strecke brauchte man mehr als 15 Minuten. Ulrich meldete inzwischen, dass der Pitbull das Lokal verlassen hatte und aufgebrochen war. Die Fahrtrichtung zeigte nach dem Saggen.

Zehn Minuten später öffnete sich die Tür zum Besprechungsraum und Enikö trat ins Vorzimmer. Agnes stieß unversehens einen Schrei aus.

»Lassen Sie sich ansehen«, sagte ich, winkte Enikö heran und betrachtete das Werk mit Wohlgefallen.

Der Maskenbildner folgte, sein Gesicht drückte den Stolz des Künstlers über ein gelungenes Werk aus. Enikös Gesicht zeigte Spuren einer ziemlich wüsten Misshandlung, aber so, dass man es von weiter weg nicht gleich bemerkte. Sie musste ja nun hinter mir durch die Stadt fahren. Unsere Reaktionen erschreckten sie doch.

Die Beine waren das Beste an ihr, zumindest aus meiner rein optischen Wahrnehmung. Sie endeten in den Pantoletten von gestern. Die Höhe ihrer Absätze versuchte ich Rita schon lange einzureden, aber ihre mussten ja doppelt so hoch sein.

»Kommen Sie noch einmal heraus, und versuchen Sie, ein wenig zu hinken«, verlangte ich.

Agnes schüttelte den Kopf, und der Jüngling nahm Enikö sofort beiseite, um einen schönen Bluterguss am Unterschenkel anzubringen. Die Arbeit am Bein machte ihm Spaß.

»Sehr gut«, befand ich, als Enikö nun heraushinkte, »kann so bleiben.«

»Ich kann ihr auch eine frische, blutende Verletzung machen«, bot der Maskenbildner an. Wir schüttelten alle den Kopf, Enikö und Agnes mit entsetzter Miene, »oder ein Einschussloch in der Scheibe, was ihr wollt.«

»Nicht nötig, das ist sehr gute Arbeit. Dann gehen wir.« Ich begleitete Enikö zum Auto. Ihr war jetzt ziemlich flau im Magen, das sah man ihr an. Ich verlangte, dass sie dicht hinter mir blieb, und fuhr los. Die Strecke war kurz, nach einigen Minuten hielt ich in der Prinz-Eugen-Straße, wo die Nebenfahrbahn abzweigte. Ich ging zu ihrem Cabrio.

»Sehen Sie die Brücke?«

»Ja.«

»Hinter der Brücke ist der Supermarkt. Dort wartet ein schwarzer Golf. Sie finden ihn sofort, weil dort niemand halten darf. Die Fahrerin steht daneben und erwartet Sie. Sie geben ihr das Handy, das ist für die Show. Sie folgen ihr auf der Stelle und bleiben dicht hinter ihr. Es ist dann nicht mehr weit. So weit klar?«

»Ja.«

»Der Pit…, äh Rex weiß von diesem Treffpunkt. Er wird von da an versuchen, Sie zu verfolgen. Das ist so beabsichtigt.« Ich wartete, bis sie einmal geschluckt hatte. »Ihr Ziel ist eine kleine Werkstatt. Das Tor ist offen, eine Harley Davidson steht davor. Sie fahren, ohne zu zögern, in die Halle. Auch klar?«

»Wer ist da?«

»Zwei Männer sind da, die sieht man aber nicht. Rex soll ja hineingehen. Dann geht das Tor zu und wir haben ihn im Kasten. Ich stoße mit Franco dazu, sobald das Tor herunterkommt.«

»Ach Gott, alles im letzten Moment …«

»Auf diese Art vergessen Sie es nicht. Sie stellen den

Motor ab, steigen aus und legen etwas auf das Heck, über das Sie sich beugen können. Von hinten sieht man dann nur die Gestalt und ihre Beine, das muss ihm gefallen.«

Jetzt lächelte sie doch. Im Rest der Vorstellung hatte sie nichts weiter zu tun, als verängstigt zu wirken. Das schaffe sie problemlos, meinte sie. Ich stellte fest, dass sie nicht ohne Humor war.

»Dann los, fahren Sie.«

Diese Sillbrücke hatte den Vorteil, dass man wegen ihrer hohen Wölbung nicht sah, was dahinterlag. Ich rief Meli an. »Sie kommt jetzt.«

»Bereit, was dann?«

»Du fährst durch den Viaduktbogen, dann vor dem Altersheim rechts ab, und langsam geradewegs die Bögen entlang hinunter zum Inn. Da sind etliche kleine Werkstätten. Unsere ist weit hinten, ein altes Mobil Oil Schild ist drauf, das Tor offen, und Francos Harley steht davor. Du winkst sie hinein und fährst zurück. Wenn du den Pitbull siehst, gib ihm ein Zeichen wie okay oder so.«

»Verstanden.«

Auch ich fuhr jetzt los, bog vor der Brücke aber links ab, hinauf zur Pembaurbrücke, weiter zum Viadukt, und dann rechts wieder hinunter. Unter den Kastanienbäumen hielt ich an, um die Lage zu prüfen. Der Umweg hatte, trotz der kurzen Strecke wegen der nutzlosen Ampeln, die praktisch unbenützte Nebenstraßen bedienten, fast zehn Minuten gedauert.

»Er ist unschlüssig«, sagte Meli, »ich sehe sein Auto im Rückspiegel.«

»Geh schon hinein, du Wichser«, knurrte ich.

»Soll ich ihn stoppen, wenn … nein, er stellt den Wagen ab und steigt aus.«

»Ich komme zu dir«, sagte ich, »er muss jetzt hinein. Notfalls helfen wir nach.« Ich startete und hielt an der nächsten nutzlosen Ampel an.

»Er ist drin«, frohlockte Meli, »das Rolltor geht herunter, Wahnsinn.«

»Wir sehen uns gleich.« Ich rollte langsam die Bögen entlang bis zur Werkstatt, vor der Francos Harley stand, Meli hielt hinter mir. Auch Franco tauchte plötzlich auf.

Das Schlachtschiff von Rex parkte direkt vor dem Eingang, der Schlüssel steckte. Er hatte den Wagen nicht verlassen, bevor er nicht die leere Halle hatte sehen können.

»Bring die Autos weg«, bat ich Meli, »und stell auch deinen Wagen irgendwo ab, ich will hier keine Ansammlung. Vergiss die Parkscheine nicht.«

Franco sah mich an, ich nickte. »Fünf Minuten«, sagte er und zündete einen Zigarillo an. Meli stieg in den schwarzen BMW und wartete.

Ich hockte mich auf die Motorhaube des pensionsreifen Fahrzeugs. Meli saß drin und strahlte, auch Franco wirkte sehr zufrieden. Es hatte geklappt. Eine kurze Pause vor dem Finale konnte nicht schaden. Das war wirklich das Finale. Der Fall, der mit Massimo Girotti begonnen hatte, endete hier mit Rexhep Frasheri. Sie waren beide kleine Gauner, die versucht hatten, im Spiel der Großen mitzumachen. Das klappte nie. Die Großen bekämpften sich, sie standen aber auch stets zusammen. Jedenfalls dann, wenn jemand kam, der nicht zu ihnen gehörte. Darin unterschieden sich die Kriminellen nicht vom Rest der Welt.

Ich rüttelte an der Tür, sie war zu. Also klopfte ich. Die Tür ging auf, Alban füllte sie zur Gänze aus. Auf den ersten Blick hätte ich ihn fast nicht erkannt, der Maskenbildner hatte auch ihn bearbeitet. Die Haare waren sehr kurz, die Sonnenbrille machte ihn richtiggehend gefährlich. Das schwarze Sakko passte diesmal, darunter trug er ein weißes T-Shirt.

Alban wich zur Seite. Ich trat ein, Franco folgte und schloss ab. Die Halle war hell beleuchtet, in der Mitte stand das Cabrio, der Pitbull lehnte an der Wand, die Hände mit den Handflächen angelegt. Er war wohl zurückgewichen und dort zum Stillstand gekommen. Enikö saß wie ein Häufchen Elend auf einem Klappstuhl, vor ihr stand ein Mann und blickte auf sie herab. Der Mann trug einen erstklassigen schwarzen Anzug von Armani. Sokol wandte sich zu mir. Nur er konnte es sein, aber er war nicht mehr zu erkennen. Die Haare waren leicht ausgedünnt und mit Gel nach hinten gekämmt, wo sie in einer angedeuteten Rolle endeten. Die Backen wirkten voller, die Augenbrauen vermittelten eine fast verborgene Wildheit. Unter einem offenen weißen Hemd blinkte eine goldene Kette.

Bei Enikö machten die Pantoletten den verbliebenen Rest an Erotik aus, bei Sokols Gangsterdarstellung zeigten die Slipper ohne Socken den Proleten, der sich einen Armanianzug gekauft hatte. Er erinnerte mich an Armand Assante als Drogenboss in dem Polizeifilm *Tödliche Fragen*. Er war perfekt.

»Wen sieht man denn da?«, fragte ich mäßig erstaunt.

»Paul«, rief Sokol, für den wir einen Arbeitsnamen vergessen hatten, und breitete die Arme aus. Wir gingen aufeinander zu und umarmten uns. Ich trat einen Schritt zurück.

»Du hast Mut«, stellte er fest.

»Mut hat damit gar nichts zu tun«, konterte ich, »warum auch?«

Sokol sah mich lächelnd an, mit einer Spur Bitterkeit darin. »Dass du es wagst, hierher zu kommen. Für wen arbeitest du? Na sag schon. Was macht das jetzt noch aus?«

»Für Cordes, das war nie ein Geheimnis.«

»Cordes?«

»Eugen Cordes, Unternehmer.«

»Eugen ... der? Ein alter Herr, der früher in Kanada eine ganz große Nummer war? Der Mann soll sagenhaft reich sein. Einer, der es wirklich geschafft hat, alle Achtung. Wie lange machst du das schon?«

»Seit einigen Wochen, warum?«

»Warum? Ich könnte dich töten für diese Frage.«

»Könntest du nicht. Sogar wenn du den Versuch überlebst, wovon ich nicht ausgehe, hättest du dann Krieg mit Cordes. Das bringt nichts, so zu reden.«

Sokol legte mir den Arm um die Schulter und lächelte. »Du hast alle betrogen, alle. Du hast alle benutzt und hinters Licht geführt. Aber Respekt, das war eine Meisterleistung.«

Ich löste mich aus der Umarmung und setzte mich auf den Kotflügel von Enikös Cabrio. Der Pitbull lehnte noch immer an der Wand und machte keinen Mucks. Die beiden hatten ihn offenbar nicht durchsucht und nicht gefesselt. Es zeigte ihm die Verachtung, die sie ihm entgegenbrachten.

»Das war rein geschäftlich, ist nicht persönlich«, sagte ich.

»Wenn ich das persönlich nehmen würde, dann würde ich kaum noch mit dir reden.«

Sokol nahm wieder Enikö ins Visier. »Dann sagt die Schlampe die Wahrheit?« Er holte mit dem Arm aus, als ob er ihr mit dem Handrücken ins Gesicht schlagen wollte, sie zuckte zurück, er überlegte es sich aber anders.

»Die?«, sagte ich herablassend. »Die hat gar nichts. Nichts außer der Kiste hier, auf der ich sitze, und die gehört ihr erst morgen.«

»Ab morgen? Das weißt du?«

»Ich weiß es. Ich habe die Firma verkauft, von der sie

bis gestern gelebt hat. Heute Vormittag, um genau zu sein, da habe ich Freysinger geraten, sie an Cordes zu verkaufen. Er konnte sich dem Ratschlag nicht entziehen. Diese Sache ist erledigt.«

Sokol spielte den Erstaunten, Enikö brauchte es nicht zu spielen. Ihr Mund ging auf und blieb offen. Der Pitbull erstarrte restlos. Draußen startete wieder ein Auto und fuhr weg.

»Aber …«, brachte Enikö hervor und blieb still.

»Es ist vorbei. Die Kanzlei gehört jetzt Cordes, und Freysinger ist draußen. Das war der Job.«

Sokol reimte sich die Geschichte zusammen. Sein freundlicher Blick wurde ausgesprochen mild. Er blickte voll Nachsicht auf Enikö herunter, die mit ihrem kunstvoll zerschundenen Gesicht vor ihm saß. »Dann hast du umsonst gelitten?«, fragte er fast väterlich. »Du warst schon pleite, als wir dich fanden? Dann entkommst du uns …«, er warf einen finsteren Blick zu Alban, um sie im nächsten Moment wieder väterlich anzublicken, »suchst deinen Goldesel, der nun auch pleite ist, und triffst wieder uns? Das ist doch ungerecht, wie siehst du das?«

Enikö senkte verzweifelt den Kopf. Auf Freysinger hatte sie trotz allem noch gehofft. Für den Reglosen an der Wand kam das alles sehr authentisch herüber. Sokol empfand das auch. Er klopfte ihr kräftig auf die Schulter. »Na dann«, sagte er, »nichts für ungut. Lach wieder.«

»War nicht persönlich«, setzte ich spöttisch hinzu.

»Scheiß drauf«, bestätigte Sokol, »das war der geschäftliche Teil, du hast gewonnen. Ich will kein schlechter Verlierer sein. Hast du was zum Anstoßen?«

Ich zog meinen schlanken Flachmann aus der Tasche, den mir Katja einmal geschenkt hatte. »Erstklassiger Single Malt,

Highland Park, 18 Jahre. Aber vorher soll sich das Arschloch erst einmal setzen.«

Sokol wandte sich an Rex und winkte mit dem Kopf, Enikö gab er wie ein Kavalier die Hand und führte sie zum Auto. Als Alban sich aufrichtete, überlegte Rex es sich doch und kam vorsichtig zu uns.

»Entspann dich«, sagte Franco und drückte ihn mühelos in den Klappsessel.

Alban rollte seelenruhig Klebeband aus, um seine Beine an dem filigranen Ding zu fixieren. Franco hielt ihn mit eiserner Hand darin fest. Sokol schüttelte den Kopf. Rex blieb auch ohne Zwang sitzen. Die Türen waren zu, die Übermacht erdrückend.

»Dein erster lauter Ton ist auch dein letzter«, riet ihm Sokol freundlich, »also halt schön das Maul.«

Alban hatte die Flex gefunden und sah sie liebevoll an. Er ließ sie einmal aufheulen, man erkannte den Anfahrstrom am Zucken des Lichts. Sokol runzelte die Stirn, Alban legte die Flex weg. Ich nahm einen Schluck aus dem Flachmann und gab ihn Sokol. Er kostete und nickte anerkennend. Der Whisky war auch wirklich gut. Er bot ihn Franco an, der schüttelte den Kopf, Alban kostete pflichtschuldig, und Enikö wagte auch nicht abzulehnen. Ich erhielt den Flachmann zurück. Er war ein schönes Stück englischer Metallkunst, rund und sehr flach, einfach schick. Ich genehmigte mir noch einen Schluck, bevor ich ihn zuschraubte und einsteckte.

»Das war der einfache Teil«, stellte Sokol fest, »aber wir werden uns nicht streiten. Wozu hast du den Wichser da hergelockt? Das war doch dein Werk, warum?«

»Er hat zwei Frauen auf dem Gewissen, die ich kannte. Das ist das Problem.«

»Langsam, eine kannten wir doch beide, die Helga. Korrekt?«

»Korrekt. Ihre Leiche lag in meinem Garten, und das kann ich auf den Tod nicht ausstehen …«

»Okay, okay, aber da bin ich früher dran. Sie hätte für mich arbeiten sollen, wir waren uns schon einig. Als sie der Steuerfritze abservierte, suchte sie einen neuen Job. Den fand sie bei mir. Das Geschäft entgeht mir nun, verstehst du mich?«

»Das war unklug«, bestätigte ich und sah Rex an.

Der schüttelte verzweifelt den Kopf.

»Du bist natürlich unschuldig«, sagte ich ungnädig, »komm mir jetzt bloß nicht mit Ausflüchten, sonst gebe ich den Vito Corleone …«

»Mit dem Pferdekopf?«, spottete Sokol.

»Nein, der sagt da: Das beleidigt meine Intelligenz und macht mich sehr wütend.«

»Ich war es nicht«, versuchte Rex einzuwenden, »ich habe keine Ahnung, worum es geht. Du hast den falschen.«

»Du dämliches Arschloch«, fuhr ich ihn an, »Helgas Tod nützte keinem außer deiner Milchkuh, der nützte er aber bestens. Du lebst von ihr, was brauche ich noch? Was soll also das Gelaber?«

»Zufall«, ächzte er, »ich …«

»Halt bloß das Maul«, sagte ich leise und beugte mich zu ihm, »keiner von uns glaubt an den Zufall, klar? Einfach deshalb, weil wir uns weigern, an den Zufall zu glauben. Ist das angekommen?«

Sokol trat auch näher. »Lass endlich die Schleifmaschine in Ruhe und bring mir meine Cola«, verlangte er von Alban und musterte Rex eingehend.

Alban brachte eine halb volle Colaflasche. Sokol sah mich

an, dann Enikö, und wieder Rex. »Du hast recht«, sagte er zu mir und fuchtelte mit der Flasche herum, »auch der Schlampe hat Helgas Tod genützt. Ich hatte mir einiges von Helga versprochen, aber lassen wir das beiseite. Sie wird nicht wieder lebendig. Das Problem ist ein anderes.«

»Das ist aber deines«, bestätigte ich.

»Natürlich ist das meines«, antwortete er ruhig, »das heißt, dass jedes Arschloch, das mir an den Karren fährt, eine zweite Chance bekommt.« Er sah mich mit durchdringendem Blick an. Ich zuckte die Achseln.

Ohne Ansatz fuhr sein Arm herum und die Flasche zerschellte mit dumpfem Krachen an Enikös Gesicht. Es spritzte, rot und braun, Enikö schrie auf und schlug die Hände vor das Gesicht. Jetzt war Gefahr im Verzug.

»Du dämliches Arschloch«, fuhr ich Sokol an und zog Franco zu mir, »hilf mir, sie wegzubringen.«

Franco vibrierte vor Erregung. Die wimmernde Verletzte ging aber vor, er half mir, sie in das Büro zu schaffen. Ich musste schnell sein, bevor er nun Sokol den Hals umdrehte. Da rettete ihn auch kein Alban mehr. Den Trick mit der Flasche hatte ich einmal im Film gesehen, er hatte mich damals tief schockiert. Franco konnte es nicht anders gehen.

»Bleib bei mir«, verlangte ich und ließ die Jalousie herunter, zog ihn heran und beugte mich über Enikö, »alles in Ordnung. Sie sind unverletzt. Ich wusste nichts davon, glauben Sie mir. Wir sehen uns morgen ohnehin noch einmal, kaufen Sie ein neues Kleid, ich setze es auf die Spesenrechnung, okay?«

Enikö tastete vorsichtig ihr Gesicht ab, das sah nun endgültig aus wie die Ruine von Tschernobyl. Franco beobachtete sie kritisch, dann glitt ein breites Grinsen über sein Gesicht.

»Sie können hier in Ruhe warten«, sagte ich Enikö, »stöhnen Sie gelegentlich. Es dauert nicht mehr lange. Sie haben Ihre Rolle sehr gut gespielt.«

Enikö hatte nun verstanden, dass ihr wirklich nichts fehlte. »Schade, ich hätte ihm gern weiter zugesehen«, flüsterte sie, »es geht schon wieder.«

Franco nickte mir zu, er versuchte, sein grimmiges Gesicht wieder aufzusetzen, dann kehrten wir zurück.

»So geht das nicht«, sagte ich zu Sokol, »sie konnte nichts dafür, das hat dieser Wichser zu verantworten. Ich kann auch die Sauerei hier nicht haben. Die Spurensicherung geht hier einen Monat nicht mehr weg, so viel finden sie. Du kannst dich hier nicht aufführen wie …«

»Ja, ja, mach dir nicht ins Hemd. Den Burschen nehme ich mit, du siehst nichts von ihm wieder.«

»Er gehört dir. Nimm ihn. Mir reicht es nämlich jetzt.«

»Bitte«, flehte der Pitbull, der völlig schockiert im Sessel kauerte.

»Vergiss es.«

»Sie können mich nicht dem überlassen, bitte …«

»Kann ich doch. Du verarschst mich, dann sieh zu, wie du dir selber hilfst.«

»Aber …«

»Leck mich. Du warst es nicht, also kann ich dich nicht ins Gefängnis bringen. Ich bin draußen.«

»Ich gebe es ja zu …«

Sokols Gelächter übertönte ihn mühelos. Ich sah Sokol an und schüttelte den Kopf. »Er ist zu blöde«, sagte ich zu Sokol, »er denkt, wir sind genauso dumm wie der.«

»Er schnallt es nicht«, bestätigte Sokol, »ein Geständnis unter Zwang, das widerruft er und geht morgen als freier Mann nach Hause. Das kaufst du doch nicht.«

Ich schüttelte energisch den Kopf.

»Er kauft es nicht«, wandte sich Sokol an Rex, »ist das alles, was du zu bieten hast? Keinen Beweis, der hält? Du warst zu schlau. Eben zu schlau für diese Welt.«

Der Pitbull dachte nun angestrengt nach. Auf den Gedanken, dass ein Geständnis für uns wertlos war, war er schon wegen seiner Panik nicht gekommen. Das begriff er nun allmählich.

Es konnte nicht schaden, etwas zu tun, was nach Abschied aussah. Ich sagte leise zu Franco, aber für Rex hörbar, dass er nach Enikö sehen sollte. Wir mussten sie in die Klinik bringen, so konnte sie nicht liegen bleiben.

»Wir nehmen den Wagen«, sagte Sokol zu Alban, »sie braucht ihn nicht mehr. Wir verpacken ihn gleich hier, sonst flennt Paul wieder wegen irgendwelcher Flecken.«

»Ich habe schon etwas«, sagte Rex hastig, »das hilft euch.«

Was immer nun folgte, ich wollte, dass Franco gerade jetzt zu Enikö ging, um den Druck aufrechtzuhalten. Ich deutete mit dem Kopf, Franco verschwand im Büro.

»Es hilft dir«, korrigierte ich sanft, »nicht uns, lass hören.«

»Darf ich?«, fragte er ängstlich und deutete auf sein Jackett.

»Nur zu«, ermunterte ich.

Er klaubte sein Handy hervor und tippte hastig darauf herum.

›Wie oft musst du den Namen noch hören‹, fragte die ruhige Stimme Freysingers, ›die Rofner gefährdet uns alle.‹

Die Antwort des Pitbulls verschwamm für mich im Nebel.

»Ich fasse es nicht«, sagte ich, »das Schwein hängt tatsächlich mit drin?«

»Er hat mich gezwungen«, stieß der Pitbull hervor, »ich …«

»Halte das Maul«, mischte sich Sokol ungehalten ein, »noch einmal von Anfang an.«

Es lief ein zweites Mal. Der Pitbull hatte den Mordauftrag fein säuberlich mitgeschnitten. Ich war nicht sicher, ob das reichte.

Sokol grinste niederträchtig, Alban verstand nicht ganz.

»Wo ist der Computer?«, fragte ich Rex. »Den hast doch auch du geklaut.«

»Der Computer ist auch da. In meiner Wohnung.«

»Franco«, rief ich, »japanische Sonnenfinsternis.«

Franco kam zurück, holte einen zusammengefalteten Papiersack aus der Hosentasche und stülpte ihn Rex über den Kopf. Ich sagte Rex, dass er mucksmäuschenstill sitzen bleiben sollte, während wir seine Angaben überprüften. Wenn er die Wahrheit gesagt hatte, gehörte er mir. Sokol erinnerte, dass das wasserdicht sein müsse, sonst sei der Deal geplatzt.

Ich ging ins Büro und schloss die Tür hinter mir. Enikö saß da, unter der Schminke bleich vor Entsetzen.

»Das habe ich nicht gewusst, Sie müssen mir glauben …«

Ich konnte mir ein Grinsen nicht verkneifen, vielleicht stimmte es. Ich rief Katja an. »Feuer am Ende des Tunnels«, sagte ich.

»Ist es schiefgegangen?«

»Er hat einen Gesprächsmitschnitt auf dem Handy, Freysinger gibt den Mordauftrag. Kann man damit etwas anfangen?«

»Hast du es gehört?«

»Eindeutig.«

»Das reicht«, sagte sie, ich glaubte ihr kein Wort.

»Na dann«, setzte ich fort, »in seiner Wohnung sollte die Polizei den gestohlenen Computer finden. Lässt du das checken?«

»Du bist am Ziel, glaub mir. Ich kümmere mich drum, du hörst von mir.«

Ich erklärte Enikö, dass der Beweis von der Polizei in seiner unversehrten Wohnung gefunden werden musste. Sonst war er nichts wert. Wenn die Polizei kam, um Rex abzuholen, sollte sie ohnmächtig im Büro liegen. Die Geschichte musste bis zum letzten Moment glaubwürdig wirken. Waschen konnte sie sich hinterher, sobald Rex im Streifenwagen auf dem Weg zum Endlager war. Ich kehrte zurück.

Entspannung hatte sich breitgemacht. Rex hockte da, mit dem Sack auf dem Kopf und zitterte. Sokol hatte sich stilgerecht eine Corona angezündet, Franco einen Zigarillo. Alban lächelte zufrieden. Ich holte den Flachmann noch einmal hervor, bot ihn diesmal aber nur Sokol an.

»Wir werden es bald wissen«, sagte ich.

»Ich überlege mir, hier zu bleiben«, sagte Sokol, »das ist eine gute Stadt. Der Finanzsektor bringt mehr als ein Drittel der Wertschöpfung, wusstest du das?«

»Ich weiß es. Geld aus Italien strömt seit Jahrzehnten in die Stadt, da ist schon was los.«

»Wie im Tessin, meinst du?«

»Besser, hier nimmt uns auf dem Gebiet keiner so ernst, die Schweiz haben inzwischen alle im Visier.«

»Schau an.«

Sokol gefiel sich in seiner Rolle. Er musste sie auch bis zum Ende durchhalten. Zwischendurch schaute Franco nach Enikö, bis endlich der erlösende Anruf kam. Katja berichtete, dass alles gefunden war, sie kam jetzt mit der Polizei zu uns.

Wir plauderten noch eine Viertelstunde, bis draußen Autos vorfuhren.

Sokol beugte sich zu Rex herunter. »Hör zu, Arschloch«,

sagte er freundlich, »du bist an Paul nur ausgeliehen. Falls du einen Anwalt findest, der dich wegen eines kleinen Fehlers wieder herausbekommt, gehört dein Arsch mir. Denk immer schön daran. Wir gehen nämlich trotz der lädierten Schlampe heute Abend als freie Männer nach Hause.«

Alban öffnete, Franco zog den Sack vom Kopf des Delinquenten und warf ihn in den Papierkorb. Ich stellte mich den Polizisten vor, wies auf Rex und erwähnte, dass er üblicherweise mit einem Messer bewaffnet war. Die Polizei war zu viert gekommen, zwei sahen sich im Raum um. Die Tür zum Büro war zu, ich schaute nicht hin.

Rex hatte natürlich sein Messer dabei, es wurde ihm abgenommen. Das war ein Punkt für uns, aber eine Polizistin stand nun bei der Bürotür. Sie fragte nach dem Schlüssel. Franco ging sehr langsam zu ihr. Rex war eben dabei, von zwei Beamten durch den Eingang geführt zu werden, als die Bürotür offen war und die Polizistin hineingehen wollte. Er sah noch ihr entsetztes Gesicht und wie sie ins Funkgerät sprach. Ihr Kollege folgte ihr rasch, aber Rex war jetzt draußen. Ich atmete auf.

Binnen Kürze würde es von Blaulichtern nur so wimmeln, und einige mussten die Streife passieren, mit der Rex zum Präsidium gebracht wurde. Das war eine Lage des Hauses, die mich nichts kostete und Rex schwer beeindrucken musste. Ich sagte nichts und stopfte mir endlich eine Pfeife.

Katja konnte ich nicht mehr zurückhalten, sie lief hinüber, sah hinein und schrie unwillkürlich auf. Ich ging jetzt doch hin. »Er ist weg, Enikö«, rief ich, als sich der Polizist mit finsterer Miene mir in den Weg stellte, »Sie können sich jetzt waschen.« Amüsiert beobachtete ich den Stimmungsumschwung, als Enikö sich aufrappelte und endlich wieder auf eigenen Beinen stand. Betroffenheit und Entsetzen wichen ungläubigem Staunen, gefolgt von Erleichterung. Dann unverhohlenem Ärger über die Täuschung. Die Polizistin begleitete Enikö zur Toilette, von der aus der nächste Schrei ertönte. Enikö hatte sich im Spiegel gesehen.

*

Die Straße entlang des Viaduktbogens war leer. Auf den Gipfeln der Nordkette lag das milde Licht der untergehenden Sonne. Es war kühl geworden. Ich ließ das Rolltor herunterfahren und sperrte ab.

»Du hast gewonnen«, sagte Katja.

Das hatte ich, obwohl es mir im Moment eigenartigerweise nicht viel bedeutete. »Was überlegst du?«, fragte ich.

Katja schüttelte den Kopf. »Hast du nie gespürt, in welchen Schwierigkeiten sie steckte?«

»Ich hatte keine Ahnung, wie nahe sie dran war«, wiederholte ich, was ich beim Anblick ihrer Leiche auch gesagt hatte.

»Das konntest du auch nicht wissen. Vielleicht hättest du einmal mit ihr reden sollen.«

»Mag sein. Der Gedanke ist mir inzwischen auch gekommen.«

Katja klaubte in ihrer Handtasche nach dem Autoschlüssel. »Wir müssen jetzt zur Polizei. Das wird eine lange Nacht.«

Freitag

Heute Mittag hatte es im Container in der Baugrube nur Carpaccio gegeben. Der Container wurde hinterher abgebaut, an diesem Freitag nach einer ereignisreichen Woche waren auch hier die Arbeiten so weit gediehen, dass unten am Grund kein Platz mehr war. Ich wartete vor der Rampe, bis sie frei wurde.

Cordes war guter Stimmung gewesen, obwohl er mir die Kosten meiner Extravaganzen – wie er sich ausdrückte – vorgerechnet hatte. Die Verabschiedung der Frau Kertesz mit einem teuren Wagen und einem neuen Kleid obendrein kostete ihn alles in allem an die 60.000, wofür er zwei Mitarbeiter das ganze Jahr bezahlen konnte. Ich hatte eingewandt, dass das Arbeitsrecht nicht meine Domäne sei. Im Übrigen endete jedes große Projekt mit der Auszeichnung der Unbeteiligten. Das war auf der ganzen Welt so, und wir in Innsbruck mussten nicht heute beginnen, das zu ändern.

Die großzügige Abfindung der Frau Henriette Kuppelwieser hatte er problemlos geschluckt, als ich zusicherte, dass im Zug dieser Aktion die Beweise von den Machenschaften Freysingers hinsichtlich Alpine Securities vernichtet worden waren. Er besaß nun Freysingers Anteile daran und hatte freien Einblick in die Aktivitäten dieser Gruppe. Am Verkauf der Kanzlei verdiente er einige Millionen, den Widersacher war er los.

Cordes entließ mich als Gewinner, und ich hatte endlich die Rampe frei und fuhr aus der Grube hinauf an die Oberfläche.

Cordes' Erfolg hatte ich Franco noch gestern Abend vorgerechnet. Das Gesocks schwimme immer oben, hatte er geflucht und sich nach Hause verabschiedet, um endlich wieder einmal in seinem eigenen Bett zu schlafen. Ulrich war mit der Kundenliste Helga Rofners gut bedient, seine Kunden weniger, aber daran war nichts zu ändern.

Ich hatte mein Ziel auch erreicht, Helga Rofner war kein Engel, aber sie war gerächt. Auch Freysinger kam nicht mehr davon. Mein Büro fand ich leer, am Freitagnachmittag war Agnes nicht mehr da. Das war wieder ein normaler Arbeitstag. Ich ging gleich weiter hinauf in meine Wohnung. Inverboindie empfing mich und sah mir an, dass ich vom Essen kam. Er würde keine Begründung akzeptieren, das stand fest. Ich ließ mich zum Kühlschrank begleiten und vollführte die Rituale, die er erwartete.

Der Alltag war zurück, der blaue Himmel draußen versprach nichts Gutes. Keine Störung, wie die Meteorologen dazu sagten, kündigte Abwechslung an. Ich ging hinüber ins Wohnzimmer und sah mich um. Nichts geschah. Nach einer Weile spazierte Inverboindie herein, setzte sich und ließ die Zunge um seine Schnauze kreisen. Der war zufrieden und wollte jetzt nur seine Ruhe haben.

Ich empfand die Leere wie nach einem Computerspiel, wenn die feindliche Flotte versenkt war und ich allein in den Gewässern kreuzte. Hier war nichts mehr zu erwarten, auch Edgar Allan Poe hatte seinen Job getan. Der Amontillado war getrunken, Fortunato eingemauert.

Ich holte die Noten der Waldstein-Sonate hervor und legte sie am Klavier auf. Den ersten Satz überblätterte ich, der befand sich außerhalb meiner Reichweite. Ich suchte das Thema im zweiten Satz, das nach einigen Takten so schön hereintröpfelte. Nach einigen Versuchen beschloss ich, den Job Alfred Brendel zu überlassen, legte die Platte auf und las mit.

In den ersten Jahren war ich mit Katja oft da gesessen, wir hatten gemeinsam zugehört und mitgelesen. Warum war es immer dabei geblieben, dass sie dann nach Hause fuhr? Immerhin, Brendel spielte göttlich, und ich hörte das Handy erst nach einer Weile. Ich stand auf, um in die Küche zu gehen und es zu holen. Inverboindie lag provokant in der Tür und bewegte sich erst im letzten Moment zur Seite. Eines Tages würde auch er einsehen, dass selbst Dienstboten Rechte besaßen.

»Ist deine Klingel wieder kaputt?«, fragte Katja.

»Ich mache auf.«

»Schau einmal herunter, ich trage nicht alles alleine hinauf.« Sie hatte aufgelegt. Ich ging zurück, öffnete das Fenster und sah auf die Straße hinunter. Der Koffer, den sie auslud, war wirklich groß. Sie schaute herauf und lachte.

»Schon unterwegs«, rief ich.

Auf dem Weg zur Tür überlegte ich, was an ihr heute anders war. Die Frisur? Katja hatte sich vor Jahren auf eine Frisur festgelegt, die ihr gut stand. Wenn sie ihre Friseurin verließ, dann blieb die Frisur ungefähr eine Stunde lang unversehrt. Danach steckte sie die Haare hinter die Ohren. Sie habe schöne Ohren, wandte sie stets ein, wenn ich es erwähnte.

Den Einwand würde ich heute nicht hören, nicht nur, weil ich mich hüten würde, meinen zu bringen. Die Frisur war vollkommen.

Weitere Romane finden Sie auf den folgenden Seiten und im Internet: www.gmeiner-verlag.de

Andreas Pittler
Wiener Bagage
978-3-8392-1625-5

»14 nur teilweise fiktive Kriminalgeschichten rund um die Sehenswürdigkeiten Wiens. Spannung und Ratespaß.«

Wien, die Stadt von Stephansdom, Hofburg und Schloss Schönbrunn. Bei Pittler sind die Sehenswürdigkeiten der Donaumetropole Schauplatz kniffliger Kriminalfälle. Und die Leser sollten Pittlers Inspektor genau über die Schulter sehen – denn die Hälfte der 14 Geschichten ist wahr, die andere Hälfte erfunden. Bloß welche?

GMEINER
Wir machen's spannend